IVO PALA

SHADOW AGENTS

DIE AKTE BERLIN

IVO PALA

DIE AKTE BERLIN

BAND 2

Ravensburger Buchverlag

Bibliografische Information der Deutschen Nationalbibliothek:

Die Deutsche Nationalbibliothek verzeichnet diese Publikation in der Deutschen Nationalbibliografie. Detaillierte bibliografische Daten sind im Internet auf *www.dnb.d-nb.de* abrufbar.

1 2 3 4 5 E D C B A

Originalausgabe
© 2019 Ravensburger Buchverlag Otto Maier GmbH
Copyright 2019 © Ivo Pala

Umschlaggestaltung: Anna Rohner
Verwendete Fotos von © Eva Blanda / Shutterstock,
© r.classen / Shutterstock, © alphaspirit / Shutterstock
und © Ensuper / Shutterstock

Alle Rechte dieser Ausgabe vorbehalten
durch Ravensburger Buchverlag Otto Maier GmbH,
Postfach 1860, D-88188 Ravensburg

Printed in Germany
ISBN 978-3-473-40177-2
www.ravensburger.de

Für Franziska,
für deine Geduld und deine Liebe
und für den guten Rat: »Lass es krachen!«

虎穴に入らずんば
虎子を得ず

»Koketsu ni irazunba koji o ezu«

Altes japanisches Sprichwort – frei übersetzt:
»Um einen Tiger zu fangen,
musst du dich in seine Höhle wagen.«

PROLOG 1

IRGENDWO IN DEUTSCHLAND –
EINE LANDSTRASSE / NACHT

In manchen Nächten spürt man, dass sie unheilvoll sind. Man fühlt es bis ins Mark hinein und es stellt einem die Härchen im Nacken auf, ohne dass man sagen könnte, was die eigentliche Bedrohung ist. Man weiß nur, dass sie existiert, und man verspürt instinktiv den Drang, davonzulaufen.

Genau so ging es in dieser Nacht Sebastian Wiedermann hinter dem Steuer seines 32-Tonner-Sattelzugs. Er fuhr die einsame Landstraße mit Tempo hundert. Die Bäume der Allee huschten durch das Licht seiner aufgeblendeten Scheinwerfer wie Gespenster, die mit ihren laubbewachsenen Armen nach dem Lkw zu greifen schienen.

Begonnen hatte das Gefühl vor etwas mehr als vierzig Sekunden mit dem Ausfall des Radiosenders. Gerade eben noch hatte Willie Nelson mit seiner einzigartigen Stimme Sebastian Wiedermanns Lieblings-Trucker-Song »On the road again« geträllert, da brach der Empfang von einem Moment auf den anderen ab, und aus den Lautsprechern drang nur noch Rauschen. Sebastian Wiedermann hatte den automatischen Sendersuchlauf gedrückt, aber da war nichts. Absolut nichts. Nicht ein einziger Sender. Das war mehr als nur merkwürdig. Das Radio war so neu wie der Truck – gerade mal ein Jahr alt – und das Wetter war klar und wolkenlos.

Hatte er sich möglicherweise die Dachantenne an einem der Alleebäume abgerissen? Unwahrscheinlich. Das hätte er gehört.

Sebastian Wiedermann nahm das Mikrofon seines CB-Funkgeräts zur Hand. Vielleicht wusste ja ein anderer Trucker, der sich zufällig in der Nähe befand, mehr über den geheimnisvollen Senderausfall. Ohne den Blick von der nur schlecht asphaltierten Straße zu wenden, drückte er den Knopf an der Seite des Mikros.

»Einen wunderschönen guten Abend in die Runde, all ihr Nachteulen«, sagte er im typischen Ton der Funker. »Breaker, Breaker! Hier ist Bullrider Sixty-Six. Wiederhole: Bullrider Sixty-Six. Jemand QRV?« Das war Funker-Code für *Ist jemand innerhalb des Empfangsbereichs?*

Als keiner antwortete, setzte er die Nachricht noch einmal ab. »Breaker, Breaker! Hier ist Bullrider Sixty-Six. Wiederhole: Bullrider Sixty-Six. Jemand QRV?«

Doch niemand meldete sich. Der Lautsprecher des Funkgeräts rauschte ebenso sphärisch wie die des Radios.

Sebastian Wiedermanns Unbehagen stieg. Er hatte eine *Uroma* mit Reflektorenantennen auf dem Dach – einen illegalen Leistungsverstärker mit über dreihundert Watt Sendeleistung.

Damit deckte er einen beachtlichen Radius ab. Es war noch nie zuvor vorgekommen, dass da niemand auf Empfang war.

Er griff auf den leeren Beifahrersitz nach dem Smartphone. Es kam nicht besonders überraschend, war aber deswegen kein Stück weniger erschreckend, dass das Display *Kein Empfang* anzeigte.

Sebastian Wiedermann fluchte und ließ das Smartphone wieder auf das Polster fallen. Er spürte, dass mit einem Mal seine Kehle wie ausgetrocknet war. Dafür waren seine Hände und auch seine Stirn plötzlich nass von kaltem Schweiß.

Hatte das unnatürliche Funkloch möglicherweise etwas mit der verfluchten Ladung hinten im Laderaum seines Trucks zu tun? War vielleicht einer der Behälter beschädigt?

Insgeheim hatte Sebastian Wiedermann schon immer damit gerechnet, dass irgendwann einmal so etwas passieren würde. Seitdem er diese illegalen Fahrten machte. Inzwischen seit sechs Jahren.

Er hatte sich nur darauf eingelassen, weil die Bezahlung unverschämt hoch war. So hoch, dass er mit einer dieser Fahrten mehr verdiente als mit vier Monaten regulärer Touren. Aber es war nicht nur Schweigegeld, dafür dass er den Mund hielt darüber, dass einer von den Bossen da oben jede Menge mehr Geld sparte, als er Sebastian Wiedermann bezahlte, und vor allem das eine oder andere Gesetz aushebelte. Nein, es war in erster Linie ein Risikozuschlag – eben, weil die Ladung so gefährlich war.

War heute die Nacht, in der er den Preis für diesen Zuschlag bezahlte? Er begann zu zittern und leckte sich die trockenen Lippen.

War das nur Nervosität oder waren das Auswirkungen der Ladung?

Beruhig dich, Mann!, ermahnte er sich stumm. *Es ist alles in Ordnung! Bestimmt!* Aber obwohl es nur seine innere Stimme war, hörte sie sich verdammt unsicher an.

Da sah er plötzlich, dass er noch ein ganz anderes Problem hatte: Weiter vorn auf der Straße – etwa noch einen Kilometer entfernt – flammten Blinklichter auf.

Verdammt, Polizei!, war sein erster Gedanke. *Jetzt haben sie dich und du gehst für lange, lange Zeit in den Bau.* Sobald er den Gedanken gedacht hatte, schalt Sebastian Wiedermann sich aber auch schon für seine Panik. Die Blinklichter waren orangerot, nicht blau. Also keine Polizei, vermutlich nur eine Baustelle.

Er ging vom Gas. Der Sattelzug verlor allmählich an Geschwindigkeit.

Sebastian Wiedermann wunderte sich. Er kannte die Strecke; fuhr sie jedes Mal auf dieser Tour. Die Landstraßenallee war generell in einem ziemlich miesen Zustand. Wieso also ausgerechnet nur dort vorn eine Baustelle? Und dann auch noch eine, auf der mitten in der Nacht gearbeitet wurde? So etwas kam doch höchstens einmal auf Autobahnen vor.

Als er näher kam, erkannte er im orangerot blinkenden Licht die Fahrzeuge, die links und rechts der Straße, aber auch mitten darauf standen. Es waren keine Baustellenfahrzeuge, es waren schwarze Geländewagen. Drei Stück. Der mittlere hatte etwas auf dem Dach. Ein bizarres Gebilde. Als alter Funker wusste Sebastian Wiedermann auf den ersten Blick, was es war:

Es war die Antenne eines Störsenders. Jetzt wusste er, warum weder sein Radio noch sein Funkgerät oder das Smartphone funktionierten. Und gleichzeitig wusste er nun auch sicher, dass das vor ihm keine Baustelle war. Es war eine Straßenblockade!

Augenblicklich geriet Sebastian Wiedermann erneut in Panik. Das hier war kein Zufall. Sie hatten auf ihn gewartet – wegen der Ladung, die er transportierte. Wenn es nicht die ordentliche Polizei war, musste es irgendeine andere, sehr viel höhere Behörde sein. Sebastian Wiedermann kannte sich zu wenig aus, um zu wissen, welche genau für sein Verbrechen und das seines Auftraggebers zuständig war. Möglicherweise war es sogar die GSG 9.

»Scheiße! Scheiße! Scheiße!«, fluchte er. Durch sein Gehirn zuckte der Impuls, auf das Gaspedal zu treten und die Blockade zu durchbrechen. Den SUV auf der Straßenmitte würde sein Sattelzug mit Leichtigkeit aus dem Weg rammen. Aber was dann? Die anderen beiden würden zweifelsohne augenblicklich die Verfolgung aufnehmen. Die Geländewagen waren schneller als er – und sie konnten Verstärkung rufen. Sie würden ihn jagen, vielleicht sogar mit Hubschraubern, und am Ende mussten sie nur warten, bis ihm der Sprit ausging. Dann spätestens hatten sie ihn.

Er erkannte, dass er nicht die geringste Chance hatte und dass ein Fluchtversuch alles nur noch viel schlimmer machen würde. Er trat auf die Bremse. Der Sattelzug kam zehn Meter von der Straßensperre entfernt zum Stehen.

Jetzt sprangen Menschen aus den Geländewagen. Aus jedem der drei Fahrzeuge jeweils drei Männer. Sie waren komplett in Schwarz gekleidet und trugen Skimasken, die ihre Gesichter verbargen.

Sebastian Wiedermann war irritiert. Er hatte mit Uniformen gerechnet. Aber vielleicht war es ja durchaus Usus, dass Einsatztruppen bestimmter Behörden in zivile Klamotten gekleidet waren. Doch dann sah er im Licht seiner Scheinwerfer ihre Waffen.

Sebastian Wiedermann hatte vier Jahre lang in der Armee gedient. Er kannte sich mit Schusswaffen einigermaßen aus. Einige der Männer hatten eine AK-47, ein anderer trug eine Uzi, ein weiterer eine MP7. Auch die Handfeuerwaffen, die die restlichen auf das Führerhaus gerichtet hatten, waren völlig verschieden: Ein 45er Colt Automatik, eine Luger Parabellum, einer hatte sogar einen Trommelrevolver.

In dem Moment begriff Sebastian Wiedermann: Das war keine Straßensperre einer amtlichen Behörde! Das war ein Überfall von Verbrechern!

Sie waren gekommen, um sich das zu nehmen, was er als Ladung transportierte. Und er war sich sicher, dass sie keine Zeugen zurücklassen würden.

Jetzt hatte er nicht länger Angst um seine Freiheit; er hatte Angst um sein Leben!

Er stieß die Fahrertür auf und sprang aus dem Truck. Er landete hart auf dem Asphalt und rannte an seinem Sattelzug entlang nach hinten weg, in der Hoffnung, dass die Natur seiner Ladung, mit der die Verbrecher zweifelsfrei vertraut waren, sie davon abhielt, auf den LKW zu feuern.

Er hetzte im Schutz des Aufliegers weiter die Straße entlang – weg von seinem Truck und der Blockade. Erst nach zwanzig oder dreißig Metern schlug er einen Haken nach rechts. Sein Ziel war es, im Schutz der Bäume der Allee zum nahe gelegenen Wald zu rennen, um sich dort zu verstecken.

Aber wie so oft waren auch jetzt die Pläne eines Menschen nicht mehr als Futter für den grausamen Humor der Götter. Sebastian Wiedermann sprang gerade über den Straßengraben, als er die Schüsse hörte. Noch ehe er auf der anderen Seite des Grabens landete, trafen ihn zwei davon, und er wurde vom Aufprall der Kugeln durch die Luft geschleudert.

Mörderischer Schmerz explodierte in seiner Hüfte und in seiner Brust. Er fiel ins vom Nachttau feuchte Gras. Zu spät erkannte er, welchen Fehler er gemacht hatte – was es für eine dämliche Kleinigkeit gewesen war, die ihn jetzt das Leben kostete:

Er war zu früh von der Straße weg zur Seite gerannt. Der Schein seiner eigenen Rücklichter hatte den Schützen gerade noch ausreichend Licht geliefert, ihn ins Visier zu nehmen und auf ihn zu schießen. Wäre er noch zehn Meter weiter auf der Straße gelaufen, hätte er in der Dunkelheit verschwinden können.

Wie dumm von mir!, dachte Sebastian Wiedermann – dann war er tot.

PROLOG 2

DIE SAGAMI-BUCHT IM SÜDEN TOKIOS – MITTERNACHT

Heute Nacht war es endlich so weit. Heute Nacht würden Max Ritter und seine Freunde Harutaka Ishido das Handwerk legen. Ein für alle Mal! Die Aktion war von langer Hand und, soweit es ging, bis ins kleinste Detail vorbereitet.

Max stand mit Vicky am Bug der auf den Wellen des japanischen Meers wogenden Dschunke und beobachtete die vor ihnen liegende und im Licht des Mondes silbrig glänzende Bucht von Sagami durch ein topmodernes Pulsar Edge Nachtsichtgerät. Von der nur ein paar Meilen entfernten Küste wehte ihnen ein sommerlich warmer Wind entgegen.

»Kannst du schon etwas erkennen?«, fragte Vicky leise. Max konnte an ihrer Stimme deutlich erkennen, wie angespannt sie war.

»Ishidos Jacht scheint gerade das Tempo zu verringern«, antwortete Max. Er aktivierte das Mikrofon seines Headsets durch einen leichten Druck auf den Knopf an seinem Ohr. »Drossle die Motoren, Ricky«, gab er den Befehl ins Steuerhaus, wo Vickys Zwillingsbruder das Ruder führte. »Um etwa dreißig Prozent.«

»Aye, aye, Skipper!«, bestätigte Ricky augenblicklich die Anweisung über Funk. Schon im nächsten Moment wurden die Motoren merklich leiser und die Dschunke verlor allmählich an Fahrt.

»Skipper an Adlerhorst«, sagte Max. Mit Adlerhorst war die Kommandozentrale im Bauch der Dschunke gemeint. Tapa hatte sie anfänglich mehr aus Spaß so genannt, aber der Name war schnell hängen geblieben und wurde inzwischen von allen Shadow Agents benutzt. »Kannst du mich hören, Tapa?«

»Hier Adler Eins«, kam Tapas Stimme aus dem Lautsprecherknopf in Max' Ohr. »Ich empfange dich laut und deutlich.«

»Adler Eins, kannst du den Frachter, mit dem sich Harutaka Ishido hier treffen will, schon auf dem Radar sehen?«, fragte Max.

»Auf dem Radar sehen kann ich ihn noch nicht«, antwortete Tapa. »Es liegt noch eine langgestreckte Landzunge zwischen uns und dem Schiff, die die Funkwellen blockiert. Aber ich habe das Schiff schon auf der Anzeige des Satelliten-Ortungssystems.«

»Wie lange wird es deiner Schätzung nach noch dauern bis zu dem Rendezvous zwischen Ishidos Jacht und dem Frachter?«, wollte Max wissen.

»Moment«, sagte Tapa. »Ich kalkuliere das schnell.« Keine

zehn Sekunden später meldete sie: »In etwa einer halben Stunde werden beide den Treffpunkt erreicht haben.«

»Eine halbe Stunde«, sagte Vicky nachdenklich. In ihrer Stimme schwang eine gehörige Portion Sorge. »Das könnte verdammt knapp werden.« Sie deutete mit der rechten Hand nach Süden. »Die Sturmfront kommt immer näher.«

Max folgte ihrem Fingerzeig mit dem Blick zum südlichen Himmel. Im Schwarz der sie umgebenden Nacht waren deutlich violett tosende Wolken zu erkennen – und das wild flackernde Licht der Blitze, die irgendwo weit in ihrem Kern hin und her zuckten.

»Uns bleibt keine Wahl«, sagte Max entschlossen. »Wir haben jeden einzelnen Tag in den letzten Wochen mit der Überwachung Ishidos und mit der Vorbereitung der Operation zugebracht. Wer weiß, ob wir jemals wieder eine Chance kriegen, den Schurken auf frischer Tat zu erwischen und mit ihm abzurechnen.«

»Seid bloß vorsichtig«, bat Vicky. »Ein Sturm auf der See von Sagami ist kein Zuckerschlecken.«

»Keine Sorge«, sagte Max. »Wir beeilen uns.«

»Und achtet unbedingt darauf, dass Ishido und seine Leute euch nicht entdecken.«

»Wir bleiben in sicherer Entfernung und machen nur Fotos und Filmaufnahmen von dem Drogendeal«, sagte Max. »Ganz so, wie wir es geplant haben. Wenn Polizei und Justiz auf diese knallharten Beweise nicht reagieren und Ishido einbuchten, setzt Tapa das Material ins Internet. Dann ist es egal, wen er auf seiner Lohnliste hat. Dann müssen die Behörden reagieren, und Ishido verschwindet für eine lange, lange Zeit im Gefängnis.«

Dimitri trat zu Max und Vicky hin. Die Nervosität stand dem jungen Russen ins kantige Gesicht geschrieben. Aber Max konnte auch einen Hauch von Vorfreude darin lesen.

Dimitri trug einen Taucheranzug. Einen zweiten hielt er in der Hand und reichte ihn Max. »Es wird langsam Zeit, dich fertig zu machen«, sagte er in dem für ihn typischen brummigen Ton, der Max immer wieder an einen Bären erinnerte. »Die Jetskis sind auch schon bereit.«

Mit versierten Griffen half Vicky Max dabei, den Taucheranzug anzulegen.

»Wie du siehst, müssen wir den Zeitplan um einiges beschleunigen«, sagte Max zu Dimitri und zeigte auf den herannahenden Sturm.

Dimitri nickte. »Aber wie?«

»Ich denke, ich habe eine Idee«, sagte Max und sprach dann ins Mikrofon. »Tapa, wie genau hast du gerade eben den Ort, wo die Jacht und der Frachter in etwa aufeinandertreffen, berechnet?«

»Aufgrund ihrer jetzigen Kurse habe ich grob einen Ein-Meilen-Radius extrapoliert.«

»Meinst du, du kriegst das auch noch genauer hin? Wäre wichtig.«

»Kinderspiel«, antwortete Tapa. Für die indische Computerspezialistin war so etwas ein Klacks, wusste Max.

»Gut«, sagte Max. »Dann schick uns die exakten Koordinaten auf das GPS unserer Smartphones, sobald du sie kalkuliert hast.«

»Was hast du vor?«, fragte Dimitri.

»Wir kürzen den Weg mit unseren Jetskis ab«, erklärte Max. »Sie sind um einiges schneller als die Dschunke. So sind wir, dank Tapas Vorausberechnung, noch vor Ishidos Jacht bei dem Treffpunkt.«

»Damit sparen wir ein paar wertvolle Minuten.« Dimitri nickte noch einmal. »Gute Idee. Aber wir müssen daran denken, dass die Jetskis wegen der relativ kleinen Tanks nur eine begrenzte Reichweite haben. Vor allem, wenn wir sie mit Vollgas fahren.«

»Das ist kein Problem«, sagte Max. »Ricky folgt uns mit der Dschunke in sicherer Entfernung und holt uns ab, sobald wir fertig sind.«

Max, Dimitri und Vicky eilten nach hinten zum Heck des Schiffs.

Noch während sie auf dem Weg waren, schaltete Ricky die Motoren der Dschunke ab, und kurz darauf kam sie zum Stillstand, sodass sie jetzt die beiden Jetskis zu Wasser lassen konnten.

Max und Dimitri zogen sich Sauerstoffflaschen auf den Rücken und ließen sich von Vicky zuerst die Bleigürtel und dann die wasserdichten Bauchrucksäcke umschnallen. Darin waren ihre Kameras verstaut und obenauf die Smartphones in einer durchsichtigen Plastikhülle. Der Zielpunkt, den Tapa inzwischen kalkuliert hatte, blinkte bereits rot auf dem Display mit der Seekarte.

Max und Dimitri sprangen ins Meer, kletterten auf die Jetskis und warfen die Motoren an. Sie gaben Gas und Max übernahm die Führung. Noch war die See relativ ruhig und die Jetskis jagten wie fliegende Fische über das Wasser hinweg.

»Tapa hier«, meldete sie sich über Funk. »Fahrt einen leichten Kreisbogen, damit ihr beim Überholen Ishidos Jacht nicht zu nahe kommt und ihr von dort aus nicht gesehen werdet.«

»Verstanden«, meldete Max und lenkte das Wassermotorrad auf einen entsprechenden Kurs. Schon kurz darauf sah er zu seiner Rechten die Positionslichter von Ishidos großer Luxusjacht.

Harutaka Ishido, der Oberboss aller Yakuza-Clans Japans, würde heute sein letztes Verbrechen begehen! Das hatten Max Ritter und seine Freunde sich geschworen.

Max warf einen Blick nach Süden. Die von Blitzen durchzuckte Sturmfront kam unaufhaltsam und bedrohlich immer näher.

Nach wenigen Minuten hatten sie ihr Ziel erreicht; den Punkt, an dem nach Tapas Berechnungen Ishidos Jacht und der Frachter aufeinandertreffen würden, wenn sie ihre bisherigen Kurse beibehielten.

Max und Dimitri schalteten die Motoren aus. Die Jetskis schaukelten auf den Wellen.

»Da«, sagte Dimitri, der durch sein Nachtsichtgerät in Richtung Westen spähte. »Der Frachter ist auch gleich hier. Noch drei, vielleicht vier Minuten.«

»Bereitmachen zum Tauchen«, sagte Max. Sie setzten ihre Taucherbrillen und Atemmasken auf. Dann verlinkten sie die Jetskis mit einem Seil. Doch ehe sie sich von ihren Maschinen nach unten ins Wasser gleiten ließen, erklang plötzlich Tapas Stimme.

»Wartet!«, rief sie überraschend gehetzt.

»Was ist?«, fragte Max.

»Gerade eben haben sich drei kleinere Fahrzeuge von Ishidos Jacht gelöst«, meldete sie mit besorgter Stimme. »Ein Motorboot und zwei Jetskis. Sie kommen mit Vollgas geradewegs auf euch zu. Sie haben euch entdeckt, Max. Ihr müsst da weg! Sofort!«

Das war ein Schock! Mit einem Mal war der ganze Plan zunichte. Es musste schnell ein neuer her.

»Wohin jetzt?«, fragte Dimitri. »Zurück zur Dschunke?«

»Nein«, entschied Max in Sekundenschnelle. »Damit würden wir auch Vicky, Ricky und Tapa einem Angriff aussetzen.« Er funkte zum Schiff: »Zieht euch zurück, damit sie nicht auch noch euch entdecken!«

»Verstanden«, meldete Ricky.

»Kommt gar nicht infrage«, schaltete sich Vicky dazwischen. »Wir lassen euch nicht hängen.«

»Vicky«, sagte Max. »Wir kommen hier schon klar. Aber ihr müsst euch in Sicherheit bringen!«

Max sah sich um.

»Nach Süden können wir nicht«, sagte Dimitri. »Wir kämen genau in den Sturm, und das mit fast leeren Tanks. Also nach Nordosten zur Küste?«

Max schüttelte den Kopf. »Dafür reicht der Sprit nicht mehr. Nein, es bleibt uns keine Alternative, als die Angreifer auszuschalten.«

Da hörten sie auch schon das aggressive Kreischen der herannahenden Motoren.

»Was hast du an Bewaffnung dabei?«, fragte Max.

»Dasselbe wie du. Ein Tauchermesser, einen Tomahawk und eine Leuchtfeuerpistole.«

»Das muss reichen«, sagte Max und startete seinen Jetski. »Du übernimmst die linke Flanke, ich die rechte.«

Dimitri lächelte grimmig und nickte. Auch er startete den Motor seiner Maschine – und im nächsten Augenblick rasten die beiden ihren Angreifern entgegen.

Es waren – wie Tapa gesagt hatte – ein Motorschnellboot und zwei Jetskis.

Ihre grellen Scheinwerfer flackerten über die Wellen. Max und Dimitri hingegen hatten ihre Lichter ausgeschaltet. Aber ganz unsichtbar waren sie damit nicht. Schuld daran war das Blitzgewitter des Sturms in ihrem Rücken.

Das Motorboot eröffnete zuerst das Feuer. Vorn auf dem Bug war ein Maschinengewehr aufgebaut, aus dessen grell flammender Mündung jetzt Kugeln hagelten. Sie peitschten ins Wasser vor Max und Dimitri, kamen immer näher, aber die beiden konnten gerade noch ausweichen.

Max nahm seinen Army-Tomahawk fest in die linke Faust und lenkte sein Wassermotorrad mit Vollgas Haken schlagend auf den Jetski auf seiner Seite zu.

Der komplett in Schwarz gekleidete Fahrer richtete eine Maschinenpistole auf Max und feuerte. Max riss den Lenker herum, um auszuweichen, beschrieb dabei mit seiner Maschine einen fast vollen Kreis und gab noch mehr Gas, bis der Bug seiner Maschine nach oben aus dem Wasser ragte. Mit voller Geschwindigkeit rammte er den Gegner von der Seite und schleuderte ihn ins Wasser.

Der gerammte Jetski wurde dabei zu einer Sprungschanze, und Max flog mit seiner Maschine im hohen Bogen durch die Luft – über das Motorboot mit dem Maschinengewehr hinweg. Er sah, dass es mit drei Männern besetzt war. Im nächsten Moment – noch ehe Max wieder auf dem Wasser landete – sah er schräg vor sich eine Explosion.

Es war Dimitris Jetski. Offenbar war der Tank von einer Kugel getroffen worden. Max sah, wie Dimitri von der Druckwelle der Explosion in einem hohen Bogen durch die Luft geschleudert wurde, und hielt den Atem an. Er sah deutlich an den unkontrolliert schlenkernden Bewegungen der Arme und Beine des russischen Freundes, dass die Explosion ihm das Bewusstsein geraubt haben musste. Wenn Max ihn nicht sofort aus dem Wasser holte, würde Dimitri ertrinken.

Max steckte hastig den Tomahawk zurück an den Gürtel und raste zu der Stelle, an der Dimitri ins Meer gestürzt war. Der Sturm war inzwischen so nah, dass die Wellen jetzt schon doppelt so hoch schlugen wie vor wenigen Sekunden. Das Licht der Blitze, die mit dem Unwetter näher gekommen waren, leuchtete jetzt um einiges heller, und das war ein großes Glück. Denn nur so konnte Max den regungslosen Körper Dimitris erkennen.

Der übrig gebliebene feindliche Jetski kam auf Max zugerast und auch das Schnellboot wendete gerade. Jeden Moment würde es die Kurve beendet haben und dann wäre Max wieder in der Schusslinie des Maschinengewehrs. Doch all das musste er in dieser entscheidenden Sekunde ausblenden. Denn wenn er Dimitri nicht sofort aus dem Wasser holte, würde er durch das Gewicht des Bleigürtels in die Tiefe gezogen werden.

Max bremste den Jetski erst im letzten Moment, beugte sich herab und packte Dimitri am Handgelenk. Unter Einsatz all seiner Kraft zerrte er ihn daran aus dem Wasser und zog ihn quer vor sich über den Jetski. Noch im gleichen Augenblick gab er wieder Vollgas. Seine Maschine stieg vorn aus dem Wasser und machte einen gewaltigen Sprung. Gerade noch rechtzeitig. Denn schon peitschten an der Stelle, an der er und Dimitri gerade eben noch gewesen waren, die Kugeln des Maschinengewehrs spritzend ins Wasser.

Fast gleichzeitig passierte etwas, das man nur als Glück bezeichnen kann: Der gegnerische Jetski, der von der anderen Seite her auf Max zugerast war, konnte nicht mehr rechtzeitig ausweichen und fuhr mitten in den Kugelhagel des Motorboots. Er explodierte unter ohrenbetäubendem Krachen in einem riesigen Feuerball.

Max hörte, wie Dimitri hustete, und atmete erleichtert auf.

»Alles okay?«, fragte er über den Lärm seiner Maschine hinweg.

»Geht so«, keuchte Dimitri und richtete sich auf. »Die Rippen tun mir weh, und es klingelt ganz schön in den Ohren. Aber sonst scheint alles noch dran zu sein.« Während die Maschine wie ein wild gewordener Hengst über die immer höher schlagenden Wellen sprang, kletterte er an Max vorbei und setzte sich hinter ihn.

Da leuchtete in den Armaturen vor Max ein Licht rot auf.

»Verdammt!«, fluchte Max. »Der Sprit geht jeden Moment aus.«

»Wenn wir stehen bleiben«, sagte Dimitri, »sitzen wir hier wie auf dem Präsentierteller.«

»Wir haben nur eine Wahl«, sagte Max. »Übernimm du das Steuer. Schnell!« Er richtete sich auf und schwang sich hinter Dimitri, der jetzt nach vorn rutschte und die Maschine lenkte.

»Fahr in einer Kurve an das Motorboot heran!«, rief Max und zog eilig die Sauerstoffflaschen, den Bleigürtel und den Bauchrucksack aus. Dann nahm er seinen Tomahawk und auch den von Dimitri von dessen Gürtel. Er schloss seine Fäuste fest um die Griffe.

Dimitri beschrieb eine enge Kurve. Er hielt damit den Jetski aus der Schusslinie und kam dem Schnellboot der Angreifer immer näher. Der Motor fing an zu spucken. Gleich würde er ausgehen.

»Komm schon!«, rief Max und richtete sich auf. »Nur noch zehn Meter!«

Noch neun, sieben, fünf ... drei. Der Motor ging aus und der Jetski bremste auf der Stelle. Max nutzt den Schwung und sprang in hohem Bogen über Dimitris Kopf hinweg hinüber zum Motorboot.

Mit der Geschmeidigkeit eines Tigers landete er im Heck des Boots. Noch in der Landung schlug er einem der drei Männer an Bord mit der flachen Seite des Tomahawks so fest gegen den Schädel, dass er über Bord ging.

Der Mann am Maschinengewehr sprang über seinen Kameraden am Steuer hinweg auf Max zu und zog dabei sein Katana blank, das er in einer Scheide auf dem Rücken trug. Vom Schwung des Sprungs getragen, senste er mit der mörderisch scharfen Klinge nach Max. Doch Max war von Meister Chao Wong gut trainiert. Er sprang nach hinten weg, gerade weit genug, um der Spitze des Schwerts auszuweichen, und ging sofort zum Gegenangriff über.

Mit beiden Tomahawks schlug er abwechselnd zu – wie mit zwei Trommelstöcken. Der Gegner wich den ersten drei Schlägen aus und blockte den vierten so hart mit dem Schwert, dass der Aufprall Max den Tomahawk aus der linken Hand schleuderte.

Während des Kampfs waren das Schnellboot und Ishidos Jacht immer näher gekommen. Von dort wurde jetzt Maschinengewehrfeuer auf sie eröffnet. Ishido schien es völlig egal zu sein, dass er damit auch auf seine eigenen Männer schoss.

Die Kugeln prasselten in den Bug des Boots – und trafen gleich darauf den Mann am Steuer. Der brach zusammen.

Jetzt raste das Boot mit voller Geschwindigkeit genau auf die Jacht zu!

Im nächsten Moment wurde der Mann getroffen, mit dem Max gerade kämpfte. Max zögerte nicht einen Moment länger und sprang über Bord. Noch während er in der Luft war, trafen die Gewehre der Jacht den Tank des Schnellbootes und es fing Feuer.

Max schlug hart auf dem Wasser auf. So hart, dass es ihm die Luft aus der Lunge presste. Ein Anflug von Panik überkam ihn, aber er unterdrückte ihn, so wie er es im Training gelernt hatte: Gegen den Schmerz atmen und die Ruhe bewahren. Er ließ sich kurz unter Wasser sinken, sammelte sich und schwamm dann wieder nach oben. Genau in dem Moment sah er, wie das Motorboot, das jetzt lichterloh in grellen Flammen stand, wie ein Torpedo in die Seite der Jacht krachte.

Wie in Zeitlupe beobachtete Max, wie die Jacht explodierte. Wie sie von innen heraus in einem gewaltigen Feuerball in Stücke gerissen wurde. Er sah oben an Bord Harutaka Ishido stehen ... den Schreck in seinem tätowierten Gesicht ... und wie er in der Flammenexplosion ums Leben kam.

Max fühlte keinerlei Befriedigung, vielmehr war er sogar wütend. Sein Ziel war nicht der Tod des Erzfeindes gewesen, sondern eine gerechte Strafe im Gefängnis, und der war Ishido durch den selbst verschuldeten Unfall entgangen.

Der Frachter, der inzwischen ebenfalls ganz nah war, drehte ab und verschwand in der Dunkelheit.

»Max!«, hörte er Dimitri rufen und sah sich um. Im Schein

der Flammen der Jacht und im zuckenden Licht der Blitze sah er den jungen Russen. Der hatte das Notpaddel aus der Sitzbank des Jetskis geholt.

»Hier!«, rief Max. »Hier bin ich!« Er hob die Arme aus dem Wasser und winkte. Dimitri entdeckte ihn und paddelte auf ihn zu.

Der Sturm war heran. Von einer Sekunde auf die andere regnete es in Strömen. Die den Blitzen folgenden Donner krachten so laut, dass Max glaubte, das Trommelfell müsse ihm platzen.

Dimitri half Max auf den Jetski, holte anschließend die Leuchtpistole aus dem Bauchrucksack und feuerte sie ab. Die Kugel stieg mit einem grellroten Flackern in die Höhe.

ERSTER TEIL

JAGD AUF DEN SCHATTEN

KAPITEL 1

NEUIGKEITEN

DIE SAGAMI-BUCHT IM SÜDEN TOKIOS

Der gewaltige Sturm peitschte die Wellen aus allen Richtungen. Der Regen fiel in großen, kalten Tropfen so dicht, dass man fast hätte glauben können, es wäre ein Wasserfall, der hart auf Max und Dimitri herabrauschte. Der Jetski, auf dem sie sich verzweifelt festklammerten, wurde von den inzwischen fast mannshoch steigenden Wogen hin und her geworfen und schaukelte dabei bedenklich immer wieder bis kurz vorm Umkippen. Von Harutaka Ishidos Luxusjacht war nicht sehr viel mehr übrig als ein paar noch schwach gegen den Regen anbrennender, auf dem Wasser treibender Holzplanken.

»Haltet aus, Jungs!«, rief Vickys elektronisch verzerrte Stimme in den Headsets der beiden. »Wir laufen volle Fahrt und sind gleich bei euch!«

›Gleich‹ fühlte sich inmitten des tosenden Sturms an wie eine Ewigkeit.

Max und Dimitri waren erschöpft und froren trotz der

Neoprenanzüge entsetzlich. Durch den Sturm war die Temperatur um mindestens zehn Grad gefallen. Wenn nicht noch mehr.

Dann endlich tauchte im zuckenden Licht der überall um sie herum ins Meer schlagenden Blitze der Schatten der Dschunke auf.

»Ich brauche die Suchlichter!«, rief Vicky, und gleich darauf entflammten am Bug des Schiffes fünf Strahler, deren grelle Lichter noch heller als die Blitze wie Speere durch die Nacht stachen und hin und her schwenkten.

Max musste die Augen zusammenkneifen, als sie ihn und Dimitri trafen. Er winkte.

»Da sind sie!«, hörte er Vicky über Funk. »Zehn Grad Backbord und Motoren auf niedrigste Kraft! Gerade genug, um gegen den Wind und die Wellen zu steuern!«

Ricky lenkte die Dschunke geschickt zu ihnen hin, und zwei Minuten später hatte man sie und den Jetski an Deck gehievt. Vicky, Ricky und auch Tapa halfen ihnen in der Kommandozentrale aus den Taucheranzügen und versorgten sie mit trockenen Decken und heißem Tee.

»Ishido ist tot«, sagte Max leise.

Alles um ihn herum wurde still.

Dann fragte Vicky: »Bist du sicher?«

Max nickte. »Ich habe ihn sterben sehen.«

»Gut«, sagte Dimitri knapp und nickte sein stoisches, russisches Nicken.

Auch Ricky nickte. »Nicht der Ausgang, den wir uns gewünscht hätten, aber allemal besser, als dass er davongekommen wäre.«

»Das ist wahr«, pflichtete Tapa bei.

»Hast du ihn absichtlich getötet?«, fragte Vicky vorsichtig.

»Nein«, sagte Max. »Es war ein Unfall. Ein Unfall, den Ishido sogar selbst verschuldet hat. Er hat seine eigenen Männer von der Jacht aus auf das Motorboot schießen lassen. Die haben die Mannschaft auf dem Boot erschossen und es obendrein in Brand gesteckt. Da war nichts, was ich hätte tun können, außer über Bord zu springen, um mich selbst zu retten. Das Boot ist dann mit vollem Tempo in die Jacht gekracht, und die ist explodiert.«

Vicky atmete erleichtert aus. »Ich bin froh, dass du ihn nicht getötet hast«, sagte sie.

Max wusste sofort, was sie meinte. »Wir haben die Shadow Agents gegründet, um Harutaka Ishido zur Strecke zu bringen. Nicht, um ihn zu töten.«

»Außer in allergrößter Notwehr«, fügte Dimitri hinzu.

»Ja«, sagte Tapa. »Wir dürfen das Recht niemals in die eigene Hand nehmen. Das ist unser oberstes Gesetz.«

»Absolut«, sagte Max abschließend und wandte sich an Ricky. »Bring uns zurück nach Tokio.«

»Aye, aye, Skipper!«, sagte Ricky und ging zurück ins Steuerhaus.

»Ich hau mich aufs Ohr«, sagte Dimitri. »Mir tun alle Knochen weh. Es ist echt nicht witzig, wenn dir so ein Jetski unter dem Allerwertesten explodiert. Nicht witzig, das könnt ihr mir glauben.«

Die anderen schienen anderer Meinung, denn sie lachten über seine lakonische Bemerkung. Es war ein befreites Lachen, mit dem der Druck der Operation von ihnen abfiel.

Nachdem Dimitri den *Adlerhorst* verlassen hatte, sagte Tapa leise zu Max und Vicky: »Es gibt Neuigkeiten vom *Schatten*.«

»Von Max' Vater?«, fragte Vicky.

»Psst!«, machte Max eilig. »Dimitri darf nicht wissen, dass der Mann, der die Karriere seines Vaters ruiniert hat, in Wirklichkeit mein Vater ist.«

»Entschuldigung«, sagte Vicky leise.

»Schon gut«, meinte Max. »Pass bitte in Zukunft nur besser auf. Nicht auszudenken, was geschieht, wenn Dimitri das erfährt. Was hast du für uns, Tapa?«

Tapa setzte sich an ihren Arbeitsplatz.

»Du hattest mich ja gebeten, im Netz Ausschau nach ihm zu halten«, flüsterte sie. »Dein Vater macht seinem Codenamen *Schatten* aber auch wirklich alle Ehre. Ich habe noch nie jemanden erlebt, der seine Spuren so gut zu verwischen versteht wie er.«

»Aber du hast ihn trotzdem gefunden«, sagte Max.

Tapa grinste stolz. »Natürlich habe ich ihn gefunden. Schließlich bin ich ja auch genial.«

»Ja, das bist du«, stimmte Max ihr zu. Bei jedem oder jeder anderen hätte er Eigenlob als nervig empfunden. Nicht aber bei Tapa, denn sie war wirklich genial. Sie war ein Wizard, eine Zauberin am Computer und im Internet. »Also, was hast du für uns?«

»Ich habe ein Programm geschrieben, das dazu in der Lage ist, auch kleinere Ausschnitte von Gesichtern von Überwachungskameras zu erkennen und zuzuordnen. Also, ganz egal, wie oft der Schatten sich mit Mützen, Hüten, Schals, Sonnenbrillen und Kopfhörern getarnt hat, ich habe ihn letzten Endes über Straßenkameras, Überwachungskameras an Geldautomaten und den Überwachungssystemen von U-Bahn und regulären Bahnhöfen verstärkt im Bezirk von Taito geortet. Mit einem anderen Programm habe ich aufgrund dieser Daten dann Bewegungsmuster gesucht. Es hat eine kleine Ewigkeit gedauert, die Datenmenge zu verarbeiten, aber während ihr da draußen auf dem Wasser wart, hat der Computer endlich einen zentralen Punkt gefunden, von dem aus der Schatten sich immer wieder bewegt und zu dem er auch immer wieder zurückkehrt.«

Max war außer sich vor Begeisterung. »Du meinst, du hast herausgefunden, wo er wohnt?«

»Genau das ist es, was ich herausgefunden habe«, sagte Tapa und drückte auf der nächsten Tastatur auf ENTER. Der Drucker spuckte ein Blatt Papier aus und sie reichte es Max. »Hier ist die Adresse.«

GEHEIM-PROTOKOLL AvL/HI Eintrag 023
BETREFF: ABSCHLUSS DER AKTE *HI*
ORT: JAPAN, TOKIO

Der Junge hat es durch seine Einmischung
gründlich vermasselt. Ich muss gestehen,
ich kann es ihm nicht einmal verübeln.
Ich verstehe ihn sogar nur allzu gut.
Aber durch sein Eingreifen ist Harutaka
Ishido jetzt tot. Das ist ein gewaltiges
Problem, mit dem ich, bei aller detail-
lierter Planung, nicht gerechnet habe.
Monatelange harte und zeitraubende Arbeit
ist somit mit einem Schlag zunichte
gemacht. Das Vakuum, das durch Ishidos
Tod innerhalb der obersten Führung der
Yakuza entstanden ist, wird jetzt in
einem Kampf um die Vorherrschaft und
damit für eine lange Zeit im absoluten
Chaos münden. Meine mühevoll erarbeitete
Position als Saiko Komon, der Chefberater
Ishidos, ist mit seinem plötzlichen
Ableben nun ebenfalls keinen Pfifferling
mehr wert. Ich kann nicht warten, bis die
Nachfolge geklärt ist, und dann noch

einmal damit anfangen, mir das Vertrauen
der neuen Spitze zu erarbeiten. Zumal zum
jetzigen Zeitpunkt nicht einmal entfernt
absehbar ist, ob die dann neue Führung
auch wirklich in der Form vernetzt sein
wird, die meinen langfristigen Zwecken
dienlich ist.

Nein, ich muss einen anderen Weg
finden, um an mein Ziel zu gelangen. Und
ich muss ihn schnell finden. Die Zeit
drängt.

KAPITEL 2

NACHFORSCHUNGEN

TOKIO – BEZIRK TAITO – NACHT

Max schlich sich über die Dächer der Wohnblocksiedlung. Er musste vermeiden, dass sein Vater ihn kommen sah, sonst würde der Mann, der international als *Schatten* bekannt war und von den größten Geheimdiensten der Welt gesucht wurde, ganz bestimmt wieder verschwinden und untertauchen.

Mit Ausnahme seines Zlatoust Clychok Überlebensmessers war Max unbewaffnet. Er war nicht hier, um zu kämpfen, er war hier, um zu reden. Er hatte unzählige Fragen und wollte Antworten. Nicht zuletzt wollte er wissen, welche Rolle Kai Ritter bei der Machtübernahme Harutaka Ishidos gespielt hatte. Vor allem aber, warum er vor vielen Jahren seinen eigenen Tod vorgetäuscht und Max und seine Mutter verlassen hatte.

Max gelangte bei dem Gebäude an, das Tapa bei ihrer Recherche als das identifiziert hatte, in dem sein Vater zurzeit lebte. Es war die oberste Wohnung. Max spähte über den Rand des flachen Daches, und als er in den Fenstern kein Licht sah, hangelte er sich leise nach unten auf den Balkon. Die Tür zu knacken, war ein Kinderspiel. Er schob sie geräuschlos auf und schlich auf Fußsohlen in die Wohnung. Dort verharrte er und lauschte in die Dunkelheit. Es war nichts zu hören.

Max schaltete seine kleine LED-Taschenlampe ein, und ließ den Lichtkegel hin und her schwenken. Der Raum, in dem er gelandet war, war das Wohnzimmer der Wohnung. Max fiel auf, dass es völlig unbenutzt aussah. Sicher, da standen die üblichen Möbel und auch ein TV-Gerät, aber es lag überhaupt nichts Persönliches herum. Es war so steril wie in einem Einrichtungskatalog.

Max schlich in den Flur hinaus. Auch der war völlig leer. Von dort gingen drei Türen ab. Sie standen alle offen, trotzdem war nicht das Geringste zu hören. Nicht einmal ein Schnarchen oder Atemgeräusche. Die erste der Türen führte in das Badezimmer. Max leuchtete hinein, aber auch hier gab es nichts, das darauf hingewiesen hätte, dass das Apartment bewohnt war. Keine Seife, kein Duschgel, kein Rasierer. Nicht einmal Toilettenpapier.

Max bekam das beinah sichere wie ungute Gefühl, dass er zu spät gekommen war. Sein Vater war scheinbar ausgeflogen. Dennoch ließ Max große Vorsicht walten, als er sich in das Schlafzimmer schlich. Nur für den Fall.

Wie vermutet, war auch das Schlafzimmer leer. Das Bett war frisch bezogen. Nirgends lag schmutzige Wäsche. Max ging zum Kleiderschrank und schob die Tür auf. Leer.

Noch ehe er danach die Küche betrat, wusste er, dass sein Vater tatsächlich weg war.

Er aktivierte das Headset. »Bist du dir sicher, dass ich in der richtigen Wohnung bin?«, fragte er Tapa.

»Absolut sicher«, antwortete sie. »Ich habe die Adresse über meine Software extrapoliert, und laut der Datenbank der Wohnungsgesellschaft ist die Wohnung unterm Dach die einzige, die in den vergangenen Monaten frisch vermietet wurde.«

»Aber sie ist leer«, sagte Max. »Vollkommen unbewohnt. Kein Anzeichen dafür, dass er jemals hier gewesen ist.«

»Hm«, überlegte Tapa kurz. »Genau genommen ist das sogar ein Beweis dafür, dass es seine Wohnung ist – oder war.«

Max erkannte, was sie meinte. »Bei jedem anderen Mieter würde es Spuren geben, dass sie bewohnt ist. Nicht aber beim Schatten, wenn er sie gerade frisch aufgegeben hat und verschwunden ist.«

»Genau«, sagte Tapa. »Geh doch mal zum Kühlschrank, Max.«

Max tat, worum sie ihn gebeten hatte und öffnete ihn. »Auch er ist leer.«

»Hell oder dunkel?«

»Was meinst du?«

»Läuft der Strom? Ist das Licht an?«

»Nein«, sagte Max. Ein Blick neben den Kühlschrank zeigte, dass der Stecker herausgezogen war.

»Aber ich gehe jede Wette ein, dass er trotzdem noch kalt ist«, sagte Tapa.

Max steckte die Hand in den Kühlschrank. »Ja, er ist tatsächlich noch kalt.«

»Das habe ich mir gedacht«, sagte Tapa. »Mein Programm hat festgestellt, dass er heute Nachmittag noch zu der Wohnung gegangen ist. Das muss gewesen sein, bevor er sie ausgeräumt und seine Spuren verwischt hat. Deshalb ist der Kühlschrank noch kalt. Danach muss er es geschafft haben, sich aus der Wohnung zu schleichen, ohne dass ich ihn auf den Kameras der näheren Umgebung entdeckt habe.«

»Du meinst, er ist auf dem Weg abgehauen, auf dem ich gekommen bin?«

»Genau. Über die Dächer. Dein Vater ist echt paranoid, weißt du das?«

»Das muss er auch sein«, sagte Max. »Wie sonst schafft er es seit Jahren für tot zu gelten und sogar dem russischen Geheimdienst immer wieder zu entkommen?«

»Aber ich bin besser als der russische Geheimdienst«, sagte Tapa.

»Was hast du vor?«

»Jetzt, da ich weiß, dass er abhaut, erweitere ich die Suche meines Programms wieder auf die ganze Stadt. Vornehmlich auf die Bahnhöfe, die Häfen und den Airport. Warte.«

Max wartete. Es fühlte sich an wie eine Ewigkeit. Er ging hinaus auf den Balkon und blickte über die Stadt. Tokio war wohl mit Abstand die bunteste Stadt, die man sich vorstellen kann. Leuchtreklamen überall.

»Ich habe ihn«, sagte Tapa plötzlich. »Er ist am Flughafen. Vielmehr war er das vor etwas mehr als einer Stunde.«

»Er will das Land verlassen«, schlussfolgerte Max.

»Ich checke die Boarding-Files der Airlines.«

»Wonach?«, fragte Max. »Er wird wohl kaum unter seinem echten Namen buchen.«

»Natürlich nicht«, sagte Tapa. »Deshalb checke ich auch nicht die Reservierungen oder die Buchungen, sondern die Boarding-Files. Dank der neusten Sicherheitsbestimmungen werden Passagiere beim Besteigen der Flieger nur noch mit Lichtbildausweis eingecheckt. Meine Gesichtserkennungs-Software entdeckt das Bild ganz bestimmt. Ha! Ich habs!«

»Und?«

»Max, halt dich fest.«

»Was ist?«

»Du wirst es nicht glauben, aber dein Vater sitzt gerade in einem Flieger nach Berlin!«

KAPITEL 3

EINE GEHEIMNISVOLLE GRUPPE

IM HAFEN VON TOKIO –
DAS HAUPTQUARTIER DER SHADOW AGENTS –
NACHT

Als Max von seinem Streifzug nach Taito zum Hauptquartier auf der Dschunke zurückkehrte, stand ein unerwarteter Gast an Deck. Er stand da völlig bewegungslos und ruhig wie eine Statue. Max kannte niemanden, der so ausdauernd so ruhig stehen konnte wie er.

»Meister Chao Wong«, sagte Max ehrerbietig und verbeugte sich tief vor seinem alten Lehrmeister. »Was führt Euch zu so später Stunde hierher?«

Es war Meister Chao Wong, der Max und den anderen Shadow Agents die Dschunke und die gesamte Ausrüstung an Bord zur Verfügung gestellt hatte, um Harutaka Ishido das schmutzige Handwerk zu legen.

»Ich fürchte, ich bringe heute schlechte Neuigkeiten, Max Ritter«, sagte der Alte mit Grabesstimme und sah Max dabei tief in die Augen.

Für einen Augenblick befürchtete Max, dass Meister Chao Wong gekommen war, um ihnen jetzt, da Harutaka Ishido endgültig zur Strecke gebracht war, die Dschunke und die Ausrüstung wieder abzunehmen.

Wie schon so oft in der Vergangenheit beim Anti-Terror-Training für Diplomatenkinder schien Meister Chao Wong Max' Gedanken zu lesen.

»Nein«, sagte er. »Ihr behaltet euer Hauptquartier, denn so wie es aussieht, ist eure Arbeit mit dem Tod Ishidos noch lange nicht beendet.«

»Worum geht es?«

Meister Chao Wong holte lang und tief Luft, so als müsste er sich sammeln. Das war kein gutes Zeichen.

»Ich habe Nachforschungen angestellt, Max Ritter«, fuhr er fort. »Allem Anschein nach war Ishido bei all seiner Macht nur eine Marionette für eine wesentlich mächtigere Gruppe als die Yakuza.«

»Mächtiger als die Yakuza?«, fragte Max überrascht. »Geht das denn?«

»Ja«, bestätigte Meister Chao Wong. »Es ist kaum zu glauben, aber das geht tatsächlich.«

»Was ist das für eine Gruppe?«

»Ich fische noch im Trüben«, gab Meister Chao Wong zu. »Die Drahtzieher und ihre Ziele haben sich mir noch nicht offenbart. Aber eines ist gemäß meinen bisherigen Nachforschungen absolut sicher: Harutaka Ishido war lediglich eine Figur in einem noch sehr viel größeren Spiel. So wie auch dein Vater, Max.«

»Mein Vater?«

»Ja. Welche Rolle genau er in dem Gefüge der Dunkelheit einnimmt, weiß ich nicht, aber dass er irgendwie involviert ist, dessen bin ich mir absolut sicher.«

»Er ist zu dieser Stunde unterwegs nach Berlin«, gab Max seinem Lehrmeister zur Kenntnis.

»Dann musst du ihm unbedingt dorthin folgen, Max. Im Moment ist dein Vater unsere einzige Spur zu dieser geheimnisvollen Gruppe.« Meister Chao Wong zog eine Brieftasche aus dem Kragen seines Kimonos und reichte sie Max. »Hier drin findest du Bargeld und Kreditkarten.«

Max nahm die Brieftasche entgegen und steckte sie in seine Jacke.

»Und noch etwas«, sagte Meister Chao Wong. Ein Schatten legte sich über sein ohnehin schon ernstes Gesicht.

»Was?«

»Zu deiner eigenen Sicherheit und auch um der Sicherheit deiner Freunde willen musst du deinen Vater, bis zum Beweis für das Gegenteil, als einen Feind betrachten. Als einen äußerst gefährlichen Feind.«

KAPITEL 4

EIN HINDERNIS

TOKIO – DIE DEUTSCHE BOTSCHAFT

Noch von unterwegs von der Dschunke zur Botschaft hatte Max Vicky und Ricky angerufen und sie grob über das Gespräch mit Meister Chao Wong informiert. Als er zu Hause ankam, warteten die Zwillinge bereits in seiner Zimmersuite auf ihn. Ricky trug einen schwarzen Pyjama aus Baumwolle, der ihm an Armen und Beinen zu kurz war. Max wunderte sich jedes Mal darüber, wie schnell Ricky wuchs; der Pyjama war gerade mal ein halbes Jahr alt und schon wieder zu klein. Vicky hatte ein rosafarbenes Nachthemd an und darüber einen weißen Morgenmantel aus Seide. Max fand – wie immer –, dass sie entzückend aussah. Vielleicht würde er irgendwann auch den Mut aufbringen, es ihr zu sagen.

»Ich muss dringend nach Berlin«, sagte Max, während er seine Umhängetasche abstreifte und sie neben seinen Schreibtisch stellte. Er zog die Jacke aus und ließ sich in den Sessel fallen. »Am besten gleich morgen früh.«

»Vater wird das nicht erlauben«, meinte Ricky mit einem Kopfschütteln und seinem typischen pessimistischen Stirnrunzeln. Ricky war, seit Max ihn kennengelernt hatte, damals in Berlin, als er ihm und seinem Vater das Leben gerettet hatte, was man in einer Gang den typischen Bedenkenträger nennt. Er war derjenige, der sich immer Sorgen machte und statt des möglichen Erfolgs einer Sache immer erst deren mögliches Scheitern sah. Ricky nannte das »die Stimme der Vernunft«; Max jedoch empfand es in den meisten Fällen einfach als nervig.

»Was bitteschön sollte dein Vater denn dagegen haben?«, fragte Max daher nun leicht gereizt. »Jetzt, da Harutaka Ishido tot ist, trachtet mir in meiner alten Heimatstadt doch niemand mehr nach dem Leben.«

»Da wäre ich mir an deiner Stelle nicht so sicher«, wandte Vicky ein. Auch sie hatte die Stirn in nachdenkliche Sorgenfalten gelegt. »Was, wenn sich die Yakuza für Ishidos Tod an dir rächen will?«

»Woher soll sie denn wissen, dass wir etwas damit zu tun haben?«, fragte Max. »Außerdem glaube ich, die Yakuza hat im Moment mit dem Streit um Ishidos Nachfolge ganz andere Sorgen als mich. Und – davon abgesehen – Meister Chao Wong meint, dass eine noch viel größere Organisation hinter Ishido gesteckt hat. Wenn wir uns Gedanken machen müssen, dann um die. Und um mehr über sie herauszufinden, müssen wir mehr über meinen Vater in Erfahrung bringen, denn der hat laut Meister Chao Wong irgendwas damit zu tun. Er ist in Berlin, also muss ich auch nach Berlin.«

»Wie gesagt«, meinte Ricky, »Vater wird das nicht erlauben.«
»Euer Vater ist nur mein Patenonkel«, antwortete Max, »nicht mein gesetzlicher Vormund.«

Ricky schüttelte den Kopf. »Trotzdem ...«

»Stress machen wird er auf jeden Fall«, pflichtete Vicky ihrem Bruder bei. »Aber ich glaube, ich habe da eine Idee, wie wir den umgehen könnten.«

»Sprich«, forderte Max.

»Die alljährliche Gala meiner Großmutter«, sagte Vicky.

Rickys Gesicht hellte auf. »Genial!«

Max sah die beiden irritiert an. »Klärt mich mal jemand auf?«

»Meine Großmutter gibt jedes Jahr um diese Zeit in Berlin in ihrer Villa in Zehlendorf eine Spendengala für die Kindernothilfe«, sagte Vicky. »Da lädt sie ein, was Rang und Namen hat in Wirtschaft und Industrie, und Stars und Sternchen aus Film, Fernsehen, Musik und Sport. Diese Gala ist jetzt am Wochenende. Wir sagen unserem Vater einfach, dass wir mit dir dahin wollen, um Großmutter bei der Gala zu helfen.«

KAPITEL 5

ÜBERREDUNGSKUNST

TOKIO – DIE DEUTSCHE BOTSCHAFT

Am nächsten Morgen im Speisesalon, am wie jeden Tag reich gedeckten Frühstückstisch, übernahm Vicky das Reden mit ihrem Vater, Botschafter Arndt von Lausitz. Denn wenn einer ihn um den kleinen Finger wickeln konnte, dann war das Vicky.

»Ich weiß nicht recht«, antwortete der Botschafter, nachdem Vicky ihren Vorschlag, mit Ricky und Max nach Berlin zu reisen, um die Großmutter bei der Spendengala zu unterstützen, unterbreitet hatte. Er biss nachdenklich in sein Marmeladenbrötchen.

»Ach, komm schon, Papa!«, bettelte Vicky kunstvoll mit dem jahrelang bis zur Perfektion trainierten Augenaufschlag des lieben, unschuldigen Töchterleins. »Wir wären ja nur für etwa eine Woche weg. Höchstens anderthalb. Und Oma könnte unsere Hilfe ganz bestimmt gut gebrauchen. Und natürlich auch unsere moralische Unterstützung. Du weißt doch, wie aufgeregt sie bei der Gala immer ist.«

Freiherr von Lausitz schmunzelte, amüsiert von der sprudelnden Euphorie, mit der Vicky ihr Anliegen vortrug. Natürlich durchschaute er seine Tochter, aber da ihre Begeisterung wirklich ansteckend war, änderte das nichts am Erfolg ihrer Taktik.

»Ja, das ist wohl wahr«, stimmte er ihr zu. »Ich frage mich ohnehin, warum meine Mutter sich den ganzen Stress in ihrem gesegneten Alter noch Jahr für Jahr antut, aber gleichzeitig muss man sie auch bewundern für ihren unermüdlichen Einsatz für die Kindernothilfe.«

»Die Gala wäre außerdem eine super Gelegenheit für uns, ein paar unserer Freunde in Berlin endlich einmal wiederzusehen«, setzte Vicky obendrauf. »Bitte, Papa! Lass uns zu ihr fliegen!«

Freiherr von Lausitz sah seine Tochter an, und Max konnte an seinem sanften und liebevollen Blick ganz leicht erkennen, dass Vicky ihren Vater mit ihrem Plädoyer schon fast butterweich gekocht hatte.

»Und die Schule?«

»Was ist mit der Schule?«

»Na, was sagt eure Privatlehrerin dazu, dass ihr eine Woche oder gar anderthalb keinen Unterricht habt?«, fragte der Botschafter.

»Ach, für Frau Kretzschmar geht das bestimmt in Ordnung«, sagte Vicky im Brustton der Überzeugung. »Wir werden einfach für zwei Wochen das doppelte Pensum einlegen, wenn wir aus Berlin zurückkommen. Versprochen!«

»Versprochen!«, sagte auch Ricky.

»Ehrenwort«, fügte Max hinzu.

»Es sieht wohl ganz so aus, als hättet ihr drei das alles schon vorab ziemlich gut durchdacht und geplant«, meinte der Botschafter.

»Wir haben uns sogar schon einen Flug ausgesucht«, sagte Vicky. »Heute Abend um kurz nach sechs mit *Finnair* über Helsinki, dann sind wir schon morgen früh etwa gegen acht Uhr in Berlin.«

Freiherr von Lausitz stutzte verblüfft.

»Heute Abend schon?«, fragte er.

»Ja«, sagte Vicky.

»Das ist aber sehr kurzfristig«, meinte er. »Ich weiß nicht, ob Hauptmann Frommholz bis dahin ein Sicherheitsteam zusammenstellen kann.«

»Aber Papa, wir brauchen doch keine Leibwächter. Jetzt, da Harutaka Ishido tot ist.«

»Vicky, du weißt doch ganz genau: Als Kinder des deutschen Botschafters in Tokio braucht ihr immer Leibwächter. Egal, wo ihr hingeht.«

»Na gut«, sagte Vicky und sprang freudig von ihrem Stuhl auf. »Ich kläre das am besten gleich mit Hauptmann Frommholz.«

Nachdem sie nach draußen gerannt war, betrachtete Freiherr von Lausitz Max und Ricky mit einem eindringlichen Blick.

»Ihr führt doch wieder was im Schilde«, sagte er.

Max tat so unschuldig, wie er nur konnte, und zuckte mit den Schultern.

»Überhaupt nicht, Papa«, log Ricky, ohne rot zu werden. »Wir freuen uns einfach nur darauf, Berlin wiederzusehen. Und so kann Oma endlich auch einmal Max kennenlernen, wo er doch schließlich jetzt so gut wie zur Familie gehört.«

»Und das soll ich euch glauben?« Der Botschafter war sichtlich alles andere als überzeugt. »Ich denke, ich werde sicherheitshalber Hauptmann Frommholz selbst mit euch nach Berlin schicken. Er soll ein Auge auf euch halten.«

Max wusste, dass die Probleme förmlich vorprogrammiert waren, wenn Frommholz sie nach Berlin begleitete. Der Sicherheitschef der Botschaft hatte Max von Anfang an auf dem Kieker. Es war verflucht schwer, ihn auszutricksen, aber Max hatte inzwischen reichlich Übung darin.

KAPITEL 6

GEHEIMNISSE UNTER FREUNDEN

IM HAFEN VON TOKIO –
DAS HAUPTQUARTIER DER SHADOW AGENTS

Nach dem Frühstück in der Botschaft fuhr Max hinunter zum Hafen und traf sich mit Tapa auf der Dschunke. Wie fast immer saß die Tochter des indischen Botschafters unter Deck in der Computerzentrale, die sie verschwörerisch *Adlerhorst* getauft hatte.

Nachdem Max ihr von dem Plan erzählt hatte, den er mit Vicky und Ricky ausgeheckt hatte, seufzte Tapa tief und sehnsuchtsvoll.

»Oh Mann!«, sagte sie. »Wie gern würde ich mit euch nach Berlin fliegen.«

»Na, du kommst natürlich mit.«

»Geht leider nicht.«

»Warum nicht?«

Tapa deutete auf das komplizierte Arrangement von Computern, das vor ihr aufgebaut war. »Es würde Wochen dauern, bis ich in Berlin das Equipment zusammengestellt hätte, dass wir hier an Bord der Dschunke haben. Und in der Zeit würden wir die Spur deines Vaters wieder aus dem Auge verlieren.«

»Kannst du auf deine Computer hier nicht von Berlin aus über das Netz zugreifen?«, fragte Max.

»Doch, das könnte ich«, antwortete sie. »Aber dafür bräuchte ich zusätzliche Module, die zu organisieren auch mindestens vier oder fünf Tage dauern würde. Hätte ich bloß früher damit gerechnet, dass wir als Shadow Agents auch Einsätze im Ausland haben werden …«

»Ja, damit konnte keiner rechnen«, sagte Max. »Wir waren uns sicher, dass alle Fäden hier in Tokio zusammenlaufen. Aber nach dem zu urteilen, was wir von Meister Chao Wong wissen …«

Tapa nickte. »Wer hätte geglaubt, dass es eine Organisation gibt, die noch größer ist als die Yakuza? Der Gedanke macht mir Angst.«

»Ja, mir auch«, gab Max zu. »Zumal Meister Chao Wong auch nicht mehr über sie weiß, als dass sie existiert.«

»Ich werde versuchen, ob ich von hier aus etwas herausfinden kann.«

»Tu das«, sagte Max. »Aber in erster Linie konzentrierst du dich bitte darauf, mit deinen Überwachungssystemen meinem Vater dicht auf den Fersen zu bleiben. Im Moment ist er unsere beste, ja eigentlich einzige Chance, mehr über diese geheimnisvolle Schattenorganisation herauszufinden. Darüber, wer dahintersteckt, aber vor allem, was genau sie plant.«

»Ich bleibe am Ball«, versprach Tapa. »Darauf kannst du dich verlassen.«

»Und denk bitte daran, dass Dimitri nichts von der ganzen Sache erfährt. Er weiß nicht, dass der Mann, den er für das Scheitern der politischen Karriere seines Vaters in Russland verantwortlich macht, mein Vater ist.«

»Nicht auszumalen, wie er reagieren würde, wenn er das erfährt.«

Die Vorstellung versetzte Max einen Stich in der Brust. »Es wäre vermutlich das Ende unserer Freundschaft. Ganz zu schweigen davon, dass Dimitri ganz bestimmt den russischen Geheimdienst einschalten würde, um meinen Vater zu finden. Er ist in Russland nach wie vor einer der am meisten gesuchten Männer. Sie halten ihn für einen Waffenhändler, Terroristen und Attentäter.«

»Glaubst du, da ist etwas Wahres dran?«, fragte Tapa. Max konnte die Besorgnis in ihrer Stimme deutlich hören.

»Schwer zu sagen«, gestand er. »Alle Anzeichen sprechen dafür.«

»Was sagt dir dein Gefühl?«

»Tief im Innern will ich das natürlich nicht glauben«, sagte Max. »Aber ich kann auch nicht von der Hand weisen, dass er meine Mutter und mich vor vielen Jahren im Stich gelassen und seinen eigenen Tod vorgetäuscht hat.«

»Vielleicht hatte er dafür ja seine Gründe«, gab Tapa zu bedenken.

»Ja, vielleicht. Aber mir will einfach kein Grund einfallen, der rechtfertigen könnte, dass man seine Familie im Stich lässt. Meister Chao Wong sagt auf jeden Fall, dass ich, bis ich mehr über meinen Vater in Erfahrung gebracht habe, ihn wie einen Feind behandeln soll.«

»Das tut mir leid, Max.«

»Ja, mir auch.«

In dem Moment leuchtete neben Tapas Computeranlage ein rotes Alarmsignal auf.

Max' und Tapas Blicke zuckten sofort auf die Überwachungsmonitore. Max erkannte die Gestalt, die gerade über die Gangway an Bord kam, sofort.

Tapa auch. »Es ist nur Dimitri.«

»Denk dran, was wir verabredet haben. Kein Wort von meinem Vater.«

»Ich weiß ja, dass es nicht anders geht, aber ein gutes Gefühl habe ich nicht dabei, ihn anzulügen.«

»Geht mir ganz genauso«, sagte Max. »Das kannst du mir glauben.«

KAPITEL 7

MISSTRAUEN

IM HAFEN VON TOKIO –
DAS HAUPTQUARTIER DER SHADOW AGENTS

Dimitri war nervös. Er war sogar schrecklich nervös. Er spürte, wie seine rechte Hand, mit der er über das hölzerne Geländer der Gangway strich, zitterte. Auch seine Handflächen waren feucht vor kaltem Schweiß. Es gab einen guten Grund für Dimitris Nervosität.

Er hatte all seinen Mut zusammengefasst und wollte Tapa heute endlich zu einem Date einladen. Und mit Date war nicht etwa ein Meeting der Shadow Agents gemeint, sondern ein ganz privates Treffen. Nur sie und er. Dimitri wollte Tapa endlich gestehen, dass er schon seit Langem bis über beide Ohren in sie verliebt war.

Dimitri ärgerte sich ein bisschen darüber, dass ihn das so nervös machte. Er war sonst nie nervös. Eigentlich war er sogar die Gelassenheit in Person. Innere Ruhe war so etwas wie sein zweiter Vorname. Und das nicht ohne Grund. Trotz seiner Jugend war er ein Meister in Taekwondo und auch in anderen Techniken mit und ohne Waffen ein überdurchschnittlich guter Kämpfer. Er hatte sich immerhin zusammen mit Max und den anderen Shadow Agents mit der Yakuza angelegt und am Ende den Sieg davongetragen. Er war also zu Recht gelassen und selbstbewusst. Aber Tapa zu fragen, ob sie mit ihm ausgehen wolle, bereitete ihm regelrecht Angst.

Es war die Angst vor Zurückweisung – davor, dass Tapa möglicherweise Nein sagen könnte. Aber er wusste, dass Angst einen im Leben nicht abhalten durfte, etwas zu tun, was getan werden musste. Denn wenn er aus seinem Herzen eine Mördergrube machte und Tapa gar nicht erst fragte, würde er nie erfahren, ob sie seine Gefühle erwiderte.

Dimitri hatte ihr sogar Blumen mitgebracht. Einen großen Strauß. Er hatte sich dafür extra von Ludmilla Romanova, der Hausdame, die in der Russischen Botschaft außer für die Sauberkeit der Räumlichkeiten auch für die Blumengestecke verantwortlich war, beraten lassen. Sie hatte ihm ein großartig buntes Bouquet zusammengestellt. Vielleicht war das ja ein bisschen übertrieben, auf jeden Fall kam Dimitri sich schon ein wenig albern dabei vor. Aber er hatte gelesen, dass man das so macht und dass Frauen das gefällt. Er hielt den Strauß mit der freien Hand hinter dem Rücken, damit Tapa die Blumen über die Überwachungskameras der Dschunke nicht vorzeitig sehen würde. Er wollte sie überraschen.

Bei der Treppe nach unten hielt Dimitri einen Moment lang inne und atmete tief durch, um sich wenigstens ein bisschen zu beruhigen. Er wischte sich den Schweiß in den Handflächen an seinen Hosen ab und ging nach unten.

»Hallo Dimitri«, begrüßte ihn Max, als er den Adlerhorst berat.

Dimitri hätte vor Schreck fast die Blumen fallen lassen. Mit Max hatte er nicht gerechnet. »Oh M-Max, d-du b-bist auch hier«, stotterte er – und ärgerte sich darüber. Sowohl darüber, dass Max hier war, als auch darüber, dass er stotterte.

»Ja, ich wollte mich von Tapa verabschieden«, sagte Max. »Und gleich danach wollte ich noch zu dir in die Botschaft kommen, um Tschüss zu sagen.«

»V-Verabschieden?« Dimitri war jetzt doppelt überrascht. »Wo willst du denn hin?«

»Vicky, Ricky und ich fahren für ein paar Tage nach Berlin«, informierte ihn Max. »Zu ihrer Großmutter. Die veranstaltet eine Spendengala, bei der wir sie unterstützen wollen.«

»Oh, Berlin«, sagte Dimitri und gab sich Mühe, die Blumen hinter seinem Rücken zu verstecken. »Berlin ist toll. Ich war schon viel zu lange nicht mehr da. Weißt du, was? Ich komme einfach mit.«

»Ähm«, machte Max. »Mach dir mal keinen Stress. Wir fliegen schon heute Abend.«

»Ach, das ist doch kein Stress«, wehrte Dimitri ab. »Und dass wir schon heute Abend fliegen, ist auch kein Problem. Ich kriege bestimmt noch einen Platz. Vielleicht will Irina ja auch mit. Das wird bestimmt ein großer Spaß.«

»Ähm«, machte Max schon wieder, was Dimitri jetzt doch

ein wenig seltsam vorkam. »Ist eine kleine private Familienangelegenheit. Wir fahren da alleine hin und sind dann ruckzuck auch schon wieder hier.«

»Die Spendengala von Vickys und Rickys Großmutter soll eine kleine private Angelegenheit sein?«, fragte Dimitri verwundert. »Meine Familie und ich waren schon zweimal bei ihr zu Gast. Das ist eine Riesensache. Und jedes Mal ein großer Spaß. Da will ich dabei sein.«

»Aber wir sind ja nicht zum Spaß dort«, sagte Max ausweichend. »Sondern zum Helfen. Wir werden da nicht viel Zeit haben. Aber wenn wir nach Tokio zurückkommen, machen wir einfach hier eine Party. Was hältst du davon?«

»Wieso habe ich gerade das äußerst merkwürdige Gefühl, dass du nicht willst, dass ich mit euch nach Berlin komme?«, fragte Dimitri.

»Ach was!« Max winkte ab und lächelte schief. »Es ist nur alles so kurzfristig. Hätte ich früher von der Sache gewusst, hätte ich vorher was gesagt. Aber jetzt haben wir schon alles verplant.«

Noch ehe Dimitri etwas darauf sagen konnte, klopfte Max ihm auch schon auf die Schulter, sagte »Wir sehen uns dann in ein paar Tagen«, und eilte aus dem Adlerhorst die Treppe hinauf.

Während Dimitri ihm verwirrt nachschaute, hatte er sich umgedreht, ohne dass es ihm bewusst geworden war.

»Oh!«, sagte Tapa. »Du hast mir Blumen mitgebracht?«

Dimitri wirbelte zu ihr herum. Er war schlagartig rot geworden wie ein Hummer.

»Ein bisschen Deko für den Adlerhorst?«, fuhr Tapa fort. »Ach Dimitri, das ist eine wirklich schöne Idee. Du bist ein Schatz!«

»Äh ja«, sagte Dimitri und reichte ihr die Blumen. »Deko für den Adlerhorst.«

Tapa nahm die Blumen entgegen. »Ich schau mal in der Kombüse, ob ich eine Vase finde.« Damit war sie auch schon nach hinten weg verschwunden.

Dimitri war von der Entwicklung der Geschehnisse vollkommen überfordert. Er hatte nicht die Spur einer Ahnung, wie er jetzt noch die Kurve kriegen sollte, um Tapa zu erklären, dass die Blumen nicht als Dekoration, sondern als Geschenk für sie gedacht waren.

Sein ganzer Plan war vermasselt. Durch Max' Anwesenheit, aber vor allem durch sein merkwürdiges Verhalten.

»Ich habe tatsächlich eine gefunden«, sagte Tapa, als sie schon gleich darauf wieder in die Computerzentrale zurückkehrte. Sie hielt eine schöne chinesische Vase aus weißem Porzellan in der Hand. Die Blumen hatte sie bereits aus der Folie befreit und hineingestellt. »Wohin passt sie wohl am besten?«

Dimitri wusste nicht, wie er darauf antworten sollte. Er kannte sich mit so was ganz und gar nicht aus. Zum Glück kam ihm Tapa zuvor.

»Wir stellen sie hier auf die Vitrine mit den Messern und Dolchen«, sagte sie. »Blumen und Klingen, das ist ein schöner Kontrast, findest du nicht?«

»Ähm, ja«, sagte Dimitri, weil ihm einfach nichts Besseres einfiel.

»Was führt dich eigentlich her zu so früher Stunde?«, fragte Tapa. »Heute steht doch gar kein Meeting auf dem Programm.« Spätestens jetzt hatte Dimitri all seinen Mut verloren, Tapa zu gestehen, warum er wirklich hier war.

»Ach, ich wollte nur ein bisschen in Ruhe im Dojo trainieren«, log er daher und nahm ein Übungsschwert aus Holz von der Wand. »Lust auf ein paar Runden?«

»Würde ich wirklich gerne«, antwortete sie, »aber ich habe noch jede Menge zu tun.«

Sie setzte sich wieder auf ihren Platz vor den Computern.

»Schade«, sagte Dimitri. »Woran arbeitest du denn gerade?«

»Ach, bloß so dies und das. Computerkram, du weißt schon.«

Dimitri hatte plötzlich das Gefühl, dass Tapa gerade ganz genauso ausweichend reagierte wie zuvor Max. Irgendwas verheimlichten die beiden vor ihm. Für einen Moment überlegte er nachzuhaken, aber dann entschied er sich dagegen. Wenn es tatsächlich so war, dass sie ihm etwas verschwiegen, dann würde nachhaken auch nichts bringen. Er musste selbst herausfinden, was hier gespielt wurde.

KAPITEL 8

SKORPION

FINNAIR, FLUG AY5787

Abgesehen von einigen Turbulenzen über dem Norden der Mongolei verlief der Flug von Tokio nach Helsinki völlig reibungslos. Vicky saß neben Max und schlief tief und fest. Dabei hatte sie ihren Kopf an Max' Schulter gelehnt. Er genoss ihre Nähe sehr. Es war wirklich unglaublich, aber Vicky konnte überall schlafen, wenn sie nur wollte. Sie musste sich lediglich hinsetzen oder hinlegen, und schon war sie weggeschlummert. Max beneidete sie um diese Fähigkeit. Wie gern hätte auch er jetzt ein Auge zugetan, um der Ereignislosigkeit des Fluges und der damit verbundenen Langeweile zu entgehen. Aber sein Gehirn ließ das nicht zu. Es arbeitete ununterbrochen – ganz gegen seinen Willen. Dabei drehten sich die Gedanken nur immer wieder im Kreis. Das hielt ihn nicht nur wach, das frustrierte Max auch.

Wer war sein Vater wirklich? War er nun ein ehemals deutscher Offizier der Bundeswehr namens Kai Ritter oder ein ehemals russischer Soldat und späterer Söldner und Waffenhändler mit Namen Oleksiy Tereshchenko?

Klar war, dass eine der beiden Identitäten nur ein Cover war – aber welche der beiden? Ebenfalls klar war, dass – ganz gleich, welche der beiden Identitäten nun echt war und welche erfunden – Max' Vater früher einmal ein Spion gewesen sein musste. Aber für welches Land? Deutschland oder Russland? Vielleicht war er ja sogar ein Doppelagent gewesen, der beide Seiten gegeneinander ausgespielt hatte.

Auf welcher Seite stand er jetzt? War er einer der Guten, oder gehörte er zu den Bösen?

Was machte er jetzt gerade in Berlin?

Was war das für eine Organisation, für die selbst ein so mächtiger Yakuza-Boss wie Harutaka Ishido nur eine Marionette gewesen war? Wenn selbst Meister Chao Wong noch nichts Genaueres über sie herausgefunden hatte, musste es wirklich eine ausgesprochen geheime Organisation sein.

Welche Ziele verfolgte sie?

Welche Verbindung gab es zwischen Kai Ritter und dieser Organisation?

Max erkannte natürlich, dass sich seine Gedanken vorwiegend deshalb permanent im Kreis drehten, weil es allesamt Fragen waren, auf die er noch keine Antworten wusste. Das war nun einmal die Natur von Fragen: Fand man Antworten, waren sie keine mehr. Trotzdem konnte Max einfach nicht aufhören, sich diese Fragen in seinem Kopf immer und immer wieder zu stellen.

Auf der anderen Seite von Vicky saß Ricky. Auch er schlief tief und fest.

Hauptmann Frommholz und der zweite Leibwächter, ein junger, drahtiger Soldat in Zivil mit dem ulkigen Namen Hassdenteufel, saßen rechts von ihnen auf zwei Plätzen jenseits des Gangs. Auch Hassdenteufel schlief – und schnarchte mit offenem Mund, als wollte er einen ganzen Wald absägen.

Hauptmann Frommholz aber war hellwach. Er machte schon die ganze Reise über ein grimmiges Gesicht. Offenbar war er alles andere als glücklich darüber, Max und die beiden Kinder des Botschafters nach Berlin zu begleiten. In regelmäßigen Abständen drehte er seinen Kopf in Richtung Max und sah ihn finster an.

Frommholz hasste Max. Daraus hatte er von Anfang an keinen Hehl gemacht. Der Grund dafür war Max' Vater – ohne dass Max jemals herausgefunden hatte, warum Frommholz noch nach all den Jahren, in denen sie zusammen gedient hatten, einen solchen Groll auf Kai Ritter hegte. Es hatte irgendwas mit einem Attentat auf Botschafter von Lausitz vor vielen Jahren in Moskau zu tun, bei dem Max' Vater angeblich ums Leben gekommen war.

Es war gar nicht auszumalen, wie Frommholz wohl reagieren würde, falls er jemals erfuhr, dass Kai Ritter in Wirklichkeit noch am Leben war. Deshalb musste Max um jeden Preis vermeiden, dass Frommholz dahinterkam, warum er, Vicky und Ricky tatsächlich nach Berlin flogen.

Max nahm sein Tablet zur Hand und pingte Tapa über WhatsApp an:

Hi Tapa! Noch wach?

Klar! Wie könnte ich denn jetzt schlafen?

Hast du Neuigkeiten zu KR?

Habe ich! Sogar ganz gewaltige!

Erzähl!

Erstens: Durch die Standortbestimmung weiß ich, wo er zurzeit wohnt.

Ernsthaft?

Hast du etwa an mir und meinen Fähigkeiten gezweifelt?

Niemals! Wie könnte ich?
Schick mir die Adresse.

Schon unterwegs.

Danke. Und zweitens?

> Es ist mir außerdem gelungen, eines seiner Smartphones zu marken und zu hacken. Seine Firewall hat mich zwar recht schnell entdeckt und gekickt. Aber nicht schnell genug. Ich habe seinen gesamten Browserverlauf im Darknet gecacht.

> Ich dachte, im Darknet gibt es überhaupt keinen Browserverlauf.

> Doch. Man muss nur wissen, wonach man suchen muss. Auf jeden Fall habe ich es geschafft, einen Teil seiner Kommunikation zu filtern.

> Was hast du herausgefunden?

> Dein Vater ist in Berlin auf der Suche nach einem gewissen »Skorpion«.

> Skorpion?
> Wer oder was ist das?

> Soweit ich bisher herausfinden konnte, ist dieser Skorpion der Anführer einer neuen radikalen Terrorgruppe mit Namen C.H.A.O.S.

> Was wissen wir über sie?

> Noch nicht wirklich viel.
> Ich arbeite daran.

> Gut. Melde dich, sobald du etwas hast.

> Mach ich. Bis dahin guten Flug.

Max löschte den PN-Verlauf und steckte das Tablet zurück in den Rucksack zu seinen Füßen. Zu der Liste der Fragen, die in seinem Kopf herumschwirrten, hatten sich soeben neue hinzugefügt:

Welche Ziele verfolgte die Terrorgruppe C.H.A.O.S.? Allein schon der Name ließ Schreckliches vermuten.

War C.H.A.O.S. die Organisation, für die Harutaka Ishido nur eine Marionette war?

Wer war dieser geheimnisvolle »Skorpion«?

Und was wollte sein Vater von dem?

KAPITEL 9

GUNDI

BERLIN – ZEHLENDORF
DIE VILLA VON GUNDULA FREIFRAU VON LAUSITZ

Max staunte nicht schlecht, als sie in der Limousine, mit der sie vom Flughafen Berlin-Tegel abgeholt worden waren, vor der Villa von Vickys und Rickys Großmutter vorfuhren. Seit er in der Familie des Botschafters lebte, fühlte Max sich durch deren Reichtum ohnehin schon wie in einer anderen Welt. Aber diese Villa toppte noch einmal alles.

Schon das Anwesen war vielmehr eine Parkanlage als einfach nur ein Grundstück – mit weiten Wiesen und uralten riesigen Bäumen. Die Auffahrt war eine mit hohen Pappeln gesäumte Allee, an deren Ende die gewaltige Villa auf einem Hügel thronte. Das aus Sandsteinquadern errichtete Gebäude glich einem Schloss. Es war drei Stockwerke hoch, der Mittelteil war von zwei Flügeln flankiert. Zum Haupteingang in der Mitte führte eine halbrunde Treppe.

Eindrucksvoller noch als die Villa empfand Max die Frau,

die oben auf dieser Treppe stand. Sie war hochgewachsen und gertenschlank, ja fast schon hager. Ihre kerzengerade Haltung glich vielmehr der eines strengen Generals als der einer Großmutter. Auch ihr geschnürtes, golden schimmerndes Kleid änderte trotz der vielen Rüschen und Spitzen nichts an diesem Eindruck. Ihr Gesicht war markant, mit hohen Wangenknochen und einer schmalen, aber hervortretenden Nase. Auf dem silberweißen Haar trug sie einen Hut mit weit ausladender Krempe, der wie auch das Kleid aus dem vorletzten Jahrhundert zu stammen schien.

Mit ihrer knöchernen und mit Altersflecken übersäten Rechten stützte sie sich auf einen feinen Stock aus dunklem Holz. Der silberne Griff war wie der Kopf eines Habichts geschmiedet, und an genau diesen Raubvogel erinnerte Max auch ihr stechender, ernster Blick.

Was Max aber am meisten verblüffte, war die Tatsache, wie sehr diese Dame trotz ihres hohen Alters Vicky ähnelte. Er konnte sich gut vorstellen, wie sie wohl vor fünfzig oder mehr Jahren ausgesehen haben mochte – oder wie Vicky in ebenso vielen Jahren aussehen würde.

Ihr ernstes Gesicht hellte überraschend auf, als sie Vicky und Ricky aus der Limousine aussteigen sah. Sie strahlte förmlich, und ihr Lächeln zeigte makellos weiße Zähne. Auch dieses Lächeln erinnerte Max an Vicky, und trotz des ersten Eindrucks war ihm die alte Dame auf Anhieb sympathisch.

»Viktoria! Richard!«, rief sie erfreut und breitete die Arme aus.

»Großmutter!« Vicky und Ricky eilten die Stufen nach oben und umarmten sie gleichzeitig.

Max ging absichtlich ein bisschen langsamer, um ihre familiäre Begrüßung nicht zu unterbrechen.

Als er oben ankam und sie ihn bemerkte, löste sie sich mit einem Lächeln aus der Umarmung ihrer Enkel und trat Max entgegen. Dabei musste sie sich auf ihren Stock stützen.

»Und du musst Max sein«, sagte sie.

Aus einem merkwürdigen Impuls heraus verspürte Max den Drang, sich förmlich vor ihr zu verbeugen. Doch sie fasste ihn schnell bei der Schulter und richtete ihn wieder auf.

»Nicht doch!«, sagte sie warmherzig. »Wenn sich hier jemand verbeugt, dann bin ich das, lieber Max. Immerhin verdanke ich dir das Leben meines Sohnes und meines Enkels.«

»Oh, mir hat er zwischendrin auch schon das Leben gerettet«, sagte Vicky schmunzelnd.

»Das auch noch?«, fragte die alte Dame. »Sag, Max, darf ich dich zur Begrüßung umarmen und aufs Herzlichste in meinem Haus willkommen heißen?«

Max war von der Mischung aus warmherziger Freundlichkeit und ungezierter Förmlichkeit geradezu überwältigt und wusste gar nicht, was er sagen sollte. Also nickte er einfach.

Als sie ihn umarmte und ihm einen Kuss auf die Wange gab, spürte er, dass sie trotz ihrer strammen Haltung sehr gebrechlich war.

»Ich freue mich, dass du meine Enkel begleitet hast«, sagte sie.

»Die Freude ist ganz auf meiner Seite, Frau … Freifrau …«
Sie unterbrach ihn. »Ach, nenn mich doch einfach Gundi, wenn es dir nichts ausmacht.«
»Gerne, Gundi«, sagte Max.
»Kommt rein! Ich habe uns Frühstück anrichten lassen. Nach der langen Reise müsst ihr so hungrig sein wie die Wölfe.«
Auch im Innern der Villa sah es aus wie in einem Schloss.

Das Frühstück war in einem Salon angerichtet, der allein schon mindestens so groß war wie die ganze Wohnung, in der Max aufgewachsen war. Neben einer langen, weiß und mit edlem Geschirr und Besteck gedeckten Tafel stand ein Büffet. Wie in einem Luxushotel. Es gab Platten mit Räucherfisch, mit kaltem Braten und Schinken, mit Wurst und Käse. Körbe voller Brötchen, Hörnchen und Croissants. Silberne Töpfe mit bestimmt sechs verschiedenen Marmeladen. Kristallkaraffen gefüllt mit Orangen-, Apfel-, Grapefruit- und Tomatensaft.

Neben dem Büffet stand eine junge Frau in Hausmädchenuniform.

»Das ist Philippa«, stellte Gundi sie vor. »Sie bringt euch Kaffee oder Tee, ganz wie ihr mögt. Und wenn ihr Rührei oder Spiegeleier möchtet, sagt ihr einfach Bescheid.«

Max kam sich vor wie in einem Film. Und er hatte einen Riesenhunger. Während Vicky und Ricky aufgeregt mit ihrer Großmutter schnatterten, schaufelte er eine große Portion Rührei mit Speck und drei Scheiben Braten in sich hinein. Dazu trank er zwei Tassen Kaffee, um seine Müdigkeit zu bekämpfen. Er hatte den ganzen Flug über kein Auge zugetan.

Im Anschluss an das Frühstück führte Gundi sie ein Stockwerk höher zu ihren Zimmern. Sie lagen nebeneinander und waren auf der Rückseite der Villa zum Wald hinaus mit einem breiten Balkon verbunden.

»Perfekt, wenn wir uns heimlich davonschleichen müssen«, flüsterte Max Vicky zu, während Gundi mit Ricky etwas abseits stand.

»Hat Tapa denn schon einen Anhaltspunkt, wo dein Vater sich gerade aufhält?«

Max nickte. »Sie hat mir die Adresse geschickt. Er wohnt in einer Pension am Prenzlauer Berg.«

»Das ist ja mitten in der Stadt.«

»Ja, ich habe das schon gecheckt. Mit Bus und S-Bahn brauche ich fast eine Stunde bis dahin. Am besten fahre ich mit dem Taxi.«

»Ich hätte da eine andere Idee«, sagte Vicky und wandte sich dann an ihre Großmutter. »Sag mal, Oma, hast du eigentlich noch deine Motorradsammlung?«

KAPITEL 10

PS-STARKE ÜBERRASCHUNG

BERLIN – ZEHLENDORF
DIE VILLA VON GUNDULA FREIFRAU VON LAUSITZ

Max fielen fast die Augen aus dem Kopf. Gundi von Lausitz hatte ihn, Vicky und Ricky zum Nordflügel der Villa gebracht. Genauer gesagt, in den hallengroßen Wintergarten, der an den Nordflügel angebaut war.

Insgesamt zwölf Motorräder waren darin aufgestellt. Allesamt auf Hochglanz polierte und wunderschön anzusehende Oldtimer.

Als begeisterter Motorradfan erkannte Max die meisten davon auf Anhieb.

Da waren unter anderem eine elfenbeinweiße Honda Boldor, eine feuerrote Ducati Monster, zwei mitternachtsschwarze Harley-Davidson Nova, eine silberne Triumph Tiger und eine perlmuttfarbene BMW R 90 S.

»Das ist ja irre!«, stieß Max in einem Anflug von Bewunderung hervor.

»Ja, nicht wahr?« Gundi lächelte voller Stolz. »Und auch wenn du dir das jetzt vielleicht nicht vorstellen kannst, aber ich bin sie seinerzeit alle gefahren.«

»Allen Ernstes?«, fragte Max anerkennend. »Alle?«

»Alle«, bestätigte Gundi, und ihre Augen leuchteten, als sie das sagte.

»Du musst wissen«, sagte Vicky, »meine Oma war in ihrer Jugend eine Pionierin im Motorradsport. Sie war eine der ersten Frauen, die weltweit all die großen Langstrecken-Rallyes gefahren ist.«

»Alle großen Rallyes und sogar einige Straßenrennen«, fügte Gundi hinzu.

»Straßenrennen auch?«, fragte Max begeistert.

»Ja«, sagte Gundi. »Unter anderem auch das TT auf der Isle of Man. Das, wie man sagt, wohl tödlichste Motorradrennen der Welt.«

»Respekt«, sagte Max und untermalte seine Bemerkung mit einer tiefen Verbeugung. »Die Abenteuerlust liegt bei euch wohl in der Familie.«

Er lächelte Vicky an. Sie schmunzelte.

»Oh, mich hat sie übersprungen, die Abenteuerlust«, sagte Ricky und grinste breit. »Ich kann definitiv ganz gut ohne Abenteuer leben. Gebt mir ein gutes Buch und behaltet eure Abenteuer.«

Max und Vicky mussten spontan lachen.

»Dafür hältst du dich aber ganz wacker, wenn es drauf ankommt«, sagte Max.

»Ja, wenn es drauf ankommt, muss ich ja auch«, sagte Ricky.

»Aber freiwillig und ohne Not? Nein, da kann ich gut drauf verzichten. Das Leben ist auch so schon gefährlich genug.«

»Ach, ich wollte, ich könnte noch so wie früher«, sagte Gundi mit einem langanhaltenden Seufzen. »Aber inzwischen sind meine alten Glieder zu schwach für die schweren Maschinen. Das Rheuma macht mir ganz schön schwer zu schaffen. Aber was will man machen, wenn man nun einmal alt geworden ist?«

Sie gingen weiter und erreichten die Mitte der illustren Reihe.

»Das hier ist mein absoluter Liebling«, sagte Gundi. Die Melancholie in ihrer Stimme war deutlich zu hören.

Max erkannte das schwarz und silbern glänzende Motorrad auf den ersten Blick.

»Eine Horex Imperator«, hauchte er ehrfürchtig.

»Das ist nicht nur irgendeine Horex Imperator«, sagte Gundi und streichelte die Maschine liebevoll mit ihren schlanken Fingern. »Es ist die erste Horex Imperator, die überhaupt jemals hergestellt wurde. Fünfhundert Kubikzentimeter und dreißig PS. Baujahr 1951. Damit ist sie fast so alt wie ich.«

Zum zweiten Mal nun, nachdem er Gundi kennengelernt hatte, konnte er sich vorstellen, wie ähnlich sie einmal Vicky gewesen sein musste. Er konnte sich ausmalen, wie sie in ihren jungen Jahren auf diesen Motorrädern durch die Straßen der Welt gefahren war. Wie sehr sie es genossen haben musste.

»Du hast doch auch noch zwei kleine Maschinen«, sagte Vicky.

»Ja, hier hinten«, sagte Gundi. »Am Ende der Reihe.« Sie führte sie nach hinten. »Eine Honda CBR 125 R und eine Yamaha MT-125.«

Max pfiff durch die Zähne. Besonders die mitternachtsschwarze Yamaha im Fighter-Stil hatte es ihm auf Anhieb angetan.

»Ja«, sagte Gundi. »Klein, aber fein. Haben beide zwar nur fünfzehn PS, machen aber trotzdem ihre hundertdreißig Sachen. Damit kommst du durch die Straßen von Berlin wie nichts. Bis vor ein paar Jahren bin ich sie noch gefahren.«

»Max und ich haben neulich erst den A1-Führerschein gemacht«, ließ Vicky wie nebenbei fallen. »Wir dürften die beiden also fahren.«

Gundi lachte erfrischend auf. »Also daher weht der Wind, meine liebe Enkelin.«

Vicky grinste verschmitzt.

Gundi zwinkerte. »Die Schlüssel stecken. Vollgetankt sind sie auch.«

ZWEITER TEIL

EINE NEUE BEDROHUNG

KAPITEL 11

ERSCHRECKENDE INFORMATIONEN

BERLIN

Max konnte im vibrierenden Rückspiegel seiner hochtourig röhrenden Yamaha noch sehen, wie Hauptmann Frommholz aus Gundis Villa gerannt kam und ihnen wütend hinterherwinkte, während Vicky und er die beiden Bikes mit durchdrehenden Reifen auf die Allee und gleich darauf durch die Ausfahrt des Geländes hinaus auf die Straße lenkten.

Max hatte sich die Strecke zu der Adresse, die Tapa ihm von seinem Vater geschickt hatte, gut eingeprägt. Sie führte einmal quer durch Berlin.

Er übernahm die Führung und dirigierte seine Maschine zunächst durch die engen und verwinkelten Zehlendorfer Kopfsteinpflastergässchen hin zur B1. Als sie die erreicht hatten, konnten sie endlich ein bisschen mehr Gas geben, und die Bäume der Allee *Unter den Eichen* flogen förmlich an ihnen vorüber. Schon wenige Minuten später waren sie auf der Stadtautobahn A103 angelangt. Hier konnten er und Vicky die Maschinen richtig aufdrehen.

Vicky schloss zu ihm auf, sodass sie jetzt nebeneinander fuhren.

Max sah, wie ihr langes Haar unter dem Helm hervorflatterte. Sie lächelte. Es war ein befreites Lächeln. Motorradfahren machte ihr ganz offenbar ebenso viel Spaß wie ihm.

Beim Sachsendamm angekommen, fuhren sie von der Autobahn ab und mussten an einer roten Ampel halten.

»Na, wie wär's mit einem Rennen?«, rief Vicky zu Max herüber.

»Ist das dein Ernst?«, fragte er lachend zurück.

Ihre Augen funkelten vor freudiger Aufregung. »Logisch, Mann!«

»Mitten durch den Stadtkern?«

Sie drehte am Gasgriff und ließ ihre Maschine aufröhren. »Klar! Wer zuerst am Brandenburger Tor ist. Der Verlierer lädt die Gewinnerin zum Abendessen ein.«

Max lachte noch einmal. Ihm war natürlich aufgefallen, dass sie absichtlich *Gewinnerin* gesagt hatte. Und noch etwas fiel ihm auf: Sie wollte mit ihm zu Abend essen!

»Warum sagst du nicht einfach, dass du ein Date mit mir haben willst?«, fragte er grinsend. »Das kannst du auch ohne Rennen haben.«

»Das wäre doch langweilig!« Sie zwinkerte im zu. »Ohne Action fetzt ja nix!«, rief sie. Da schaltete die Ampel auch schon auf Grün, und Vicky jagte über die Kreuzung davon auf die Hauptstraße in Richtung Nordosten.

Max kickte den ersten Gang ein, gab Vollgas und riss seine Yamaha aufs Hinterrad. Er freute sich über die Einladung, die Vicky eben so geschickt ausgesprochen hatte – ganz egal, wer am Ende bezahlte. Als Kavalier der alten Schule hätte er sich jetzt natürlich vornehmen können, Vicky gewinnen zu lassen, aber gleichzeitig wusste er, dass sie es merken würde, wenn er nicht versuchen würde zu gewinnen, und darauf reagierte Vicky – wie Max aus ihrem Kampfsporttraining nur zu gut wusste – ausgesprochen allergisch. Sie wollte sich ihre Siege erkämpfen und sie sich nicht schenken lassen.

Max schaltete einen Gang höher, drückte das Vorderrad wieder nach unten auf den Asphalt und hängte sich in Vickys Windschatten.

Sie fädelte mit waghalsigem Tempo auf der dreispurigen Straße geschickt zwischen den fahrenden Pkws hin und her. Max schaltete in den dritten Gang. Der Motor röhrte noch immer obertourig, aber er wollte den Grip der Reifen auf dem Asphalt nicht verlieren, weshalb er noch nicht in den vierten weiterschaltete.

Die Ampel vor ihnen wechselte auf Gelb. Vicky reagierte blitzschnell, schaltete einen Gang runter und gab Vollgas. Sie schaffte es gerade noch. Max nicht. Die Ampel wurde rot, und er musste mit quietschenden Reifen eine Vollbremsung hinlegen.

Während er an der Kreuzung wartete, sah er, wie Vicky ihm davonfuhr. Aber er bewahrte die Ruhe. Bis zum Brandenburger

Tor waren es immerhin noch gut acht Kilometer und dazwischen lagen etliche Ampeln.

Er legte den ersten Gang ein, hielt die Kupplung gezogen und wartete. In dem Moment, als die Ampel wieder auf Gelb wechselte, gab er Vollgas und ließ die Kupplung kommen. Die Yamaha machte einen geschmeidigen Satz nach vorn, und Max jagte sie in schneller Folge erst in den zweiten, dann in den dritten und schließlich in den vierten Gang.

Durch die eben noch rote Ampel war die Straße vor ihm so gut wie frei, und er konnte maximal Stoff geben. Schon bald hatte er den Abstand zu Vicky wieder halbiert. Aber es trennten sie immer noch gut hundert Meter.

Die nächsten vier Ampeln waren grün, sodass Vicky ihren Vorsprung ungehindert halten konnte. Die Bikes waren gleich stark und die Strecke im Moment kerzengerade. Da war nicht viel rauszuholen.

Plötzlich klingelte es in Max' Earplugs. Er griff mit der linken Hand in seine Jacke und nahm den Anruf über das Bedienelement des Kabels, das vor seiner Brust hing, an.

»Hallo Max. Tapa hier.«

»Hey Tapa!«

»Was ist das denn für ein Lärm bei euch?«

»Ach nichts. Vicky und ich fahren auf dem Weg zum Zielort gerade ein kleines Motorradrennen.«

»Oh, wer führt?«

»Ich natürlich«, sagte Vicky, die sich per Konferenzfunktion in den Anruf geschaltet hatte, freudig.

»Mein Mädchen!«, sagte Tapa stolz. »Sorry, wenn ich euer Rennen unterbreche, aber ich denke, es ist besser, wenn ihr kurz an die Seite fahrt. Ich habe wichtige Neuigkeiten.«

»In Ordnung«, sagte Max.

»Nur wenn Max akzeptiert, dass ich gewonnen habe«, sagte Vicky.

Max lachte. »Geht klar! Das Essen geht auf mich.«

Er sah, wie Vicky vor ihm das Gas wegnahm und zur Straßenseite fuhr, wo sie die Maschine bremste und stehen blieb. Er lenkte seine Maschine neben sie. Sie schalteten die Motoren ab. Vicky strahlte Max triumphierend an. Er lächelte zurück.

»Okay Tapa«, sagte er dann. »Wir stehen.«

»Also hört zu. Ich habe diese Terrorgruppe C.H.A.O.S. unter die Lupe genommen, und was ich gefunden habe, macht mir echt Angst.«

»Erzähl.«

»Dafür, dass sie erst vor noch gar nicht langer Zeit auf den Plan getreten sind, haben sie schon jede Menge auf dem Kerbholz«, sagte Tapa. »Eine Autobombe in einem Linienbus in München. Elf Tote. Ein Anschlag auf ein Trinkwasserwerk in Baden-Württemberg. Sie haben aus einem Tanklastwagen das verbotene Insektizid Dichlordiphenyltrichlorethan in die Reservoirs geleitet. Es gab zwanzig Tote und mehr als zweihundert schwere Vergiftungen. Noch im gleichen Monat haben sie durch elektronische Sabotage der Weichensysteme auf der Strecke Hamburg-Berlin zwei ICE-Züge ineinandergejagt. Hundertsiebenunddreißig Tote und mehr als doppelt so viele Schwerverletzte.«

»Um Himmels willen!«, stieß Vicky hervor. »Das ist ja schrecklich!«

»Ja«, sagte Tapa. »Und das ist erst der Anfang der Liste.«

»Welche politischen Ziele verfolgt die Gruppe mit diesen Anschlägen?«, fragte Max, dem die Gänsehaut über den Rücken lief.

»Das ist das, was mir am meisten Angst macht«, gab Tapa zu. »Man weiß es nicht. Auch die Behörden stehen vor einem Rätsel. Es gibt zwar Meldungen, mit denen sich C.H.A.O.S. zu den Attentaten bekennt, aber sie haben bis jetzt noch keine Forderungen gestellt. Keine Ultimaten.«

»Das klingt so, als sei ihr Name Programm«, überlegte Max laut.

»Wie meinst du das?«, fragte Vicky.

»Vielleicht wollen sie einfach nur Chaos stiften.«

»Menschen können doch unmöglich so grausam sein«, sagte Vicky. »Mord ist ja schon schrecklich genug, aber dann auch noch ganz ohne Grund oder Motiv?«

»Und es kommt noch schlimmer«, sagte Tapa. »Im Darknet kursieren Hinweise, dass ihr nächster Anschlag alles bisher Dagewesene in den Schatten stellen soll. Sie prahlen förmlich damit, dass die ganze Welt davon sprechen wird. Der ganz große Schlag.«

»Hast du Details dazu?«, fragte Max.

»Nein«, sagte Tapa. »Bisher ist noch alles im Dunkeln. Aber was, wenn dein Vater da die Hände mit im Spiel hat?«

»Es ist auf jeden Fall bemerkenswert«, sagte Vicky, »dass er ausgerechnet jetzt Kontakt zu dem Anführer von C.H.A.O.S. aufnehmen will. Wie hieß der noch gleich?«

»Skorpion«, antwortete Tapa.

»Glaubt ihr, dass es sich bei C.H.A.O.S. um die Organisation handelt, für die auch Harutaka Ishido gearbeitet hat?«

»Das müssen wir herausfinden«, sagte Max. »Auf jeden Fall ändert die Information, die uns Tapa gerade gegeben hat, unsere Prioritäten.«

»Inwiefern?«, fragte Vicky.

»Es geht nicht mehr länger nur noch darum, herauszufinden, welche Organisation hinter Harutaka Ishido gesteckt hat«, erklärte Max, »und was mein Vater damit zu tun hat. Es geht jetzt ganz konkret darum, das geplante Attentat von C.H.A.O.S. zu verhindern. Dieser *große Schlag, von dem die Welt sprechen wird*, muss unbedingt vereitelt werden.«

Vicky nickte. Sie hatte verstanden, was Max meinte. »Wir dürfen also deinen Vater nicht direkt konfrontieren.«

»Genau«, sagte Max. »Wir müssen uns stattdessen im Hintergrund halten und ihn heimlich überwachen, in der Hoffnung, dass er uns zu C.H.A.O.S. führt und zu diesem Skorpion. Nur so können wir sie aufhalten.«

KAPITEL 12

ÜBERWACHUNG

BERLIN – PRENZLAUER BERG

Max und Vicky erreichten die Adresse, die Tapa ihnen als Aufenthaltsort von Kai Ritter gegeben hatte. Die Pension war ein fünfstöckiges Gründerzeithaus im Herzen des Prenzlauer Bergs. Sie fuhren mit ihren Motorrädern um die nächste Ecke, um sie dort unentdeckt abzustellen.

»Tapa«, sagte Max in das kleine Mikro im Kabel um seinen Hals.

»Ja?«

»Auf der anderen Straßenseite, der Pension gegenüber, liegt ein Hotel. Siehst du das auf deiner Karte?«

»Ja«, sagte Tapa. »Das Hotel Adler.«

»Wir brauchen dort ein Zimmer, von dem aus wir das Zimmer meines Vaters beobachten können. Kriegst du das hin?«

»Warum machen wir das nicht selbst?«, fragte Vicky. »Wir können doch einfach reingehen und uns ein Zimmer buchen.«

»Wenn wir selbst reingehen, wollen sie unsere Ausweise sehen und dann wissen sie, dass wir noch nicht achtzehn sind und geben uns vielleicht kein Zimmer. Wenn Tapa es vorab reserviert, sage ich an der Rezeption einfach meinen Namen, lege eine meiner Kreditkarten auf die Theke und schon sind wir, ohne weitere Fragen, eingebucht.«

»Clever!«, kommentierte Vicky mit einem anerkennenden Nicken.

Zwei Minuten später meldete Tapa sich wieder. »Zimmer ist gebucht. Nummer 504. Genau gegenüber von dem Zimmer deines Vaters.«

»Perfekt«, sagte Max. »Kannst du uns jetzt noch ein Geschäft in der Nähe finden, das Fernrohre und Kameras verkauft?«

»Ich habe eins«, sagte Tapa gleich darauf. »Nur zwei Blöcke weiter. Die Adresse kommt per WhatsApp.«

»Danke, Tapa.«

Max und Vicky starteten ihre Maschinen und fuhren zu dem Geschäft. Max kaufte zwei Ferngläser, eine Digitalkamera mit einem großen Teleobjektiv und ein Stativ dafür.

Beim Hotel Adler fuhren sie in die Tiefgarage und nahmen den Aufzug zur Rezeption. Dort sagte Max – wie geplant – nur seinen Namen und legte eine der Kreditkarten, die er von Meister Chao Wong erhalten hatte, auf den Tresen.

»Herzlich willkommen, Herr Ritter«, begrüßte ihn der Empfangsmitarbeiter, ein älterer Herr im dunklen Anzug, freundlich und zog die Kreditkarte durch das Lesegerät. »Ihr Zimmer ist bereit für Sie. Nummer 504. Ich wünsche einen angenehmen Aufenthalt.«

»Vielen Dank«, sagte Max und nahm Kredit- und Zimmerkarte in Empfang. Er und Vicky gingen zum Aufzug zurück und fuhren in den fünften Stock.

Das Zimmer war recht klein und altbacken eingerichtet, aber für ihre Zwecke genügte es. Max ging zum Fenster, zog den Vorhang nur ein kleines Stück zur Seite und spähte über die Straße hinweg auf die Front der Pension gegenüber. Dabei achtete er darauf, dass er selbst nicht gesehen werden konnte.

Schon ein paar Momente später entdeckte er seinen Vater. Er saß im Zimmer gegenüber am Tisch und tippte gerade etwas in sein Notebook.

GEHEIM-PROTOKOLL AvL/Skorpion Eintrag 01
BETREFF: VORBEREITUNG ZUR KONTAKT-
         AUFNAHME
ORT: DEUTSCHLAND, BERLIN

Es hat mich einiges an Mühe gekostet und auch einiges an Geld, aber endlich ist es mir gelungen, mithilfe meiner internationalen Kontakte herauszufinden, was dem **Skorpion** für die Umsetzung seines Plans noch fehlt.

Überraschenderweise ist es nicht Material, das er sucht — das scheint sich alles bereits in seinem Besitz zu befinden. Nein, es ist eine Person:

Professor Sergej Konoronkov

Also sind die Gerüchte aus dem Darknet wahr, und **C.H.A.O.S.** holt gerade wirklich zum ganz großen Schlag aus. Somit ist höchste Eile angesagt.

Ich muss zu Professor Konoronkov gelangen, ehe der **Skorpion** ihn findet! Das ist meine einzige Chance, an **C.H.A.O.S.** heranzukommen.

Es ist daher an der Zeit, einen alten

Kontakt aus meiner Zeit in Russland zu reaktivieren:
  Victor Tarpin
  Ich bin gespannt, wie Tarpin darauf reagiert, wenn er erfährt, dass ich noch am Leben bin. Erfreut wird er darüber nicht sein. Ganz bestimmt nicht.
  Aber mir bleibt keine andere Wahl.

KAPITEL 13

VICTOR TARPIN

BERLIN – PRENZLAUER BERG – HOTEL ADLER, ZIMMER 504

Max hatte die Digitalkamera auf das Stativ gebaut und über Kabel mit seinem Tablet und Strom verbunden. Sie war durch den dünnen Schlitz im Vorhang über die Straße hinweg direkt auf das Zimmer seines Vaters in der Pension gegenüber gerichtet. Was das Teleobjektiv mit starker Vergrößerung einfing, war auf dem Display des Tablets zu sehen, das Max jetzt in der Hand hielt.

Kai Ritter saß am Tisch und tippte etwas auf der Tastatur seines Notebooks.

»Kannst du mit dem Tele erkennen, was er schreibt?«, fragte Vicky.

Max sah sich den Live-Feed genauer an, schüttelte dann aber den Kopf. »Er verdeckt den Monitor zum Großteil mit seinem Oberkörper. Ich kann nur eine Zeile erkennen. Ich glaube, es ist ein Name.«

»Wie lautet der?«

»Warte, ich zoome noch näher heran.« Allmählich wurden die Buchstaben größer, deutlicher. Max las sie vor: »Victor Tarpin.«

»Kannst du das buchstabieren?«, bat Vicky.

Max tat es, und Vicky notierte es sich auf einem Notizblock. Anschließend wählte sie Tapa an.

»Wir haben einen Namen, Tapa«, sagte sie. »Victor Tarpin. Ich buchstabiere: V-I-C-T-O-R T-A-R-P-I-N. Sieh bitte zu, was du über ihn herausfinden kannst.«

»Geht in Ordnung«, bestätigte Tapa. »Ich melde mich, sobald ich etwas habe.«

Kaum hatte Vicky das Telefonat beendet, klingelte ihr Smartphone.

»O-oh!«, sagte sie, als sie auf das Display sah und las, wer der Anrufer war.

»Was ist?«, fragte Max.

»Es ist mein Vater«, antwortete Vicky. »Ich gehe besser nicht dran.«

»Es war doch klar, dass Frommholz uns verpetzt«, sagte Max. »Aber wenn du jetzt nicht drangehst, macht sich dein Vater nur noch mehr Sorgen und schaltet vielleicht die Behörden ein, um nach uns zu suchen. Du weißt doch, wie er ist.«

Vicky zögerte.

»Na los, geh schon dran«, sagte Max.

Vicky seufzte. »Also gut.« Sie wischte über das Display, nahm das Smartphone ans Ohr und säuselte mit ihrem blitzschnell aufgesetzten Töchterchenlächeln eine Oktave höher als gewöhnlich: »Hallo, mein lieber Papa!«

Max konnte die Tirade, die der Botschafter gleich darauf losließ, quer durch den Raum hören. Auch wenn er keine einzelnen Worte unterscheiden konnte, wusste er, dass Vicky gerade einen Anschiss kassierte, der sich nur so gewaschen hatte.

Vicky ließ ihren Vater etwa eine gute Minute Dampf ablassen, ehe sie ihn unterbrach.

»Du musst dir keine Sorgen machen, Papa«, sagte sie. »Oma Gundi hat uns zwei ihrer Motorräder geliehen, und damit machen Max und ich gerade eine Tour durch Berlin. Es ist alles ganz harmlos.«

Es folgte eine Pause, in der ihr Vater lautstark von sich gab, was er von der Idee hielt.

»Nein Papa, niemand weiß, wo wir sind«, beeilte Vicky sich zu sagen. »Also musst du auch keine Angst haben, dass jemand einen Anschlag auf uns verübt oder uns entführt. Wir haben alles im Griff, versprochen.

…

Nein, ich kann noch nicht sagen, wann wir wieder zurück sein werden. Das will ich auch gar nicht. Lass uns einfach unseren Ausflug genießen. Wir passen schon auf uns auf. Ja, Ehrenwort!

…

Mach's gut, Papa.

…

Ja, ich hab dich auch lieb!«

Vicky beendete das Telefonat.

»Ist er sauer?«, fragte Max.

»Sauer ist gar kein Ausdruck«, sagte Vicky. »Er dampft wie eine von diesen alten Lokomotiven. Aber er soll sich endlich einmal daran gewöhnen, dass ich fast erwachsen bin.«

»Er wird Frommholz auf die Suche nach uns schicken«, sagte Max.

»Er hat nichts dazu gesagt.«

»Du kennst ihn doch.«

»Stimmt. Mist!«

»Und wie ich Frommholz kenne, wird er dein Smartphone über GPS orten.«

»Verflucht«, sagte Vicky und wollte schon den Rückendeckel ihres Telefons abheben.

»Tu das nicht«, sagte Max. »Wenn du jetzt und ausgerechnet hier die SIM-Karte herausnimmst, kommt Frommholz genau hierher. Nicht auszudenken, wenn er deshalb meinen Vater entdeckt.«

»Dann bleibt uns nichts anderes übrig, als dass ich zurückfahre«, sagte Vicky und schnaubte ungehalten. »Wenn Papa weiß, dass ich wieder zu Hause und in Sicherheit bin, ist er wieder beruhigt.«

»Ja«, stimmte Max zu. »Und meinetwegen wird Frommholz ganz bestimmt keine groß angelegte Suchaktion starten.«

Sie packte ihre Sachen in ihren Rucksack und nahm den Motorradhelm vom Bett. »Ich hasse es, dich allein lassen zu müssen.«

»Ich komme schon klar, Vicky.«

»Pass auf dich auf!« Sie gab Max einen Kuss auf die Wange und ging zur Tür.

»Versprochen«, sagte Max ihr hinterher.

Kaum hatte Vicky das Zimmer verlassen, meldete sich auch schon Tapa.

»Was hast du herausgefunden?«, fragte Max.

»Dieser Victor Tarpin ist ein ganz übler Bursche«, sagte Tapa. »Ehemaliger Major der russischen Armee. Hat sich danach eine Zeitlang als Söldner verdingt und ist dann in das Geschäft mit Waffen eingestiegen. Lebt in Berlin. Er war wohl früher einer der Geschäftspartner deines Vaters, als der noch unter einem seiner anderen Namen, Oleksiy Tereshchenko, unterwegs war. Dann aber scheint es einen Vorfall zwischen den beiden gegeben zu haben.«

»Was ist passiert?«

»Kann ich nicht sagen«, meinte Tapa. »Auf jeden Fall hat Victor Tarpin ein Kopfgeld auf deinen Vater ausgesetzt. Ein ziemlich hohes sogar.«

»Wie hoch?«

»Eine Million Euro.«

KAPITEL 14

LOYALITÄT

TOKIO – DIE RUSSISCHE BOTSCHAFT

Die Russische Botschaft in Tokio liegt in nordöstlicher Richtung nur etwa zwei Kilometer Luftlinie von der Deutschen Botschaft entfernt. Sie ist eine schmucklose, schwer gesicherte Anlage mit einem zehnstöckigen Hochhaus im Zentrum. Der russische Botschafter lebt mit seiner Familie im Penthouse.

Dimitri stand einsam auf der Dachterrasse am Geländer und blickte nachdenklich über die Dächer der Nachbarschaft in Richtung Westen, wo sich in nur zwei Kilometern Entfernung der Hafen mit der Dschunke der Shadow Agents befand. Das ungute Gefühl, dass Tapa, Max und die anderen etwas vor ihm verheimlichten, nagte in ihm und machte ihm schwer zu schaffen. Er war enttäuscht. Es fühlte sich an wie Verrat.

Er war dermaßen in Gedanken und in seinen Schmerz versunken, dass er zunächst gar nicht hörte, dass seine kleine Schwester Irina gerade ebenfalls die Terrasse betreten hatte. Erst als sie neben ihn trat, wurde er auf sie aufmerksam.

»Du wolltest mich sprechen, starshiy brat?«, fragte sie ihn.

Dimitri mochte es, wenn Irina ihn »großer Bruder« nannte.

»Ich brauche deine Hilfe, malen'kaya sestra.« Kleine Schwester.

»Was kann ich für dich tun, Dimitri?«

Dimitri hatte lange überlegt, ob er Irina mit seinen düsteren Gedanken belasten sollte. Am Ende hatte er entschieden, dass es dazu keine Alternative gab. Nicht nur, weil er ihre Hilfe brauchte, sondern weil es auch sie etwas anging, dass ihre Freunde etwas verheimlichten.

Dennoch zögerte er einen Moment, ehe er sagte: »Ich muss an Tapas Rechner im Adlerhorst.«

»Frag sie doch einfach. Ich bin sicher, sie hat nichts dagegen.«

»Das geht nicht.«

»Wieso geht das nicht?«

»Das kann ich nicht genau sagen«, gestand er. »Es ist mehr so ein Gefühl. Aber ich bin sicher, die anderen verbergen etwas vor mir.«

»Was?«, fragte Irina erschrocken. Nach einer Schrecksekunde fügte sie hinzu: »Du bist dir dessen wirklich ganz sicher?«

»Leider ja«, sagte Dimitri. Er konnte im Gesicht seiner kleinen Schwester lesen, dass die Nachricht sie ebenso schockierte, wie sie ihn schockiert hatte. »Ich will herausfinden, was das wohl sein mag. Deshalb muss ich in das Computersystem des Adlerhorsts.«

»Wie willst du das anstellen?«, fragte Irina.

»Ich hacke das System.«

»Glaubst du, dass du das schaffst?« Irinas Blick verriet, dass sie daran zweifelte. »Tapa ist ein Wizard. Ihre Firewalls sind viel zu gut, als dass du dich über das Netz oder WLAN einhacken könntest.«

»Ich weiß«, sagte Dimitri. »Deswegen gebe ich mich auch erst gar nicht der Hoffnung hin, von außen in ihr System einzudringen.«

Irina sah ihn fragend an. »Aber wie willst du es dann bewerkstelligen?«

Dimitri holte einen USB-Stick aus der Tasche.

»Ich muss den hier direkt an ihren Hauptrechner anschließen«, sagte er. »Auf dem Stick befindet sich ein Wurm, den ich hochladen muss, um mir danach die Daten ziehen zu können, die ich brauche, um dahinterzukommen, was genau sie verheimlichen.«

»Verstehe. Und wozu brauchst du mich dabei?«

»Du musst mir dabei helfen, indem du Tapa lange genug ablenkst, bis ich heimlich und von ihr unbemerkt den Stick angebracht und den Wurm installiert habe.«

Irina runzelte die Stirn.

»Das klingt nicht gut«, sagte sie. »Es sind unsere Freunde, Dimitri. Wir können sie nicht so einfach ausspionieren.«

»So richtig wohl bei der Sache fühle ich mich auch nicht«, gab Dimitri zu. »Vielleicht ist es ja auch etwas völlig Harmloses, eine Überraschungsparty oder so etwas. Falls das der Fall sein sollte, entschuldige ich mich natürlich bei Tapa und den anderen und hoffe, dass sie meine Entschuldigung annehmen. Aber was, wenn es nichts Harmloses ist, Irina?«

»Wie meinst du das? Was könnte es denn Schlimmes sein?«

Dimitri zuckte mit den Schultern. »Bei aller Freundschaft dürfen wir nicht vergessen, dass wir allesamt Kinder von Diplomaten unterschiedlicher Nationen sind. Zwischen unseren Heimatländern gibt es durchaus jede Menge politischer Spannungen und auch Konflikte. Was also, wenn die anderen etwas gegen Russland im Schilde führen?«

»Traust du ihnen das etwa zu, starshiy brat?«

»Nicht wirklich, malen'kaya sestra. Aber mein Gefühl darf in der Sache nicht der einzige Maßstab sein. Ich schulde es meinem Land, auf Nummer sicher zu gehen. Also, kann ich mit dir rechnen?«

»Immer, Dimitri.«

KAPITEL 15

INFILTRIERUNG

IM HAFEN VON TOKIO – DAS HAUPTQUARTIER DER SHADOW AGENTS

Tapa saß vor ihren Computern. Wie immer flogen ihre Finger förmlich über die Tastaturen. Die Lüfter liefen auf Hochtouren, so sehr waren die Festplatten mit der Abwicklung der Suchprogramme, die Tapa in weltweiten Datenbanken wühlen ließ, unter Last. Sie versuchte, mehr über Victor Tarpin herauszufinden und darüber, was wohl damals zwischen ihm und Kai Ritter vorgefallen sein mochte, das Victor Tarpin dazu veranlasst hatte, ein so hohes Kopfgeld auf Max' Vater auszusetzen.

Stunden waren vergangen, ohne dass sie auch nur irgendetwas Nützliches gefunden hatte. Tapa war mittlerweile schon bei ihrer dritten Dose Energydrink, trotzdem wurden ihre Augen inzwischen immer kleiner vor Müdigkeit; die Lider immer schwerer. Seit der Abreise von Max, Vicky und Ricky hatte sie kaum geschlafen.

Als plötzlich der Außenalarm der Dschunke über einen kleinen Lautsprecher im Adlerhorst ertönte, erschrak Tapa so stark, dass sie in ihrem Stuhl, auf dem sie im Schneidersitz saß, hochzuckte, so sehr war sie in ihre Arbeit vertieft. Doch ein Blick auf die Überwachungsmonitore genügte, um sie wieder zu beruhigen.

Es waren nur Dimitri und Irina.

Mit ein paar schnellen Griffen und Tastenkombinationen schaltete Tapa die Bildschirme der Rechner allesamt auf dunkel, ohne jedoch die Suchprogramme selbst zu stoppen. Wenn sie sie jetzt unterbrach, müsste sie sie nachher noch einmal von vorn starten. Aber die Monitore auszuschalten reichte aus, damit Dimitri und Irina nicht sehen konnten, woran sie gerade arbeitete.

Sie schaltete auch noch schnell ihr Smartphone auf lautlos, um zu verhindern, dass Max sich vielleicht ausgerechnet gerade dann meldete, wenn die beiden bei ihr im Adlerhorst waren. Sie hatte schon bei ihrem letzten Treffen gemerkt, dass Dimitri aufgrund von Max' Verhalten – und möglicherweise auch wegen ihres eigenen – ein wenig misstrauisch geworden war, und wollte dieses Misstrauen nicht noch schüren.

»Hey, Tapa!«, rief Irina auf ihre gewohnt fröhliche Art, als sie hereinkam.

»Hi, Tapa!«, sagte auch Dimitri.

Tapa fiel sofort auf, dass er, anders als sonst, nicht lächelte.

»Hi, ihr zwei«, grüßte sie die beiden freundlich zurück und stand von ihrem Stuhl auf. Sie nahm Irina in die Arme und drückte sie herzlich. Sie wollte auch Dimitri drücken, aber der wirkte gerade dermaßen distanziert, dass sie sich nicht traute. Daher nickte sie ihm nur mit einem schiefen unsicheren Grinsen zu.

»Na, was führt euch denn heute hierher?«, fragte sie so zwanglos, wie sie konnte.

»Ich wollte dich um einen großen Gefallen bitten«, sprudelte Irina drauflos.

»Was kann ich denn für dich tun?«

»Ich brauche dringend Nachhilfe.«

»Nachhilfe? In welchem Fach?«

»Ach nein, nicht in der Schule«, sagte Irina. »Ich brauche Hilfe beim Training mit den Wurfmessern. Meinst du, du könntest mit mir rüber in den Übungsraum kommen und mir ein paar Tipps geben?«

»Lass dir das doch von Dimitri zeigen«, sagte Tapa. Sie wollte ausgerechnet jetzt ihre Arbeitsstation nur ungern verlassen.

»Haha!«, lachte Irina mit einem leicht spöttelnden Unterton und verdrehte die Augen in Richtung Dimitri. »Du weißt doch nur zu gut, dass mein Bruder zwei linke Hände hat und an jeder Hand nur Daumen, wenn es um Wurfmesser geht. Du bist hundertmal besser als er. Keiner kann mit Wurfmessern so gut umgehen wie du.«

Tapa fühlte sich geschmeichelt – obwohl sie natürlich wusste, dass das zu hundert Prozent stimmte. Sie hatte ein unglaubliches Talent fürs Messerwerfen. Sie war damit fast genauso gut wie mit Computern.

Trotzdem sagte sie: »Lieber ein andermal, Irina. Ich habe gerade schrecklich viel zu tun.«

Dimitri deutete auf die Computer mit den dunklen Bildschirmen. »Was denn? Die Rechner sind doch aus.«

Tapa hatte das Gefühl, dass er sie eindringlich musterte, wenn nicht gar misstrauisch.

»Zeugs halt«, sagte sie ausweichend.

»Ach bitte, Tapa!«, drängelte Irina. »Nur für zehn Minuten. Maximal eine Viertelstunde. Du weißt doch, dass nächste Woche im Training mit Meister Chao Wong wieder Messerwerfen auf dem Plan steht, und ich will nicht wieder so kläglich versagen wie beim letzten Mal. Bitte, bitte, bitte, bitte!«

»Na gut«, sagte Tapa schließlich. Sie hoffte, wenn sie Irina jetzt schnell half, würden sie und Dimitri bald wieder verschwinden, und sie konnte zu ihren Nachforschungen in Sachen Victor Tarpin zurückkehren. »Aber nur zehn Minuten.«

Als Tapa und Irina nach hinten weg in den Trainingsraum verschwunden waren, setzte Dimitri rasch einen Countdown von zehn Minuten auf seiner Armbanduhr und sich selbst hastig in Bewegung. Er holte den USB-Stick aus der Tasche und steckte ihn in den Slot. Schon im nächsten Moment sprang der mittlere Bildschirm an.

Habe ich es doch gewusst, dachte Dimitri. *Tapa hat nur die Monitore dunkel gestellt und nicht das ganze System heruntergefahren.*

Die Lampe des USB-Sticks begann zu leuchten und auf dem Bildschirm erschien ein Ladebalken.

Upload: 10%

Obwohl er wusste, dass das nichts half, drückte Dimitri die Daumen, dass der Upload des Wurms schnell genug vonstattengehen würde. Das Programm war komplex – immerhin stammte es vom russischen Geheimdienst – und zehn Minuten waren nicht viel Zeit.

Aus dem Trainingsraum erklang das Scheppern des ersten Messers, das hörbar von der Zielscheibe abprallte und zu Boden fiel. Dimitri wusste, dass es Irina gewesen sein musste, die geworfen hatte. Tapas Würfe trafen immer mitten ins Schwarze und prallten nicht ab.

Gleich darauf hörte er auch tatsächlich das satte Geräusch einer Klinge, die sich mit Wucht in die Scheibe bohrte.

Upload: 20%

Dimitri wischte sich die vor Nervosität schweißnassen Handflächen an der Hose trocken. Er hatte ein wirklich mieses Gefühl, Tapa derart zu hintergehen. Er versuchte sich damit zu beruhigen, dass es ja eigentlich Tapa war, die ihn zuerst hintergangen hatte. Aber irgendwie half das nicht.

Upload: 30%

Dimitri war hin- und hergerissen, ob er nun hoffen sollte, dass er wirklich etwas Schwerwiegendes fand, weil dann seine Handlung gerechtfertigt war, oder dass es etwas Harmloses war, das Tapa und Max ihm verheimlichten. Dann hätte er sich mit der Aktion, einen Wurm auf Tapas System zu spielen, um sie auszuspionieren, zwar blöd verhalten, aber er würde wissen, dass seine Freunde kein falsches oder gar gefährliches Spiel spielten.

Upload: 40 %

Er fragte sich, was die ganze Sache mit seinen Gefühlen für Tapa anstellen würde. Immerhin war inzwischen deutlich geworden, dass er ihr nicht mehr so sehr vertraute, wie er ihr bisher vertraut hatte. Und wenn er ihr nicht vertraute, war dann das, was er für sie empfand, wirklich Liebe?

Upload: 50 %

Und wenn er ihr zu Unrecht nicht vertraute, war dann nicht das, was er gerade tat, ein Vertrauensbruch, den sie ihm, wenn sie dahinterkam, niemals verzeihen würde? Dimitri war sich sicher, dass Tapa früher oder später dahinterkommen würde.

Upload: 60 %

Würde er es dann noch wagen, ihr seine Gefühle anzuvertrauen? Wenn ja, hätte sie dann nicht allen Grund an der Echtheit dieser Gefühle zu zweifeln? Und falls sie nicht daran zweifelte, konnte sie sie wegen seines Vertrauensbruchs überhaupt noch erwidern?

Upload: 70 %

Dimitri schwirrte der Kopf und er hatte ein hochgradig ungutes Gefühl in der Magengegend.

Upload: 80 %

Seine Armbanduhr summte. Dimitri schaute erschrocken auf das Zifferblatt. Der Countdown war abgelaufen. Die zehn Minuten waren um!

Im Trainingsraum konnte Tapa sich des Gefühls nicht erwehren, dass Irina ganz absichtlich ungeschickt mit den Wurfmessern umging. Egal, welchen Tipp Tapa ihr gab, Irina setzte keinen davon anständig um. Immer und immer wieder prallten ihre Wurfmesser von der Zielscheibe ab und fielen zu Boden. Dabei war Irina sonst eine ausgesprochen aufmerksame und vor allem ehrgeizige Schülerin, die Gelerntes schnell in die Praxis umsetzen konnte.

»Du konzentrierst dich nicht richtig«, bemängelte Tapa. »Wir machen Schluss für heute.«

»Ach bitte, noch ein paar Würfe«, bettelte Irina.

»Nein«, sagte Tapa. »Wir können es morgen noch mal versuchen. Aber für heute ist es genug.« Sie sammelte die Messer vom Boden auf und legte sie in den Koffer zurück.

»Autsch!«, rief Irina plötzlich.

Tapa drehte sich zu ihr um. Irina kauerte am Boden.

»Was ist passiert?«, fragte Tapa.

»Ich bin umgeknickt«, antwortete Irina mit schmerzerfülltem Unterton. »Ich glaube, ich habe mir den Knöchel verknackst.«

Tapa horchte auf. Sie kannte Irina jetzt schon lange genug, um zu wissen, dass das Mädchen ausgesprochen tough war. Wehleidig klagen entsprach überhaupt nicht ihrer Art. Sie ging schnell zu ihr und neben ihr in die Hocke, um den Knöchel abzutasten.

»Aua-aua-aua!«, jammerte Irina, und jetzt war sich Tapa ganz sicher, dass Dimitris kleine Schwester schauspielerte, zumal der Knöchel auch völlig in Ordnung war.

Was wird hier gespielt?, fragte Tapa sich in Gedanken. Gleich als Nächstes schoss ihr die mögliche Antwort durch den Kopf: *Das Ganze ist ein Ablenkungsmanöver! Dimitri will an den Rechner!*

Sie sprang auf, ohne sich noch weiter um Irina zu kümmern, und rannte hinüber in den Adlerhorst.

Dimitri stand im Rahmen der gegenüberliegenden Tür und hatte die Hände in die Taschen gesteckt. Er sah gelangweilt aus. Die Monitore der Rechner waren allesamt dunkel.

»Au!«, sagte Irina hinter Tapa. »Warum bist du denn plötzlich weggelaufen, Tapa?«

»Ist dir etwas passiert, malen'kaya sestra?«, fragte Dimitri besorgt und lief an Tapa vorbei zu Irina.

»Ich glaube, ich habe mir den Knöchel verstaucht«, sagte Irina. Dimitri führte sie zu einem Stuhl und half ihr dabei, sich hinzusetzen.

»Warum stehst du nur so herum, Tapa?«, rief Dimitri. »Hol den Verbandskasten! Schnell!«

Tapa hatte mit einem Mal ein tierisch schlechtes Gewissen. Vielleicht war es der Schlafmangel, der sie paranoid machte. Sie rannte hinüber zur Wand und holte den Verbandskasten.

»Danke«, sagte Dimitri, nahm ihn entgegen und verarztete Irina den Knöchel mit Salbe und einer Stützbinde.

KAPITEL 16

J

BERLIN – PRENZLAUER BERG –
HOTEL ADLER, ZIMMER 504

Max beobachtete seinen Vater dabei, wir er im Zimmer auf der gegenüberliegenden Straßenseite hin und her ging. Er war sichtlich nervös. Zwischenzeitlich setzte er sich hin und wieder in einen Sessel, hielt es darin aber nie lange aus. Jetzt wusste Max, woher er seine eigene innere Unruhe hatte – die Unfähigkeit, stillzusitzen und ruhig abzuwarten.

Nur dunkel konnte Max sich überhaupt noch an die Zeit mit seinem Vater erinnern. Aber da war eine Erinnerung, die hatte ihn niemals losgelassen. Er war mit seinem Vater im Hallenbad, um schwimmen zu lernen. Max wusste nicht mehr, wie alt er damals war; auf jeden Fall war er noch im Kindergarten.

Es war eine schöne Erinnerung – wahrscheinlich war sie ihm deswegen im Gedächtnis geblieben. Sein Vater hatte an jenem Tag unglaublich viel Geduld bewiesen. Er hatte Max immer wieder die Stöße beim Brustschwimmen gezeigt und ihm klargemacht, dass es nicht nur völlig in Ordnung, sondern sogar angebracht war, bei jedem Stoß mit dem Kopf unter Wasser zu geraten. Er hatte ihm beigebracht, dass das Wichtigste war, die innere Ruhe zu bewahren und den Takt zu finden, in dem man Luft holte und sie dann wieder ausstieß.

Am Ende, als Max schließlich eine ganze 50-Meter-Bahn ganz ohne Hilfe geschafft hatte, hatte sein Vater ihn in den Arm genommen und ihn liebevoll gedrückt. Es war genau dieser Moment, den Max später, nachdem sein Vater angeblich gestorben war, immer wieder wachgerufen hatte, wenn ihn die Trauer überkam. Dieser Moment hatte ihm sein halbes Leben lang Trost gespendet.

Und Max konnte sich auch noch daran erinnern, dass sein Vater ihn an jenem Tag nach dem Schwimmbad zu einem Eis eingeladen hatte: ein großer Becher Stracciatella mit extra viel Schokoladensoße.

Nie wieder danach hatte ihm ein Eis dermaßen gut geschmeckt.

Ihm kam ein merkwürdig emotionaler Gedanke: Er würde jetzt gerne zu seinem Vater hinübergehen und ihn fragen, ob er vielleicht ein Eis mit ihm essen gehen wollte. Ganz ohne bohrende Fragen zur Vergangenheit oder seiner Rolle in dem gefährlichen Spiel, das gerade gespielt wurde. Nur dasitzen und Eis essen – und für ein paar Minuten wieder so glücklich sein wie damals an jenem Tag im Schwimmbad.

Max wusste natürlich, dass das nicht ging, aber der Wunsch war da.

Er seufzte. Dann sah er, wie sein Vater das Smartphone aus der Hosentasche zog und ein Gespräch annahm.

Er sagte nur »Okay« und steckte das Telefon wieder weg. Dann nahm er seine Jacke und verließ das Zimmer.

Max nahm ebenfalls seine Jacke und den Motorradhelm und eilte aus dem Raum.

KAPITEL 17

ENTDECKUNGEN

TOKIO – DIE RUSSISCHE BOTSCHAFT

Dimitri saß im Schneidersitz auf dem Bett in seinem Schlafzimmer und hatte das Notebook auf dem Schoß. Er überlegte nun bestimmt schon zum hundertsten Mal, ob er das, was er vorhatte, wirklich durchziehen sollte. Es fühlte sich auf so vielen Ebenen falsch an. Auf jeden Fall war es ein Vertrauensbruch. Unklar war nur, ob er derjenige war, der ihn beging, oder ob Max und Tapa die Krise verschuldet hatten und Dimitri dadurch alles Recht der Welt hatte, zu tun, was zu tun er gerade im Begriff stand. Alle seine Instinkte sagten ihm inzwischen, dass es bei dem, was die beiden vor ihm verheimlichten, nicht um etwas Harmloses wie etwa eine Überraschungsparty ging. Sicher, das war alles reine Spekulation, bis er überprüft hatte, was wirklich dahintersteckte; aber bisher hatte er sich auf seine Instinkte noch immer verlassen können. Ganz unabhängig davon brauchte er, wie er Irina gegenüber schon klargemacht hatte, Gewissheit. Damit war die Entscheidung endgültig gefallen, und er tippte die ID seines Wurms in das Suchfeld des Browsers. Er hielt den Atem an. Schon zwei Sekunden später war er mit Tapas System im Adlerhorst verbunden.

»Na, jetzt wollen wir doch mal untersuchen, was ihr beiden vor mir zu verbergen habt«, sagte er leise und gespannt vor sich hin.

Erneut fühlte Dimitri sich wie ein Eindringling, als er sich Schritt für Schritt durch das Labyrinth der Browser-Pfade von Tapas Programmen klickte und tippte. Wie ein Dieb in der Nacht.

Das meiste, was er in den einzelnen Fenstern sah, die vor seinen Augen auf dem Monitor des Notebooks in schneller Serie aufpoppten, waren kryptische Tabellen mit Zahlen und unendlich lange Zeilen voller Buchstaben und vor allem Sonderzeichen, die für Dimitris in solchen Dingen ungeübten Blick nicht den leisesten Hauch eines Sinns ergaben.

So saß er über eine halbe Stunde über seinen Rechner gebeugt, wie ein großer Kater auf der bewegungslosen Lauer nach akzeptabler Beute, und klickte ohne Erfolg von einem Fenster in das nächste. Ihm brannten bereits die Augen vom vielen Starren, und es ergriff ihn das quälende Gefühl, dass das, was er da tat, sich letzten Endes als vollkommen sinnlos herausstellen mochte, weil er einfach viel zu wenig Ahnung vom Hacken hatte.

Dann aber poppte plötzlich ein Verzeichnis auf, das Videodateien enthielt!

Dimitri öffnete den ersten der Filme. Es war die Aufzeichnung einer Überwachungskamera von einem Ort, den er schnell als die Halle in einem Flughafen identifizierte. Die Kamera war auf eine lange Schlange von Menschen an der Passkontrolle gerichtet.

»Wen hast du da gesucht, Tapa?«, fragte Dimitri, von neuem Enthusiasmus angespornt, in die Leere seines Zimmers und betrachtete einen der Ankommenden nach dem anderen. »Und wieso darf ich nichts davon wissen?«

Dann plötzlich erstarrte Dimitri zu Stein, denn er sah jetzt einen Mann an den Schalter treten, dessen Gesicht er nur zu gut kannte.

Nie im Leben würde er dieses Gesicht vergessen.

Jetzt wusste er, wen Max und Tapa suchten – und er wusste auch, warum sie es vor ihm geheim gehalten hatten.

Dimitri wurde wütend; so wütend wie noch nie zuvor in seinem Leben.

IM HAFEN VON TOKIO –
DAS HAUPTQUARTIER DER SHADOW AGENTS

Tapa saß hoch konzentriert vor ihrer Rechneranlage – und schreckte im nächsten Moment von ihrer Arbeit hoch, als hätte sie einen elektrischen Schlag bekommen. Der Hauptcomputer trötete plötzlich ein lautes sirenenhaftes Alarmsignal. Der Monitor blinkte rot und meldete in großen leuchtenden Buchstaben EINDRINGLING-ALARM!

Jemand war in ihr System eingebrochen!

Tapa erholte sich schnell von ihrer Schrecksekunde und reagierte sofort. Vollgepumpt mit Adrenalin betätigte sie mit einer Reihe rasend schnell ausgeführter Tastenkombinationen den Kill-Switch.

Das Hauptsystem ging sofort vom Netz.

Tapas Herz raste wie verrückt. So schnell und hart, dass sie das Gefühl hatte, es würde ihr gleich aus der Brust springen.

Noch nie zuvor war es jemandem gelungen, ihre Firewalls zu durchdringen!

Ihre Hände waren schlagartig nass vor Schweiß. Sie wischte sie sich eilig an ihrem Shirt ab und startete das Nebensystem auf ihrem Laptop. Es war ein Sicherungssystem und daher vollkommen vom Hauptsystem getrennt, erlaubte ihr aber dessen Überwachung im Offlinemodus.

Mit der Virtuosität einer Konzertpianistin ließ Tapa ihre Finger über die Tastatur des Redundanzrechners jagen. Zahlen und Buchstabenkolonnen rasten über den Notebookmonitor. Ihre Augen hetzten die Zeilen und Spalten entlang – und dann plötzlich sah sie ihn:

Den Wurm!

»Verdammt!«, fluchte sie so laut in die Stille des Adlerhorsts hinein, dass sie vor ihrer eigenen Stimme erschrak. Sie analysierte die Hackersoftware mit einem einzigen geübten Blick. Das Intruder-Programm war verteufelt gut geschrieben. Aber für Respekt oder Anerkennung blieb Tapa jetzt keine Zeit.

Sofort ging sie mit dem Nebenrechner online und startete

ihre Trace-Routinen, um die Herkunft des Datenzugriffs zu verfolgen.

Der Server, auf den sie geroutet wurde, stand in Anchorage in Alaska.

Wer zur Hölle konnte in Alaska an ihrem System interessiert sein?!

Doch schon nach drei Sekunden sprang der Tracer von Anchorage weg und um den halben Globus herum auf einen zweiten Server:

Davao City auf den Philippinen.

»Oh, du bist gut!«, sagte Tapa vor sich hin und tippte wieder mit unglaublicher Geschwindigkeit auf den Tasten ihres Notebooks. Der Rausch der Jagd hatte von ihr Besitz ergriffen, und ihre Augen waren angriffslustig zu engen Schlitzen zusammengekniffen.

Wie sie es erwartet hatte, sprang der Tracer auch schon weiter. Jetzt nach Johannesburg in Südafrika.

Dann nach Kalkutta in Indien.

Und anschließend nach Melbourne in Australien.

Ihre Vermutung wurde zur Gewissheit. »Der Wurm hat ein Pingpong-Programm«, erkannte sie. »Aber zum Glück weiß ich, wie man das hackt.«

Wieder tanzten ihre Finger so schnell wie Derwische über die Tasten. Sie musste sich beeilen und eine Lücke in den sprunghaften Wechsel der virtuellen Server-Spur schreiben, um die programmierte Illusion zu durchbrechen und den echten Verlauf des Wurms zu finden.

Nervös leckte sie sich die Lippen und tippte immer schneller.

Dann plötzlich: »Hab dich!«

Der Tracer sprang nach Moskau.

Von da dann nach Japan.

Nach Tokio.

In die Russische Botschaft!

Plötzlich wurde Tapa klar, wer sie da hackte. Und ihr wurde bewusst, dass ihr das eigentlich gleich hätte klar sein müssen. Niemand konnte ihre Firewalls online umgehen. Der Wurm musste mit einem USB-Stick direkt hier im Adlerhorst in den Computer gespeist worden sein.

Und es gab nur einen Menschen, der in letzter Zeit allein mit ihrem System gewesen war.

Sie hielt für einen Moment inne und atmete langsam ein und aus, um sich nach all der Aufregung der letzten Minuten wenigstens ein bisschen zu sammeln.

Dann tippte sie in das Dialogfeld:

Dimitri, bist du das?

TOKIO – DIE RUSSISCHE BOTSCHAFT

Dimitri, bist du das?

Dimitri erschrak zutiefst, als die Nachricht vor ihm auf dem Monitor seines Notebooks aufpoppte.

So schnell er konnte, trennte er die Netzwerkverbindung und fuhr das System herunter. Aber er wusste natürlich, dass es zu spät war, um noch unbemerkt aus der Sache herauszukommen. Tapa hatte ihn identifiziert.

Als hätte es da noch einen weiteren Beweis benötigt, klingelte gleich darauf sein Smartphone. Die Caller-ID war die von Tapa. Was auch immer Dimitri für Tapa einmal empfunden haben mochte, war in diesem Moment wie weggeblasen. Sie und Max hatten ihre Freundschaft verraten. Ja, sie hatten ihn verraten, und seine Heimat. Wütend wischte er über das Display, um den Anruf abzulehnen.

IM HAFEN VON TOKIO – DAS HAUPTQUARTIER DER SHADOW AGENTS

Tapa standen Tränen der Verzweiflung in den Augen. Ihr Anruf landete auf Dimitris Voice-Mailbox.

»Hi, hier ist Dimitri«, meldete die Box mit der beinahe schon männlich tiefen Stimme, die Tapa so gerne mochte. »Im Moment bin ich leider nicht zu erreichen. Bitte hinterlass eine Nachricht nach dem Ton.«

»Dimitri!«, rief sie – obwohl sie wusste, dass er sie gerade nicht hören konnte. »Dimitri!«

Tapa überlegte kurz, wieder aufzulegen, doch dann entschied sie sich anders.

»Hör zu, Dimitri«, sprach sie auf die Mailbox, »was auch immer du jetzt denken magst … Ich kann es erklären, wenn du mich lässt. Es gibt einen triftigen Grund, warum wir dir nichts von den Nachforschungen erzählt haben. Einen wichtigen

Grund, den ich nicht am Telefon nennen kann. Lass uns uns treffen und reden. Bitte, Dimitri. Ich will auf keinen Fall, dass du jetzt falsche Schlüsse ziehst … oder gar, dass du irgendeine Dummheit begehst! Ruf mich bitte zurück, sobald du diese Nachricht abhörst!«

TOKIO – DIE RUSSISCHE BOTSCHAFT – BÜRO DES BOTSCHAFTERS

Als Dimitri das Büro seines Vaters betrat, saß Anatolij Grekov hinter seinem Schreibtisch und unterzeichnete gerade Dokumente.

»Dobryy den' otets«, grüßte Dimitri förmlich. Guten Tag, Vater.

»Dobryy den' syn«, grüßte sein Vater abwesend und mit müder Stimme zurück. Guten Tag, Sohn.

Dimitri erinnerte sich noch an den starken Mann, der sein Vater einmal gewesen war; jetzt war er ausgemergelt und erschöpft. Sein Gesicht war fahl, und er hatte dunkle Ringe unter den Augen.

Dimitri wusste, wer schuld daran war: der Prizrak! Der Schatten. Ein Waffenhändler mit Namen Oleksiy Tereshchenko, mit dessen Festnahme Anatolij Grekov seinerzeit beauftragt gewesen war. Eine Aufgabe, an der er – wie jeder andere vor und nach ihm auch – gescheitert war. Deshalb hatte die russische Regierung ihn degradiert und zum diplomatischen Dienst hier in Japan strafversetzt, wo er immer mehr innerlich verkümmerte.

Jetzt waren Max Ritter und Tapa auf der Spur dieses Oleksiy Tereshchenko. Wie Dimitri beim Hacken von Tapas System in Erfahrung gebracht hatte, hielt er sich zurzeit in Berlin auf, und aus irgendeinem Grund, den Dimitri nicht kannte, waren Max, Vicky und Ricky ihm dorthin nachgereist.

»Was kann ich für dich tun, Dimitri?«, fragte sein Vater.

Dimitri hätte am liebsten geantwortet: »Es gibt da umgekehrt etwas, das *ich für dich* tun kann, Vater.« Aber er wusste, dass er anders an die Sache herangehen musste. Er konnte seinem Vater nicht einfach erzählen, was er entdeckt hatte. So zahm wie sein Vater inzwischen durch den belanglosen Dienst in Japan geworden war, hätte er die Information, dass es eine neue, brandheiße Spur zu Oleksiy Tereshchenko gab, einfach an seine Vorgesetzten in Russland weitergeleitet, und die würden dann all den Ruhm für sich selbst einstreichen, ohne dass Dimitris Vater rehabilitiert wurde.

Nein, Dimitri würde den Prizrak selbst fangen und ihn dann seinem Vater übergeben, damit der seinen alten Rang und Namen wiedererhielt – und damit hoffentlich auch wieder seine alte Würde und Stärke.

»Ich möchte gern nach Berlin, Vater«, sagte Dimitri daher.

»Was möchtest du denn in Berlin, mein Junge?«

»Ich möchte auf die jährliche Spendengala von Freifrau von Lausitz.«

»Die ist doch schon in den nächsten Tagen ...«

»Ja, ich weiß, es ist ein bisschen kurzfristig«, räumte Dimitri ein. »Aber meine Freunde Max, Vicky und Ricky sind auch dort.« Die drei als *Freunde* zu bezeichnen, fiel Dimitri nach dem, was er vorhin beim Hacken des Systems im Adlerhorst erfahren hatte, extrem schwer.

»Ich weiß nicht, ob ich so kurzfristig noch ein Sicherheitsteam zusammenstellen kann«, sagte sein Vater.

Dimitri winkte ab. »Es ist doch nur eine Benefizveranstaltung, was soll mir da schon passieren? Außerdem sind ja – wie gesagt – meine Freunde da.«

»Hm.« Der Botschafter überlegte und kratzte sich am Kinn. »Also gut. Aber du passt gut auf dich auf, mein Junge, versprich mir das.«

»Ehrenwort, Vater! Vielen Dank!« Dimitri war erleichtert. Hätte sein Vater auf dem Sicherheitsteam bestanden, hätte er ein Problem gehabt, über Max an den Prizrak zu kommen.

Er verabschiedete sich und ging hinaus.

Nachdem sein Sohn das Büro verlassen hatte, sah Botschafter Anatolij Grekov ihm noch lange nachdenklich hinterher, ehe er schließlich das Telefon in die Hand nahm und eine der Kurzwahltasten drückte.

Er wartete, bis jemand am anderen Ende der Leitung sich meldete. Dann sagte er: »Ich habe einen dringenden Überwachungsauftrag. Bilden Sie ein Team von vier Männern.

Die Zielperson? Mein Sohn Dimitri.

Aber bleiben Sie im Hintergrund. Ich will nicht, dass er weiß, dass Sie ihn bewachen.«

GEHEIM-PROTOKOLL AvL/Skorpion Eintrag 02
BETREFF: TREFFEN MIT VICTOR TARPIN
ORT: DEUTSCHLAND, BERLIN
»SPREEPARK« IM PLÄNTERWALD

Auch wenn man schon im Vorfeld weiß, dass man in einen Hinterhalt läuft, macht das die Sache nicht ein Stück einfacher. Ganz im Gegenteil. Und dass ich in einen Hinterhalt laufen würde, war sonnenklar. Da gab es überhaupt keinen Zweifel. Victor Tarpin hat dem Treffen viel zu leicht zugestimmt — natürlich unter der Bedingung, dass er Ort und Zeit auswählt.

Um Punkt Mitternacht im »Spreepark« im Plänterwald, Bezirk Treptow.

Sehr viel abgelegener geht überhaupt nicht.

Das für die Öffentlichkeit abgesperrte Gelände ist die verwahrloste Ruine eines ehemaligen Vergnügungsparks am Ufer der Spree. Er war früher einmal der größte seiner Art in ganz Ostdeutschland. Aber das ist schon viele, viele Jahre her.

In einer längst vergangenen Epoche der

deutschen Geschichte. Heute erinnert nur
noch das verrostete, einsam in die Höhe
ragende Riesenrad ein wenig an den früheren Glanz mit über anderthalb Millionen
Besuchern jährlich.

Was an alten, schon lange nicht mehr
betriebstüchtigen Fahrgeschäften und
Buden noch einigermaßen steht, ist inzwischen dicht von Unkraut und wuchernden
Büschen überwachsen. Der Zutritt ist
schon seit vielen Jahren bei Strafe
verboten.

Wie es einem der gesunde Menschenver-
stand in einer solchen Situation vor-
schreibt, war ich natürlich zwei Stunden
vor dem vereinbarten Zeitpunkt zu dem
Park gefahren, um ihn heimlich auszukund-
schaften, aber das Gelände ist viel zu
groß, um den Job wirklich genau zu machen. Es gibt einfach zu viele Möglich-
keiten, um sich zu verstecken. Zu viele
Gelegenheiten für einen Hinterhalt.

Als Treffpunkt hatte ich mit Victor
Tarpin das Riesenrad verabredet.

Der Mond stand hoch am wolkenfreien
Himmel und schien hell. Sein Licht ver-
wandelte die bizarre Landschaft aus

zerfallender Technik und zurückeroberder Natur in ein Szenario wie in einem alten Gruselfilm. Ich schlich im Schutz der Schatten alter, knorriger Bäume und größtenteils eingekrachter Buden zu dem Riesenrad hin. Dabei lauschte ich in die unheimliche Stille und schaute mich immer wieder vorsichtig um.

Eine Nachtigall trällerte in für die düstere Umgebung absurd fröhlich klingenden Strophen ihren Revierverteidigungsgesang, und hin und wieder war der gespenstische Schrei eines Käuzchens zu hören.

Als ich noch etwa zwei Dutzend Schritte von dem Riesenrad entfernt war, blieb ich stehen und sondierte das Gelände. Zuerst war nichts zu erkennen, aber dann sah ich im Licht des Mondes, wie eine hochgewachsene Figur auf den Platz davor trat.

Der Mann war gut zwei Meter groß und so bullig und grobschlächtig gebaut wie ein Grizzlybär. Wie in den altmodischen Spionagefilmen aus den Fünfzigerjahren trug er einen langen Trenchcoat, der ihm fast bis zu den Füßen reichte, und einen breitkrempigen Hut, der einen tiefen

Schatten über sein Gesicht legte. Er hatte die Hände in den Manteltaschen vergraben. Zweifelsfrei war in mindestens einer davon eine Pistole verborgen.

Es war Ewigkeiten her, dass ich diesen Mann zuletzt gesehen hatte, aber ich war mir sofort sicher: Es war Victor Tarpin.

Vom Schutz der Schatten aus sah ich mich weiter um. Besonders die alten verrosteten Gondeln des Riesenrads nahm ich genau in Augenschein, um herauszufinden, ob sich darin jemand versteckte. Doch außer Victor Tarpin war niemand zu entdecken.

Ich vergrub nun ebenfalls die Hände in die Taschen meiner Lederjacke.

In der rechten hatte ich eine SIG Sauer P226. Das Magazin war mit fünfzehn Schuss 9 mm Parabellum gefüllt. Zwei Ersatzmagazine dafür trug ich in den Gesäßtaschen meiner Jeans. Der Griff schmiegte sich in meine Faust.

In der anderen Tasche hatte ich eine extra für die linke Hand angefertigte HK P30. Ebenfalls fünfzehn Schuss 9 mm im Magazin. Ich bevorzuge die P30 für die linke Hand, da sie einen leichten Rechtsdrall hat und damit die relative Zielschwäche meiner Linken ausgleicht.

Mit bedächtig langsamen Schritten trat ich aus der Dunkelheit hervor.

Victor Tarpin hob den Kopf. Jetzt konnte ich die vertraute Narbe erkennen, die von der Stirn bis hinunter zum Kinn über seine rechte Gesichtshälfte verlief. Dort, wo sie durch seine Augenbraue und den Bart führte, war das struppige Haar schlohweiß. Das rechte Auge fehlte; Victor Tarpin hatte sich nie die Umstände gemacht, eine Klappe darüber zu tragen, sodass das dunkle Loch die grausamen Züge seines Gesichts noch stärker untermalte.

Er grinste, als er mich sah. Wo die Narbe verlief, waren sämtliche Zähne in Ober- und Unterkiefer mit welchen aus Gold ersetzt.

»Oleksiy Tereshchenko! Alter Halunke!«, rief er mir mit seiner knurrig tiefen Stimme zum Gruß entgegen. Er nahm dabei beide Hände langsam aus den Manteltaschen und streckte die Arme zu den Seiten weg, um zu demonstrieren, dass er unbewaffnet war — oder zumindest unbewaffnet erscheinen wollte. Natürlich war die Geste gleichzeitig eine Aufforderung an mich, es ihm nachzutun.

Also nahm auch ich die leeren Hände aus den Taschen meiner Jacke und streckte die Arme von mir. Gerade wollte ich seinen Gruß erwidern, da nahm ich aus dem Augenwinkel heraus ein kurzes Blinken wahr. Es kam von einer der zerfallenen Buden zu meiner Rechten.

Ich wusste sofort, wodurch das Blinken verursacht worden war: ein Zielfernrohr!

Gerade noch im letzten Moment warf ich mich zur Seite, und da schlug die erste Kugel auch schon dort in den Boden ein, wo ich eben noch gestanden hatte.

Noch im Abrollen holte ich die SIG Sauer aus der Tasche, sprang auf und gab in schneller Folge vier Schüsse in die Richtung des Heckenschützen ab. Dabei lief ich in den Schutz der Bäume.

Schon im nächsten Moment flogen mir wieder Kugeln um die Ohren und schlugen splitternd in die Rinde der Stämme um mich herum ein. Sie kamen aus einer anderen Richtung. Also waren es mindestens zwei Männer im Hinterhalt. Victor Tarpin stand nach wie vor ohne Waffen auf seinem Platz.

Ich überlegte kurz, auf ihn zu feuern, aber das durfte ich nicht. Nur er hatte die Information, die ich so dringend benötigte.

Im Laufen zog ich nun auch die P30 aus der Jacke und schlug zwischen den Bäumen und Büschen hindurch eine weite Halbkreiskurve ein, die mich zu der Bude bringen sollte, von der der erste Schuss gefallen war.

Im Mondlicht sah ich eine in schwarze Armeeklamotten gehüllte Figur mit Maske und einem Dragunow-Scharfschützengewehr. Sie sah und zielte noch in die falsche Richtung. Ich blieb stehen, visierte kurz mit der SIG Sauer und feuerte einen einzigen Schuss. Meine Kugel traf die linke Stützhand des Heckenschützen am Daumen und gleichzeitig das Gewehr. Damit waren sowohl der Schütze als auch die Waffe außer Gefecht gesetzt. Der Mann schrie auf und warf sich in Deckung. Von ihm ging keine Gefahr mehr aus.

Jetzt musste ich noch den zweiten Mann finden.

Der beste Weg war, dafür zu sorgen, dass er mich fand. Also lief ich die Strecke, die ich gekommen war, wieder zurück und machte dabei so viel Lärm, wie ich nur konnte. Ich streifte absichtlich Zweige und trat auf jeden morschen Ast, den ich am Boden finden konnte.

Schon kurz darauf krachte der nächste Schuss. Er schlug dicht neben meinem Gesicht in die Holzwand einer weiteren Schaubude.

Jetzt, da ich wusste, in welcher Richtung der zweite Schütze sich versteckte, schlug ich mehrere weite Haken und lief nun wieder so leise, wie ich konnte.

Das war ein verflucht gefährliches Spiel, aber ich hatte keine Alternative. Meine Blicke jagten durch das Halbdunkel. Ein weiterer Schuss krachte und verfehlte mich nur knapp, dann ein zweiter. Dazwischen hörte ich das metallische Repetieren des Gewehrs. Damit kreiste meine trainierte Orientierung seinen Standort enger ein.

Ich nahm einen kleinen Ast vom Boden auf und warf ihn in kurzer Entfernung gegen einen Baum rechts vor mir. Dabei blickte ich in die Richtung, in der ich den Schützen vermutete. In dem Moment, in dem der Ast gegen den Baum traf, erfolgte ein weiterer Schuss. Jetzt sah ich ganz deutlich das Mündungsfeuer.

In gebückter Haltung schlich ich in einer Linkskurve zu ihm hin.

Ich entdeckte den Schützen hinter einem Baum, ganz kurz bevor er mich sah. Ich machte einen schnellen Sprung nach vorn und schlug ihn mit dem Knauf meiner SIG Sauer bewusstlos. Er sackte in sich zusammen wie eine Marionette, der man die Fäden durchgeschnitten hatte.

Doch noch während ich mich umdrehte, um zu Victor Tarpin zurückzueilen, traf auch mich ein harter Schlag an der Schläfe.

Benommen von dem Treffer taumelte ich zu Boden. Victor Tarpin stand über mir. In der riesigen Faust hielt er eine schwere Makarow-Pistole. Ich wollte auf ihn zielen, doch er trat mir die Waffen aus den Händen.

»So komme ich also endlich zu meiner Vergeltung für das hier, Tovarishch Tereshchenko.« Er deutete mit dem Lauf seiner Waffe auf die schreckliche Narbe in seinem Gesicht. Dann richtete er die Mündung auf meinen Kopf und spannte den Hahn.

Doch ehe er abdrücken konnte, passierte etwas völlig Unerwartetes!

Victor Tarpin wurde mit einem schweren Ast von hinten niedergeschlagen. Er kippte bewusstlos zur Seite und landete auf dem laubbedeckten Waldboden.

Ich richtete meinen noch immer schwer benommenen Blick auf die Figur, die zugeschlagen hatte, und ein Schreck durchzuckte mich. Es war Max. Max Ritter!

Er half mir auf.

— **Wie hast du mich gefunden, Junge?**

— Es gibt wohl sehr viel wichtigere Fragen …

— **Keine, auf die ich dir zu diesem Zeitpunkt Antworten geben kann.**

— Erzähl mir von C.H.A.O.S. Das wäre ein Anfang.

— **Du musst dich da raushalten, Max. Unbedingt. Und du musst aufhören, mich zu verfolgen.**

— Das kann ich nicht. C.H.A.O.S. plant

einen großen Schlag. Einen, von dem
die Welt sprechen wird. Und du hast
etwas damit zu tun.

— Es ist nicht so, wie du denkst.

— Dann klär mich auf.

— Ich habe doch gesagt, das kann ich
nicht. Um deiner eigenen Sicherheit
willen.

— Auf welcher Seite stehst du, Vater?

— Es gibt keine Seiten, Max.

— Natürlich gibt es die. Es gibt gut und
böse, richtig und falsch.

— Wenn es bloß so einfach wäre …

— Was plant C.H.A.O.S.?

— Flieg bitte zurück nach Tokio, Max.

— Nein.

— Wenn du mir in die Quere kommst …

— Was dann?

— Ich kann nicht für deine Sicherheit
garantieren, Max.

— Das musst du auch nicht. Ich kann ganz
gut auf mich alleine aufpassen.

— Du weißt nicht, womit du es zu tun
hast. Du weißt nicht einmal, worum es
geht.

— Warum erzählst du es mir dann nicht?

— Du musst mir einfach so vertrauen.

— Dir vertrauen? Dass ich nicht lache!

— Dann vertraue mir eben nicht. Aber halt dich raus aus der Sache!

— Wir drehen uns im Kreis. Ich kann und ich werde mich nicht raushalten.

Mir wurde bewusst, dass der Junge niemals aufgeben würde. Er ließ mir keine andere Wahl. Ich täuschte einen Schwächeanfall vor, so als ob ich wieder zu Boden stürzen würde, und als Max zu mir sprang, um mich aufzufangen und zu stützen, legte ich ihm blitzschnell Handschellen an und fesselte ihn damit an einen alten Laternenpfahl.

Ich hatte nicht den Anflug eines schlechten Gewissens dabei. Immerhin geschah das nur zu seinem Schutz. Aber ich werde nie vergessen, wie er dastand und mich hasserfüllt ansah, ohne auch nur ein Wort zu sagen.

In dem Moment wusste ich, ich hatte ihn ein zweites Mal verloren.

Doch das ist nun einmal nicht zu ändern. Es steht viel mehr auf dem Spiel

als das Verhältnis zwischen Vater und
Sohn. Sehr viel mehr. Persönliche Gefühle
dürfen hier keinen Raum einnehmen.

  Ich packte den noch immer bewusstlosen
Victor Tarpin und schleppte ihn aus dem
Park hinaus in einen VW-Transporter, den
ich für die Aktion organisiert hatte.

  Meinen ursprünglichen Plan, zu der
Pension am Prenzlauer Berg zurückzukehren, musste ich verwerfen und ein anderes
Safehouse finden. Irgendwie hatte Max
mich aufgespürt. Ich musste dafür sorgen,
dass das nicht wieder geschah. Ich musste
in Zukunft noch vorsichtiger sein.

KAPITEL 18

KONSEQUENZEN

BERLIN – PLÄNTERWALD – SPREEPARK

Max wusste, dass sein Plan, sich durch heimliches Beobachten von Kai Ritter zu C.H.A.O.S. führen zu lassen, in dem Moment ruiniert gewesen war, als er ihm zu Hilfe kam. Aber was hätte er tun sollen? Sein Vater wäre von Victor Tarpin erschossen worden, wenn Max nicht eingegriffen hätte.

Nichtsdestotrotz war er, während er da mit Handschellen an den Laternenpfahl gefesselt stand, fuchsteufelswild. Nicht nur auf seinen Vater, sondern auch auf sich selbst. Dass er sich so hatte überrumpeln lassen. Wie ein Anfänger. Er vertraute seinem Vater einfach noch zu sehr. Und das, obwohl Meister Chao Wong ihn ausdrücklich davor gewarnt hatte.

Aber was war mit seinen Instinkten? Max wollte einfach nicht glauben, dass sein Vater auf der Seite des Bösen stand. Ganz egal, wie die Sache aussah. Aber er war sich durchaus der Tatsache bewusst, dass das vielleicht nur Wunschdenken war. Dass er sich etwas vormachte.

Er ging in die Hocke und nestelte das kleine Schlüsselkit aus der Socke, das er seit dem Anti-Terror-Training bei Meister Chao Wong für genau solche Notfälle immer bei sich trug. In nur kurzer Zeit hatte er die Handschellen damit geknackt. Aber er wusste, es war zu spät. Sein Vater war mit Victor Tarpin inzwischen über alle Berge.

Während Max zu seinem Motorrad zurückging, holte er das Smartphone aus der Tasche, um Tapa von seinem Versagen zu berichten. Dabei sah er, dass er mehrere Anrufe von ihr verpasst hatte, weil er das Telefon während der Verfolgung seines Vaters auf lautlos gestellt hatte.

Er betätigte die Kurzwahl ihrer Nummer.

Tapa nahm den Anruf schon nach nur einem Klingeln entgegen. »Max, wie gut, dass du dich endlich meldest«, sagte sie aufgeregt. »Ich habe schlechte Nachrichten.«

»Ich auch«, sagte Max. »Aber du zuerst.«

»Dimitri weiß Bescheid.«

»Was?« Max war schockiert.

»Ja. Er hat sich mit einem Wurm in unser System gehackt und weiß, dass wir Kai Ritter observieren.«

»Verdammt! Weiß er auch, dass er mein Vater ist?«

»Nein.«

»Wenigstens etwas. Ich rufe ihn an und werde mit ihm reden.«

»Das versuche ich schon die ganze Zeit«, sagte Tapa. »Er nimmt meine Anrufe nicht entgegen. Deshalb tracke ich ihn gerade, um zu sehen, was er jetzt unternimmt.«

»Und?«

»Er ist auf dem Weg nach Berlin. Er kommt gleich morgen früh mit dem ersten Flieger auf dem Flughafen Berlin Tegel an.«

»Verflucht!«

»Das kannst du wohl laut sagen. Und was sind deine schlechten Nachrichten?«

»Mein Vater weiß, dass wir ihn verfolgen.«

»Hat er dich entdeckt?«

»Ich hatte keine Wahl. Ich musste ihm helfen. Er wäre sonst von Victor Tarpin erschossen worden.«

»Das heißt, er wird mit an Sicherheit grenzender Wahrscheinlichkeit nicht mehr zu der Pension am Prenzlauer Berg zurückfahren«, vermutete Tapa. »Außerdem wird er sich jetzt noch größere Mühe geben, unentdeckt zu bleiben.«

»Versuch trotzdem, seine Spur wiederzufinden.«

»Natürlich, Max. Aber einfach wird das nicht. Allerdings habe ich ja inzwischen etwas, womit ich arbeiten kann.«

»Was denn?«

»Was auch immer er mit diesem Victor Tarpin vorhat, dein Vater will nach wie vor Kontakt zu dem Skorpion und zu C.H.A.O.S. aufnehmen. Also werde ich deren Bewegungen im Darknet noch gründlicher unter die Lupe nehmen.«

»Mach das, Tapa. Und melde dich, sobald du etwas hast.«

»Was tust du in der Zwischenzeit?«

»Ich fahre jetzt erst mal zurück in die Villa zu Vicky und Ricky. Ich muss ihnen von Dimitri erzählen. Vielleicht finden wir zusammen eine Lösung, wie wir ihn aufklären können.«

»Einfach wird das bestimmt nicht.«

»Natürlich nicht«, stimmte Max zu. »Sonst hätten wir ihn ja von Anfang an eingeweiht.«

»Vielleicht hätten wir das tun sollen, Max.«

»Ja, vielleicht«, räumte Max ein. »Ziemlich sicher sogar. Dass er es alleine herausgefunden hat und jetzt weiß, dass wir es ihm verheimlicht haben, macht alles viel schlimmer.«

»Wer weiß, möglicherweise wird alles gut. Immerhin sind wir Freunde.«

Max seufzte. »Ich hoffe, dass wir das noch sind.« Der Gedanke, dass die Sache die Freundschaft zwischen Dimitri und ihm zerstört haben könnte, lag ihm schwer auf der Seele. Dimitri war schließlich nicht nur irgendein Freund. Er war sein bester Freund.

KAPITEL 19

ALEXANDRA UND LEONHARD

BERLIN – ZEHLENDORF
DIE VILLA VON GUNDULA FREIFRAU VON LAUSITZ

Als Max aus dem Spreepark im Plänterwald zu Gundis Villa in Zehlendorf zurückkehrte, war es schon halb zwei Uhr nachts, aber das ganze Haus war überraschenderweise so hell erleuchtet, als wäre es erst früher Abend. Max fuhr die Yamaha auf die Rückseite in den Wintergarten. Noch ehe er den Motor ausstellen und absteigen konnte, tauchte auch schon Hauptmann Frommholz auf.

»Bei allem, was mir heilig ist, ich schwöre dir, Bursche, das wird ein Nachspiel haben!«, brüllte er, als er mit eiligen Schritten zu Max hintrat. Sein Gesicht war eine Maske des Zorns. Es war hochrot angelaufen, und seine Augen blitzten wütend.

Für einen gefährlichen Moment lang schien es, als wollte er Max bei der Schulter packen, um ihn von der Yamaha zu zerren, aber in der letzten Sekunde bremste er sich. Offenbar erinnerte er sich gerade noch rechtzeitig daran, dass Max ihn in der Vergangenheit mit Nachdruck davor gewarnt hatte, ihn jemals wieder anzufassen.

»Lassen Sie mich bloß in Ruhe, Frommholz«, knurrte Max genervt, während er abstieg, den Helm abzog und ihn an den Lenker der Maschine hängte. »Ihr Job ist es, auf Viktoria und Richard aufzupassen. Ich gehöre nicht zu ihren Schutzbefohlenen. Schreiben Sie sich das gefälligst ein für alle Mal hinter die Ohren.«

»Ich empfange meine Befehle immer noch und ausschließlich von Botschafter von Lausitz«, herrschte Frommholz ihn an. »Und der ...«

»Aus, Frommholz! Aus!« Der Befehl war knallhart. Wie wenn man einen wild gewordenen Hund angeht, um ihn zur Räson zu bringen. Er war von einer Stimme ausgestoßen, die Max direkt an die von Vicky erinnerte. Aber die Stimme war ein klein wenig tiefer – älter.

Wenn es Max schon überraschte und stark beeindruckte, dass Frommholz tatsächlich gehorchte und seine Meckertirade unterbrach, dann erstaunte es ihn noch um einiges mehr, was er sah, als er zu der Verbindungstür zwischen Villa und Wintergarten schaute und die junge Frau erblickte, die dort stand.

Sie war Vicky wie aus dem Gesicht geschnitten. Nur, dass sie ein paar Jahre älter war. Sie mochte zwanzig sein. Möglicherweise auch einundzwanzig. Allerhöchstens zweiundzwanzig.

»Und jetzt husch ins Körbchen, Herr Hauptmann!« Wie

sie das zu Frommholz sagte, ohne ihn überhaupt anzuschauen, hatte etwas arg Herablassendes.

Max erwartete, dass der Sicherheitschef jeden Moment explodieren und ausrasten würde.

Umso mehr verblüffte es ihn, dass Frommholz stramm salutierte. Wie ein Kadett vor einem Drei-Sterne-General auf dem Kasernenhof.

»Jawohl, Fräulein von Lausitz!«, sagte er und ging im Stechschritt davon zurück in die Villa.

Fräulein von Lausitz? Max war völlig verdattert. War er während seiner Abwesenheit von der Villa vielleicht in ein Zeitloch geraten und ein paar Jahre nach vorn gesprungen, sodass Vicky inzwischen älter geworden war? Er schüttelte den Kopf – der Gedanke war natürlich absolut absurd.

»Oh, wo sind nur meine Manieren?«, sagte die Frau und kam mit schwingenden Schritten auf ihn zu. Dabei reckte sie ihm die Hand entgegen. »Ich bin Alexandra. Alexandra von Lausitz. Die Cousine von Viktoria und Richard. Aber nenn mich ruhig Alex.«

Als sie ihm die Hand reichte, war Max durch ihre aristokratische Art für einen Moment verunsichert, ob er sie bloß schütteln sollte, oder ob diese Alexandra jetzt wohl möglicherweise von ihm erwartete, dass er sich verbeugte und sie küsste.

Sie nahm ihm die Entscheidung ab, indem sie ihn auf die Wange küsste, während sie ihm die Hand schüttelte. Max fand, sie roch ganz wunderbar nach Kokos und Zitrusfrüchten.

»Du musst Max sein«, sagte sie. »Ich habe schon so viel von dir gehört! Du bist sozusagen der Held der Familie. Irgendwann musst du mir auch mal das Leben retten.« Sie lachte, und ihr Lachen war so klar wie das Klingeln von Glasglöckchen.

»Oh, wie ich sehe, habt ihr euch einander schon vorgestellt.« Diesmal war es wirklich Vicky, die den Wintergarten betrat. Sie lächelte. Hinter ihr gingen Ricky und ein junger Mann, der ihm so zum Verwechseln ähnlich sah wie Alexandra Vicky.

»Das ist mein Bruder Leonhard«, sagte Alexandra. »Wie Viktoria und Richard sind wir Zwillinge. Das liegt der Familie derer von Lausitz in den Genen.«

Leonhard trat nach vorn und schüttelte Max die Hand. »Schön dich kennenzulernen, Max. Es ist mir eine Freude und eine Ehre zugleich!« Dabei verbeugte er sich auf eine fast schon altmodische Art.

»Gleichfalls«, sagte Max. Der Druck von Leonhards Hand war übertrieben fest, ja fast schmerzhaft, und für einen Augenblick hatte Max das Gefühl, dass es eine Art von Test war, wer wohl der Stärkere der beiden sein mochte. Er erwiderte den Druck mit mindestens ebenso viel Kraft.

Leonhard von Lausitz nickte anerkennend. »Guter Händedruck, der Mann! Wir müssen bei Gelegenheit unbedingt mal ein paar Runden boxen, alter Junge. Boxen ist echter Männersport. Na, was meinst du? Das heißt, natürlich nur, wenn du dich auch traust.« Er grinste herausfordernd und verstärkte den Druck mit der Hand noch.

Leonhards Arroganz stellte Max die Nackenhaare auf, aber

er erwiderte das Grinsen selbstbewusst. »Jederzeit.« Er äffte ihn nach: »Alter Junge.«

»Alexandra und Leonhard sind heute Abend angereist«, meldete sich nun auch Ricky zu Wort. »Wie wir sind sie für die Spendengala unserer Großmutter hier. Sie wohnen in der Zeit ebenfalls mit uns in der Villa.«

»Genügend Zeit also, einander richtig gut kennenzulernen«, sagte Alexandra zu Max, mit einem Lächeln, das man durchaus als kokett, wenn nicht gar verführerisch bezeichnen konnte.

Flirtet sie etwa mit mir?, fragte sich Max. Es war schwer vorstellbar, aber ihm fiel durchaus auf, dass Vicky auf den Spruch ihrer Cousine mit einem mürrischen Stirnrunzeln reagierte.

»Ja«, sagte sie gleich darauf. »Ganz wunderbar viel Zeit, aber jetzt müsst ihr uns bitte entschuldigen. Wir haben noch etwas mit Max zu besprechen.«

»Uh, die Kinder haben Geheimnisse vor uns«, sagte Leonhard mit einer gehörigen Portion Spott in der Stimme.

Alexandra winkte ab. »Komm, wir lassen sie allein.« Aber ehe sie ging, warf sie Max noch einen eindringlichen Blick zu. »Wir sehen uns nachher beim Frühstück.«

»Was bitte war das denn?«, fragte Max, als die beiden weg waren.

»Ach, mach dir über die beiden nicht zu viele Gedanken«, sagte Vicky. »Alex und Leon sind einfach so. Unglaublich exzentrisch und gierig nach Aufmerksamkeit.«

Ricky nickte. »Sie bilden sich unheimlich viel auf unsere adlige Abstammung ein. Aber sonst sind sie eigentlich ganz in

Ordnung. Du darfst sie nur nicht zu ernst nehmen. Und was das Boxen mit Leon betrifft: Lass das lieber sein, Max.«

»Wieso?«

An Rickys Stelle antwortete Vicky. »Unser Cousin ist in der Sache ein bisschen zu ehrgeizig. Wenn er kämpft, kennt er keine Gnade. Er kann ganz schön brutal werden.«

Max schmunzelte. »Das kann ich auch.«

Vicky lächelte. »Nein, Max. Du bist nie brutal. Du kämpfst hart, wenn du musst, aber immer fair.«

»Genau«, sagte Ricky. »Und wenn Leon irgendetwas nicht ist, dann ist es fair.«

»Na gut«, sagte Max. »Ich überlege es mir noch mal. Aber es gibt jetzt ohnehin Wichtigeres.«

Mit wenigen Sätzen erzählte er ihnen von dem Ereignis im Spreepark und von Dimitri.

Bei Letzterem legte sich ein Schleier von Traurigkeit über Vickys Gesicht. »Was sollen wir tun?«

»Ich lege mich jetzt für ein paar Stunden hin und dann fahre ich zum Flughafen«, sagte Max. »Ich nehme Dimitri gleich nach der Landung in Empfang und rede mit ihm.«

GEHEIM-PROTOKOLL AvL/Skorpion Eintrag 03
BETREFF: ABSCHRIFT DES GESPRÄCHS MIT
VICTOR TARPIN
ORT: DEUTSCHLAND, BERLIN

Zu dem Unterschlupf am Prenzlauer Berg kann ich nun nicht mehr zurück. Er ist dem Jungen zweifelsohne bekannt und er muss mir von dort in den Plänterwald gefolgt sein. Weiß der Teufel, wie er mich überhaupt gefunden hat. Seine Quellen scheinen besser zu sein als die der größten Geheimdienste der Welt, schließlich kann ich denen jetzt schon seit Jahren erfolgreich entkommen. Nicht aber Max. Ich muss in Zukunft noch vorsichtiger sein!

Ich habe den noch immer bewusstlosen Victor Tarpin mit dem Transporter in ein neues Safehouse gebracht. Es ist eine Gartenlaube am Rand von Köpenick.

Ich habe ihn mit Kabelbindern und einem Strick an einen Stuhl gefesselt und ihn geweckt, indem ich ihm ein Glas Wasser ins Gesicht gespritzt habe.

— Bevor du ausrastest, hör mir bitte
zu, Victor. Ich will keinen Streit mit
dir. Ich bin hier, weil ich deine
Hilfe brauche.

— Fahr zur Hölle, Verräter!

— Du kannst mir glauben, in der Hölle
bin ich schon seit Jahren.

— Da gehörst du auch hin! Das hast du
mehr als redlich verdient.

— Hör zu, Victor, ich habe im Moment
gerade keine Zeit für deinen uralten
Groll und deine Feindseligkeiten. Ich
brauche von dir nichts weiter als
eine einfache Information, und sobald
ich sie habe, bin ich dir auch schon
wieder aus den Füßen und Du kannst
in Ruhe zu deinen Geschäften zurückkehren.

— Uralten Groll? Wie kannst du es wagen,
von uralt zu sprechen? Schau dir doch
bloß mein Gesicht an, Prizrak! Ich
schwöre dir, für mich ist dieser Groll
jeden Tag, den ich in den Spiegel
schauen muss, brandneu. Und jedes
verdammte Mal, wenn mich eine schöne
Frau ansieht und ich in ihren Augen
schon wieder ganz deutlich lesen kann,
dass ich mit Abstand das wohl Häss-
lichste bin, das sie je in ihrem Leben
gesehen hat.

— Wir waren damals Soldaten, Victor.
Soldaten tragen von ihren Kämpfen nun

einmal Wunden und Narben davon. Das lässt sich nicht vermeiden. Das ist und war schon immer Teil unseres Geschäfts. Dafür unterschreiben wir, wenn wir uns darauf einlassen.

— Wunden und Narben, die man aus einer Schlacht davonträgt, aus einem ehrlichen Kampf, das sind Ehrenzeichen — aber durch Verrat? Nein, Prizrak, das ist nicht dasselbe.

— Wieso redest du von Verrat? Wir waren Gegner, Victor. Von Anfang an.

— Gegner? Du warst verflucht noch mal mein bester Freund, Oleksiy.

— Ja, das hast du auch damals schon immer gesagt. Aber in Wahrheit war ich für dich nichts anderes als eine Figur auf dem Spielfeld, die du hin und her geschoben hast, wie es dir in den Sinn kam. Und als es so weit war, warst du bereit, mich einfach zu opfern, ohne auch nur mit der Wimper zu zucken. Nur, ich bin dir zuvorgekommen. Du bist also in Wirklichkeit nicht wütend auf mich, weil ich dich verraten habe, sondern weil ich schlauer war als du.

— Erspar mir deine Eitelkeit, Oleksiy!

— Wie ich schon sagte: Gib mir die Information, die ich brauche, und ich verschwinde von hier. Wo finde ich Professor Sergej Konoronkov?

— Warum glaubst du, dass ich das weiß?

— **Konoronkov stand damals auf deiner Lohnliste, und ich bin mir sicher, da steht er auch heute noch — für den Fall, dass du ihn einmal aktivieren musst.**

— Man kann Männer wie Konoronkov nicht einfach aktivieren. Das wäre zu gefährlich. Viel zu gefährlich.

— **Also steht er auf deiner Gehaltsliste, damit ihn niemand aktiviert?**

— Genau.

— **Dann ist es umso wichtiger, dass du mir sagst, wo ich ihn finde. Denn im Moment sind die falschen Leute hinter ihm her. Und wenn sie ihn in ihre Hände kriegen, geht dein schlimmster Albtraum in Erfüllung.**

— Wer ist hinter ihm her?

— **Hast du schon einmal von C.H.A.O.S. gehört, Victor?**

— Die existieren nicht wirklich. Das ist nur ein Schauermärchen.

— **Ich kann dir versichern, dass es sie wirklich gibt. Und wenn sie auf der Suche nach Konoronkov sind, kannst du dir ganz sicher vorstellen, was sie vorhaben.**

— Da sind wir uns einig.

— Wenn es stimmt, was du sagst, muss Konoronkov sterben.

— Auf keinen Fall. Ich brauche ihn.

— Wozu?

— Das ist meine Sache. Du musst mir vertrauen.

— Dass ich nicht lache!

— Es ist mein Ernst, Victor.

— Keine Chance, Prizrak!

— Ich merke schon, so kommen wir nicht weiter. Ich muss andere Saiten aufziehen.

— Andere Saiten? Was, willst du mich etwa foltern?

— Du weißt, dass das nicht meine Art ist, Victor. Nein, ich arbeite effektiver. Schau dir das hier an. Hier auf dem Display meines Smartphones. Erkennst du, was das ist?

— Ich habe keine Ahnung.

— Wirklich? Du hast keine Ahnung, dass das sämtliche deiner Konten sind? Alle Konten, Victor. Die hier in Europa und auch die in der Karibik. Sogar die in Singapur und Neuseeland. Ich meine, wir reden von all den Millionen, die du dir im Laufe der vergangenen drei

Jahrzehnte auf die Seite geschafft hast.

— Ich weiß nicht, wovon du sprichst …

— Ehrlich nicht? Dann macht es dir ja bestimmt auch nichts aus, wenn ich jetzt mit einem einzigen Tastendruck all diese Konten leere. Ein einziger Knopfdruck, und es ist alles weg.

— Tu dir keinen Zwang an.

— Du glaubst, ich bluffe? Ich mache es dir einfacher. Ich zähle bis drei. Eins … zwei …

— Warte!

— Wie ich eingehend schon sagte, Victor: Ich habe keine Zeit zu warten. Es steht zu viel auf dem Spiel. Siehst du meinen Daumen auf dem »Enter«-Feld? Dreeee…

— Also gut. Du gewinnst. Ich sage dir, was du wissen willst.

DRITTER TEIL

EINE NEUE SCHLÜSSELFIGUR

KAPITEL 20

KONFRONTATION

BERLIN – FLUGHAFEN TEGEL

Am nächsten Morgen war Max schon sehr früh auf dem Flughafen. Er hatte in den wenigen Stunden der vergangenen Nacht kaum ein Auge zugetan. Die Gedanken um seinen Vater hatten sich in seinem Kopf gedreht wie ein Kreisel. Das Treffen war so frustrierend gewesen. Auf keine seiner Fragen hatte er Antworten erhalten, und er wusste nach wie vor nicht, auf welcher Seite sich sein Vater befand. Aber es sah immer mehr so aus, als gehörte er zu denen, die man im Allgemeinen die Bösen nennt. Das war schwer zu verdauen. Hinzu kam, dass, wenn das stimmte, Max sich schuldig daran fand, dass er immer noch auf freiem Fuß war. Und deshalb hatte er unter anderem auch Dimitri gegenüber ein noch schlechteres Gewissen.

Max musste zugeben, dass er sich in der Sache von Anfang an nicht rational verhalten hatte. Er hatte sich zu sehr von seinen Gefühlen leiten lassen. Das machte er sich jetzt zum Vorwurf.

Hoffentlich war es inzwischen nicht zu spät, sich bei Dimitri dafür zu entschuldigen.

Er sah auf die Anzeigetafel über sich. Der Flieger aus Tokio war schon vor über einer Viertelstunde gelandet, und die ersten Passagiere kamen aus der Zollabwicklung. Max reckte den Hals, um zu schauen, wann wohl Dimitri auftauchen würde.

Er fragte sich, was Dimitri mit seinem Auftauchen hier in Berlin genau vorhatte. Die Tatsache, dass er Tapas Anrufversuche allesamt ignoriert hatte, sprach nicht gerade dafür, dass er hier war, um zu reden. Wollte er es allein mit dem Prizrak aufnehmen?

Aber wie wollte er das anstellen?

Wie wollte er ihn überhaupt finden, ohne Tapas Unterstützung?

Hatte Dimitri vielleicht den russischen Geheimdienst eingeschaltet? Aber der würde ihn, den Sohn eines ihrer Botschafter, ganz bestimmt nicht aktiv an der Suche nach Max' Vater teilnehmen lassen. Ganz im Gegenteil. Sie würden ihn davon fernhalten – um Dimitri nicht in Gefahr zu bringen, aber auch, um zu verhindern, dass er in die Quere kam.

Was also hast du vor, Dimitri?, fragte Max sich in Gedanken.

Da sah er Dimitris hochgewachsene Gestalt in der Schlange der Zollabwicklung. Max stellte sich ein bisschen abseits, damit er von ihm nicht zu früh gesehen wurde.

Er wartete ungeduldig, bis Dimitri fertig war, und als er in seine Richtung kam, stellte er sich ihm in den Weg.

»Hallo Dimitri«, sagte Max. »Wir müssen reden. Ich möchte mich …«

Aber ehe Max ›entschuldigen‹ sagen konnte, hatte Dimitri ihn schon mit der Schulter beiseitegerammt, »Geh mir aus der Sonne, Mann!« geknurrt und war weitergelaufen.

Max war gekränkt und sauer – und zu stolz, ihm nachzurennen.

GEHEIM-PROTOKOLL AvL/Skorpion Eintrag 04
BETREFF: BERICHT ZUM TREFFEN MIT
  PROFESSOR SERGEJ KONORONKOV
ORT: DEUTSCHLAND, BERLIN CHARLOTTENBURG
  — TECHNISCHE UNIVERSITÄT —
  STRASSE DES 17. JUNI

VORAB-RECHERCHE:

»Die Nadel im Heuhaufen«, sagt man immer. Aber das beste Versteck für eine Nadel ist noch immer in einem Haufen anderer Nadeln. Das weiß jeder Geheimdienstler. Man lernt das schon in der Grundausbildung. Und das wussten auch Victor Tarpin und Sergej Konoronkov.

Konoronkov ist emeritierter Professor für Kerntechnik. Emeritiert bedeutet, er ist in so einer Art Ruhestand, aber nicht wirklich in Rente. Er ist von seinen Alltagspflichten befreit, kann aber noch immer Vorlesungen halten und Doktoranden betreuen. Was für ein besseres Versteck also gibt es für einen Professor als eine Universität unter jeder Menge anderer Professoren?

Victor Tarpin hat lediglich Konoronkovs Identität ändern müssen. Er heißt jetzt offiziell Wladimir Makarov. Vermutlich ist man wegen seines Akzents bei einem russischen Namen geblieben. Für meinen Bericht bleibe ich bei seinem wirklichen Namen: Sergej Konoronkov.

Konoronkov hat seine Wohnräume und sein Büro in einer kleinen Villa am äußersten Rand des nördlichen Teils des riesigen Universitätsgeländes. Der beste Zugang ist über den Landwehrkanal und das Einsteinufer.

EINSATZ:

Da Max mich hier in Berlin gefunden hatte, ohne mir persönlich gefolgt zu sein — was ich bemerkt hätte —, war klar, dass ihm das mithilfe von Überwachungskameras und einem wirklich ausgefeilten Tracker-System gelungen sein muss. Vermutlich hatte er Unterstützung von einem seiner Freunde. Höchstwahrscheinlich war es die junge Tochter des indischen Botschafters. Sie scheint ein echter Wizard zu sein, wie meine Recherchen ergeben haben.

Entsprechend hatte ich, nach dem Verhör von Victor Tarpin, meine Verkleidung extrem verstärkt, damit sie mich nicht wieder so schnell finden konnten. Statt einer Baseball-Cap trug ich jetzt einen Sonnenhut mit breiter Krempe, eine dickrandige Sonnenbrille und einen Nackenkopfhörer, dessen Muscheln den Großteil meiner Ohren verbargen. Die wenigsten wissen, dass man einen Menschen auch über die Form seiner Ohren identifizieren kann, aber ich war mir sicher, dass Max' indische Freundin das wusste; ganz bestimmt hatte sie ein Suchprogramm geschrieben und es von früheren Aufnahmen mit den Parametern meiner Ohren gespeist. Deshalb der Kopfhörer.

Ich trug außerdem — völlig ungewohnt und auch ein wenig unbequem — Schuhe mit hohen Plateausohlen, die ich unter weiten Hosenschlägen versteckte, um mich gut vier Zentimeter größer zu machen. Ich änderte sogar meine Gangart, da inzwischen sogar auch die von entsprechenden Programmen getrackt werden kann; ich ging leicht nach vorn gebeugt und langsamer als gewöhnlich.

Meine Smartphones, Tablets und Notebooks hatte ich allesamt entsorgt und durch neue ersetzt.

Doch ungeachtet all meiner Vorsichtsmaßnahmen hielt ich auf meinem Weg zu der Technischen Universität noch aufmerksamer als sonst Ausschau nach Straßen- und Verkehrskameras und wich ihnen, so gut es nur ging, aus.

Ich betrat das Universitätsgelände über den Eingang im Norden. Von hier aus waren es etwa dreihundert Meter bis zur Villa von Professor Konoronkov.

Doch kurz bevor ich sie erreichte, erlebte ich eine Überraschung. Vier junge Männer stiegen aus einem dunkelblauen Mercedes Sprinter und gingen eiligen Schrittes zur Villa. Sie trugen schwarze Jeans, schwarze T-Shirts und schwarze Windjacken. Es war diese Art von Uniformierung, die sie mir auffallen ließ. Vor allem die Windjacken machten mich stutzig. Es war viel zu warm dafür. Ich

versteckte mich schnell hinter einem Baum
und nahm sie mit einem kleinen Fernglas
genauer in Augenschein. Schon gleich
darauf erkannte ich, warum sie die Windjacken trugen: Sie hatten Waffen darunter
verborgen. Schwere Automatikpistolen in
Schulterholstern.

C.H.A.O.S. hatte Professor Konoronkov
also vor mir gefunden!

Ich musste mich beeilen.

Weil die vier zum Haupteingang der
Villa gingen, änderte ich meinen ursprünglichen Kurs und lief zur Rückseite.
Dort fand ich eine Terrasse und eine
Terrassentür. Wegen des schönen Wetters
stand sie offen.

Ich schlich mich hinein. Meine Hoffnung
war, den Professor noch vor den vier
Männern von C.H.A.O.S. zu erreichen.

Der Raum, den ich über die Terrasse
betrat, war eine kleine Bibliothek. Von
hier aus begab ich mich auf der hinteren
Seite des Gebäudes auf die Suche nach
einer zweiten Treppe, da die vier Angreifer ganz bestimmt schon das Haupttreppenhaus erreicht hatten. Ich fand eine
gleich hinter der Küche. Sie war schmal

und steil; einstmals der Aufgang für die Dienstboten. Ich zog meine SIG Sauer und eilte hinauf.

Noch bevor ich die obersten Stufen erreicht hatte, konnte ich schon den Tumult hören.

»Lassen Sie mich sofort los«, rief der Professor mit russischem Akzent. »Sie müssen mich mit jemandem verwechseln! Gehen Sie oder ich rufe die Polizei!«

»Fesselt ihn!«, befahl einer der jungen Männer. »Und legt ihm einen Knebel an.«

Ich öffnete die Tür, die von der Treppe aus in das obere Geschoss führte, nur einen kleinen Spalt weit und spähte hinaus.

Ich sah durch ein Esszimmer hindurch nach draußen in das Haupttreppenhaus, wo die vier den Professor in der Mangel hatten. Mit seinen gut siebzig Jahren hatte er trotz heftiger Gegenwehr keine Chance gegen sie.

Ich analysierte die Situation. Zwei der vier hatten ihre Pistolen gezogen, waren also bereit, sie auch sofort einzusetzen. Das bedeutete, dass es zu riskant war, sie jetzt und auf der Stelle frontal anzugreifen. Also machte ich eilig auf dem Absatz kehrt und lief die schmale Treppe, die ich gerade heraufgekommen war, wieder nach unten.

Ich rannte durch die Küche und die Bibliothek zurück hinaus auf die Terrasse und von da aus um die Villa herum nach vorn zum Haupteingang.

Mein Ziel war der Mercedes-Transporter. Ich sah, dass hinter dem Steuer ein fünfter Mann saß. Ich lief einen kleinen Bogen um den Wagen herum, sodass ich von hinten an die Fahrertür gelangte. Ich riss sie mit einem schnellen Ruck weit auf und schlug den Fahrer mit dem Knauf meiner Pistole bewusstlos. Anschließend zerrte ich ihn von seinem Sitz nach draußen und versteckte ihn hinter einem dicken Baumstamm.

Ich nahm seinen Platz ein, schloss die Tür und startete den Wagen. Da waren auch schon die anderen vier mit dem Professor in ihrer Mitte heran. Einer von ihnen öffnete die Schiebetür auf der rechten Seite des Transporters und stieß den Professor in den Laderaum. Genau in dem Moment legte ich den ersten Gang ein,

gab Vollgas und ließ die Kupplung kommen.
Der Wagen machte einen schnellen Satz
nach vorne, noch ehe einer der vier
Häscher einsteigen konnte.

Während ich schnell in den zweiten und
gleich darauf in den dritten Gang schaltete, sah ich in den Seitenspiegeln, wie
einer der Zurückgelassenen seine Pistole
auf uns richtete. Aber bevor er feuern
konnte, drückte ein anderer ihm die Waffe
nach unten. Sie durften nicht riskieren,
den Professor zu verletzen. C.H.A.O.S.
brauchte ihn lebend.

Ohne vom Gas zu gehen, raste ich mit
dem Mercedes vom Universitätsgelände
direkt auf das Einsteinufer und von da
aus auf die Straße des 17. Juni.

Hinter mir wurde der Professor vom
Schwung meiner rasanten Fahrweise hin und
her geworfen und schaffte es wegen seiner
Fesseln nur mit Mühe, sich schließlich
aufzurichten und auf der Rückbank Platz
zu nehmen.

Ich sah im Rückspiegel, wie er mich mit
vor Schreck geweiteten Augen anstarrte.
Er atmete schnaubend durch die Nase. Den
Mund hatten sie ihm mit einem schwarzen

Tuch geknebelt. Sein Kopf war hochrot
vor Panik.

— **Beruhigen Sie sich, Professor. Ich
bringe Sie in Sicherheit.**

KAPITEL 21

SPARRING

BERLIN – ZEHLENDORF
DIE VILLA VON GUNDULA FREIFRAU VON LAUSITZ

Abgesehen von der Sache mit seinem Vater war Max in seinem ganzen Leben noch nie dermaßen hin- und hergerissen wie jetzt mit seinen Empfindungen gegenüber Dimitri. Zu einem Teil war da großes Bedauern darüber, seinen allerbesten Freund aus der Not heraus betrogen und dadurch wohl jetzt ein für alle Mal verloren zu haben. Zu einem anderen Teil dachte Max, dass Dimitri mit seiner verdammten russischen Sturheit gefälligst bleiben konnte, wo der Pfeffer wächst. Aber da war noch ein dritter Teil; der Teil, zu dem Max hoffte, dass sich die Dinge, so vertrackt sie gerade auch waren, irgendwie wieder regeln ließen – dass es vielleicht einen Weg geben würde, alles wieder zu kitten und ihre Freundschaft an den Punkt zurückzubringen, an dem sie vor der leidlichen Sache mit seinem Vater gewesen war.

Mit diesem Wust an widersprüchlichen Gefühlen im Bauch und wirbelnden Gedanken im Kopf kehrte Max vom Flughafen zurück in Gundis Villa und stellte die Yamaha auf ihren Platz im Wintergarten.

Vicky und Ricky kamen ihm entgegengelaufen. Sie hatten offenbar auf ihn gewartet.

»Und?«, fragte Ricky. Sein Blick war voller Hoffnung. Ricky war schon eine sehr seltsame Mischung aus Pessimist und Optimist. Wenn es um eine Mission ging, war immer er derjenige, der sich die allerschlimmsten Szenarien für den Ausgang einer Strategie ausdachte, aber wenn es um Dinge wie Freundschaft ging, gab es wohl niemanden, der blauäugiger war als er. »Wie ist es gelaufen?«

Max winkte mit einer niedergeschlagenen Geste ab. »Hätte nicht schlechter laufen können.«

»Verdammt!«, fluchte Vicky und schlug mit der Faust in die Luft. Ihre Stirn lag in tiefen Sorgenfalten. »Also ist Dimitri so richtig sauer?«

»Sauer ist überhaupt gar kein Ausdruck«, sagte Max. Er schüttelte mit Nachdruck den Kopf. »Ich glaube, man kann seine Haltung zu Recht absolut und endgültig als *unversöhnlich* bezeichnen.«

»Oh Mann!« Ricky senkte traurig den Kopf und ließ die Schultern hängen.

»Was schaut ihr denn alle so schlecht gelaunt drein, Kinder?« Es war Leonhard von Lausitz, der die Frage stellte. Er und seine Zwillingsschwester Alexandra betraten gerade ebenfalls den Wintergarten. Alexandra war bei Leonhard eingehakt.

»Ihr macht ja wirklich Gesichter wie drei Tage Regenwetter«, sagte Alexandra. Sie blickte tatsächlich besorgt »Was in drei Teufels Namen ist denn passiert?«

»Ach nichts«, sagte Max und winkte ab. Das entsprach zwar nicht der Wahrheit, aber über die Wahrheit wollte er jetzt auch nicht reden. Nicht mit den beiden.

»Ihr erweckt wirklich nicht den Eindruck, als wäre da nichts«, bohrte Alexandra nach.

»Wenn Max es doch sagt«, meinte Vicky in einem Ton, der die Cousine zweifelsfrei darauf aufmerksam machen sollte, dass es jetzt nicht an der Zeit und sie nicht in der Position war, noch weiter nachzuhaken.

»Also gut«, sagte Alexandra verständnisvoll. »Wenn ihr nicht darüber reden wollt, ist das in Ordnung. Lasst uns stattdessen dann einfach irgendwas unternehmen, das euch ablenkt und aufheitert.«

»Was denn?«, fragte Ricky und klang ernsthaft interessiert.

»Wir könnten in Omas Stall gehen, die Pferde satteln und ein wenig ausreiten«, schlug Alexandra vor. »Wir könnten sogar zum Großen Wannsee hinüberreiten und dort am Ufer ein schönes Picknick machen.«

»Ich hätte da eine sehr viel spannendere Idee«, meldete sich Leonhard zu Wort.

»Hast du?«, fragte Alexandra. Sie klang ein bisschen schnippisch – wohl, weil ihr Bruder ihren Vorschlag auszureiten einfach so zur Seite wischte.

»Ja, habe ich«, sagte er und grinste sehr von sich überzeugt.

»Wie wäre es denn jetzt mit dem Boxkampf, den wir beide verabredet haben, Max, alter Junge?«

»Ich denke, dafür ist jetzt nicht die beste Zeit«, sagte Vicky übellaunig.

»Doch«, widersprach Max.

Vicky war überrascht. »Wirklich?«

Auch Ricky sah ihn fragend an und versuchte so unmerklich wie möglich mit dem Kopf zu schütteln.

»Absolut«, sagte Max. »Ich finde sogar, dafür ist jetzt die perfekte Zeit.«

Ihm war nach der unschönen Begegnung mit Dimitri tatsächlich danach, mal so richtig Dampf abzulassen. Was sonst war jetzt auch zu tun? Von seinem Vater fehlte jede Spur und Dimitri ließ nicht mit sich reden. Da war ein bisschen Kampfsport genau das Richtige, um sich von Untätigkeit und trüben Gedanken abzulenken.

»Fabelhaft!«, meinte Leonhard und klatschte begeistert in die Hände.

»Ja, das ist geradezu ein entzückender Gedanke!«, fand auch Alexandra. Ihre Augen hatten plötzlich einen ganz und gar faszinierten Glanz angenommen. Offenbar gefiel ihr die Idee Leonhards noch um einiges besser als ihre eigene mit dem Ausritt.

»Wo ist denn hier das nächste Boxcenter, und wie kommen wir da am schnellsten hin?«, fragte Max.

Leonhard grinste. »Wie der Zufall es will, haben wir eines direkt hier im Haus, alter Junge.«

»Was?«, fragte Max überrascht. »Ihr habt ein Boxstudio hier in der Villa eurer Großmutter?«

»Genau«, sagte Leonhard. »Mein Ururgroßvater, Freiherr Archibald von Lausitz, war seinerzeit Offizier in der Kaiserlichen Armee und leidenschaftlicher Boxer und Fechter. Er hat dafür extra einen Saal hergerichtet. Dort hat er tatsächlich auch hin und wieder gegen Kaiser Wilhelm II. höchstpersönlich geboxt.«

»Im Ernst?«, fragte Max beeindruckt. Was ihm imponierte, war die Tatsache, dass es hier ein Boxstudio gab, nicht der historische Hintergrund, den Leonhard dazu lieferte. Der war erfunden, zumindest zum Teil. Dem Teil mit dem Kaiser. Max wusste als Berliner nur zu gut, dass Kaiser Wilhelm II einen verkrüppelten linken Arm gehabt hatte und daher unmöglich jemals dazu in der Lage gewesen war, einen Boxkampf zu kämpfen.

Leonhard reckte voller Stolz die Brust. »Absolut! Komm, ich zeig ihn dir!«

Er ging voran. Die anderen folgten ihm.

DIE VILLA VON GUNDULA FREIFRAU VON LAUSITZ
BOX- UND FECHTSAAL

Leonhard öffnete die große Flügeltür, und Max fiel beim Betreten des Saals vor Staunen fast die Kinnlade auf die Brust. Der Raum war mit seinen fünf Metern Deckenhöhe noch einmal gut anderthalb Meter höher als die restlichen Prunkräume der Villa. Auch er war an der Decke kunstvoll mit Stuck verziert, und an den zwei kürzeren Wänden hingen neben den Flügeltüren kostbare Gemälde mit Jagd-, Fecht- und Boxszenen. An einer der beiden langen Wände waren terrassenförmig drei hölzerne Bankreihen mit vom Sitzen blankpolierten Lederpolstern aufgebaut; für mögliche Zuschauer. Die andere lange Wand war mit drei Meter hohen Kristallspiegeln versehen.

Im Zentrum gab es eine vierzehn Meter lange und zwei Meter breite, leicht erhobene Fechtbahn aus auf Hochglanz geschliffenem Parkett und daneben einen waschechten Boxring; sechs mal sechs Meter groß.

»Hinter der zweiten Tür liegen die Umkleideräume«, sagte Leonhard und deutete nach hinten. »Da finden wir alles, was wir für unser kleines Sparring brauchen. Boxhandschuhe, Hosen und Schuhe.«

»Auch Kopf- und Mundschutz?«, fragte Vicky. Max konnte die Besorgnis in ihrer Stimme hören und wunderte sich. Sie wusste doch, was für ein guter Kämpfer er war. Worüber machte sie sich also Sorgen?

»Mundschutz ja«, sagte Leonhard. »Aber doch keinen Kopfschutz. Wer braucht denn sowas? Dann kann man's mit dem Boxen auch gleich sein lassen. Oder was sagst du, Max, alter Junge?«

»Das sehe ich ganz genauso«, sagte Max. Dieser Leonhard wurde ihm von Mal zu Mal immer unsympathischer. Er freute sich schon darauf, ihm im Boxring seine hochnäsige Art auszutreiben.

Die fünf gingen in die Umkleide, wo Max und Leonhard sich umzogen.

Anschließend umwickelte Vicky Max' Hände mit Bandagen,

zog ihm die Boxhandschuhe darüber und schnürte sie, während Alexandra bei ihrem Bruder dasselbe tat.

»Fester«, sagte Max zu Vicky, weil sie die Schnüre viel zu locker zog. Sie schien unkonzentriert und neben der Spur.

»Was ist?«, fragte Max daher leise.

»Ich finde nach wie vor, dass ihr beide jetzt hier boxt, ist einfach keine gute Idee«, antwortete sie mit ebenso leiser Stimme wie Max. »Wie ich bereits sagte: Leon kämpft brutal. Rücksichtslos.«

»Ich werde mich schon zu wehren wissen, Vicky«, versicherte Max. Er mochte es irgendwie, dass sie sich Sorgen um ihn machte, aber gleichzeitig wollte er nicht, dass sie sich sorgte. Es war ein paradoxes Gefühl. »Außerdem will ich kämpfen. Er zwingt mich ja nicht dazu.«

»Warum willst du kämpfen, Max?«

»Ich muss Dampf ablassen«, antwortete er. »Sonst platze ich noch.«

»Wenn du nur Dampf ablassen willst, lass uns einfach ein paar Kilometer Parkour rennen«, schlug Vicky vor.

»Nach dem Streit mit Dimitri brauche ich jetzt einen Gegner«, sagte Max.

»Du brauchst einen Gegner? Dann gehen du und ich raus in den Park und trainieren dort in aller Ruhe und Abgeschiedenheit ein paar Katas.«

Er lächelte, weil er wusste, dass sie es gut meinte. Trotzdem schüttelte er den Kopf. »Das ist lieb von dir, aber ich meinte, ich brauche einen Gegner, den ich nicht mag.«

Vicky sah ihm tief in die Augen. »Ich glaube, ich verstehe, was du meinst. Trotzdem wäre es mir lieber, du würdest nicht ausgerechnet gegen Leonhard antreten.«

Max sah sie ernst an. »Ich habe zugesagt, und ich werde jetzt nicht kneifen, Vicky. Das ist mein letztes Wort in der Sache.«

»Na gut, Max«, lenkte Vicky schließlich ein. »Aber pass auf dich auf.«

»Mach ich. Versprochen!«

Nachdem Vicky die Boxhandschuhe endlich so fest geschnürt hatte, dass sie perfekt saßen, gingen die fünf zurück in den Saal. Vicky und Alexandra trugen je einen Eimer Wasser mit Schwämmen und trockene Frotteehandtücher.

Max und Leonhard kletterten nach oben in den Ring. Ricky stieg ihnen hinterher. Er war für das Match als Ringrichter auserkoren.

Max ging in seine Ecke, Leonhard in die diagonal gegenüberliegende. Der Cousin von Vicky und Ricky grinste wie ein lauernder Tiger. Es war eine Mischung aus blutrünstig und überlegen.

Alexandra stellte einen hohen Hocker hinter seiner Ecke auf und platzierte Eimer und Handtücher griffbereit außerhalb der Seile. Vicky tat in Max' Ecke dasselbe.

Ricky trat in die Mitte des Rings und winkte die beiden Kontrahenten zu sich.

»Es wird, wie sich das gehört, anständig gekämpft und fair; nach den traditionellen Regeln des Marquis von Queensberry«, begann Ricky. »Das heißt, es sind keine Schläge unterhalb der

Gürtellinie erlaubt, und auch Klammern ist verboten und wird als Foul geahndet.

Eine Runde dauert exakt drei Minuten lang. Die Pause zwischen den Runden beträgt jeweils eine Minute, und innerhalb dieser Pausen ziehen die Kontrahenten sich in ihre Ecken zurück.

Geboxt wird über zehn Runden oder bis zum K. o. Jeder Kämpfer hat zu jeder Zeit des Sparrings die Möglichkeit, durch Werfen des Handtuchs aufzugeben und die Niederlage anzuerkennen. Damit wird der andere Kämpfer automatisch zum Sieger erklärt.

Ebenso hat der Ringrichter – in diesem Fall ich – das Recht, den Kampf vorzeitig zu beenden, wenn er einen der Kämpfer als zu sehr angeschlagen beurteilt und ihn auszählt, auch ohne, dass er am Boden liegt. Habt ihr das beide verstanden?«

Max und Leonhard nickten.

»Gut«, sagte Ricky. »Dann geht jetzt beide hinüber in eure Ecken. Der Kampf beginnt mit dem Ertönen der Glocke.« Er wandte sich an Alexandra. »Die übernimmst du bitte, liebe Cousine.«

Alexandra nickte zustimmend. Schon wieder konnte Max in ihren Augen einen faszinierten Glanz erkennen. Sie schien äußerst sportbegeistert zu sein und den Kampf kaum abwarten zu können.

In der Ecke, in der sie stand, waren eine altertümliche Stoppuhr und eine Ringglocke angebracht. Auf ein Zeichen von Ricky betätigte Alexandra sie.

Runde 1

Die Glocke war kaum ertönt, da stürzten Max und Leonhard auch schon aus ihren Ecken heraus und mit erhobenen Fäusten aufeinander zu.

Leonhard holte noch im Anlauf mit der Linken zu einem weiten Schwinger aus. Max duckte sich gerade noch rechtzeitig darunter hinweg, nur um noch in fast dem gleichen Moment von dem mörderischen Aufwärtshaken von Leonhards rechter Faust voll am Kinn getroffen zu werden.

Max wurde von dem harten Treffer nach hinten weg von den Füßen gerissen, hatte kurz das Gefühl, in der Luft zu schweben, und landete gleich darauf krachend auf dem Rücken. Noch während er fiel, hörte er, wie Alexandra begeistert jubelnd aufschrie.

Ricky sprang augenblicklich hinzu, hinderte Leonhard daran nachzusetzen und begann den am Boden liegenden Max anzuzählen.

»Eins ... zwei ... drei ...«

Max war von dem gewaltigen Haken völlig benommen. Er sah tatsächlich Sternchen, und das Kinn tat ihm weh. Er schüttelte den Kopf, um schneller wieder klarer zu werden, blieb aber gleichzeitig noch eine Weile am Boden, um erst einmal einigermaßen zur Besinnung zu kommen.

»Vier ... fünf ... sechs ...«, zählte Ricky währenddessen weiter.

Jetzt erst kletterte Max zurück auf die Füße. Ricky fasste ihn an beiden Handschuhen und blickte ihm eindringlich in die Augen.

»Alles okay, Max?«, fragte er.

Max nickte. Er wusste, dass er einen riesigen Fehler gemacht hatte. Eigentlich waren es sogar zwei Fehler.

Der erste war, dass er nicht damit gerechnet hatte, dass Leonhard so verflucht schnell und stark war. Der zweite war, dass er Vicky nur bedingt geglaubt hatte, als sie sagte, Leonhard sei brutal.

Max war davon ausgegangen, dass das hier ein sportlicher Wettkampf werden sollte. Ein Kräftemessen, das in der Hauptsache durch die Anzahl gelandeter Treffer und damit durch das Sammeln von Punkten entschieden wurde.

Leonhard sah das offensichtlich ganz anders: Punkte interessierten ihn nicht. Er wollte Max am Boden sehen, um zu beweisen, dass er der Härtere und Stärkere von ihnen beiden war.

Max beschloss, den weiteren Verlauf der Runde mit mehr Bedacht anzugehen. Er musste dabei schnell ein besseres Gespür für Leonhards Kampfweise entwickeln. Für seine Strategie und seine Taktik. Deshalb ging er jetzt, als der Kampf wieder losging, nicht wieder wie zu Beginn auf direkte Konfrontation, sondern er begann zu tänzeln, um auf Distanz zu bleiben.

Noch immer spürte er die Benommenheit im Schädel, wie Watte ums Hirn, und den Schmerz am Kinn, wo Leonard ihn so hart getroffen hatte.

Leonhard stürmte auf ihn ein wie ein Güterzug. Dabei schwang und stieß er die Fäuste in einer Geschwindigkeit, dass es einem schwindlig werden konnte.

Max wusste instinktiv, dass er in seinem angeschlagenen Zustand im Moment keinen zweiten dieser harten Treffer überstehen würde, und wich weiter und weiter zurück. Dabei musste er darauf achten, dass er sich von Leonhards Angriff nicht gegen die Seile oder gar in eine Ecke treiben ließ. Dort wäre er der nächsten Attacke mehr oder weniger hilflos ausgeliefert.

»Oh-ho«, rief Leonhard neckend. »Da hat aber einer mit einem Mal Angst gekriegt. Komm, alter Junge, bleib stehen und stell dich zum Kampf. Oder soll ich dich vielleicht für einen Feigling halten?«

Max sparte sich eine Antwort und damit den Atem. Während er auf den Moment wartete, in dem die Benommenheit in seinem Kopf wenigstens ein bisschen nachließ, analysierte er in Gedanken Leonhards Schlagkombinationen.

Da waren – wie bei der ersten Attacke – linker Schwinger kombiniert mit rechtem Aufwärtshaken.

Dann die zweimal kurz und ungefährlich, aber schnell gestoßene Führhand mit der Linken, gefolgt von einem kurzen harten Seitwärtshaken mit rechts.

Als Nächstes eine schnelle Serie von Geraden – links, rechts, links – gefolgt von einem rechten Leberhaken.

Max wich ihnen allen geschickt aus oder blockte sie mit den zur Deckung eng am Körper gehaltenen Unterarmen und Handschuhen.

Er sah, wie es Leonhard zunehmend wütend machte, dass er keinen zweiten Treffer landete – und auch dass Max gegenwehrlos in der Defensive blieb und ihm andauernd auswich.

Seine Augen verengten sich zu aggressiven schmalen Schlitzen und seine Kiefer mahlten.

Max wusste nun, was Leonhards größte Schwäche war: seine Leidenschaft, sein Zorn.

In dem Moment ertönte die Glocke als Zeichen zum Ende der ersten Runde.

»In eure Ecken!«, rief Ricky. Doch Leonhard überhörte ihn und kam weiter auf Max zu.

Ricky sprang ihm in den Weg und hielt ihm die Hände vor die schweißnasse Brust. »In eure Ecken, habe ich gesagt, Leonhard.«

Jetzt erst senkte Leonhard die Fäuste und ging in seine Ecke, wo Alexandra einen kleinen Hocker aufgestellt hatte. Er setzte sich, ohne den wütend funkelnden Blick von Max zu wenden, und ließ zu, dass seine Schwester ihm aus einer Flasche mit Strohhalm zu trinken gab und ihm mit einem Handtuch den Schweiß von Gesicht und Brust wischte.

Auch Max setzte sich auf den Hocker, den Vicky ihm hingestellt hatte, spuckte den Mundschutz in den Eimer und trank einen tiefen Schluck Wasser aus der Flasche, die sie ihm reichte.

»Sag bloß nicht, ich hätte dich nicht vorher gewarnt«, sagte Vicky, während sie ihn abtrocknete. Aber es war kein Vorwurf in der Stimme. Es war bloß eine nüchterne Feststellung.

»Ich nehme an, ich musste die Erfahrung selbst machen«, sagte Max und grinste schief.

»Mensch Max, als er dich getroffen und es dich von den

Beinen gerissen hat, habe ich schon befürchtet, das war's jetzt«, sagte sie.

»Ging mir für einen Augenblick lang ganz genauso, das kannst du mir glauben«, gab Max zu. »Das war ein verdammt harter Aufwärtshaken. Ich hab gedacht, er bricht mir den Kiefer.«

»Leonhard boxt, seitdem er laufen gelernt hat.«

»Na, das hättest du mir vielleicht auch früher sagen können.«

Jetzt grinste sie. »Ich nehme an, du musstest die Erfahrung selbst machen.«

»Ha-ha!«

»Was ist deine Strategie für die nächste Runde?«, wollte sie wissen.

»Ich werde ihn noch ein bisschen weiter aus der Reserve locken«, teilte Max ihr seine Überlegungen mit. »Leonhard ist so heiß aufs Kämpfen – und vermutlich noch heißer aufs Niederschlagen –, dass es ihn jetzt schon wütend macht, dass ich ihm andauernd ausweiche. Und wie sagt Meister Chao Wong immer so schön?«

»Ein wütender Kämpfer hat den Kampf schon verloren, ehe er überhaupt beginnt«, zitierte Vicky an Max' Stelle ihren Lehrmeister.

Max nickte entschlossen. »Genau. Wenn ich stattdessen selbst einen kühlen Kopf bewahre, kann ich gegen ihn gar nicht verlieren.«

»Ich hoffe, dass du mit deiner Strategie recht behältst.« Sie steckte ihm den abgespülten Mundschutz zurück zwischen die Lippen. Er biss darauf.

Da ertönte auch schon die Glocke zur nächsten Runde.

Runde 2

Leonhard sprang von seinem Hocker auf und kam wie ein wilder Stier geradewegs auf Max zugestürmt. Max konnte ihm gerade noch im letzten Moment ausweichen, indem er zur Seite wegtänzelte.

»Du bist also tatsächlich ein Feigling«, spottete Leonhard mit wütendem Unterton.

Max war klar, dass Leonhard ihn damit nur provozieren wollte. Er wollte damit erreichen, dass Max sich in seiner Mannesehre gekränkt sah, daraufhin die Fassung verlor und sich zu einem Gegenangriff hinreißen ließ. Aber für einen Gegenangriff war es Max noch viel zu früh. Er wollte erst noch ein wenig mit Leonhard spielen; ihn noch weiter aus der Reserve locken, ihn noch wütender und damit unvorsichtiger machen.

Aber Max wusste auch, dass das ein verflucht gefährliches Spiel war, das er da trieb. Es funktionierte nämlich nur so lange, wie er Leonhards harten Schlägen auch ausweichen konnte.

Genau das zu tun, erforderte seine allerhöchste Konzentration, denn Leonhard war wirklich ganz außerordentlich schnell.

Mit jedem Schlag, den Leonhard ausführte und der ins Leere ging, weil Max gerade noch zur Seite oder nach hinten weg auswich, wurde er aggressiver. Er schlug immer öfter und immer schneller, aber damit in seiner Hatz auch immer unkontrollierter.

Max fiel es zunehmend leichter, die wilden Angriffe vorauszusehen, ihnen auf den Fußballen tänzelnd auszuweichen und die Schläge, wenn sie ihm zu nahe kamen, zu blocken oder abzulenken.

Max kannte seinen eigenen Körper und seine Verfassung gut und er wusste, dass er sich aufgrund seiner Parkour-Runs und seines intensiven Anti-Terror-Trainings bei Meister Chao Wong auf seine Ausdauer verlassen konnte.

Leonhard von Lausitz hingegen schien sich nur auf seine Kraft und die in vielen Jahren antrainierte Härte seiner Schläge zu verlassen. Deshalb suchte er den Infight, die direkte Konfrontation.

Doch die Chance dazu gab Max ihm nicht. Nicht, ehe er alle unterschiedlichen Angriffsarten von Leonhard verinnerlicht hatte.

Schon bald wusste er, dass es tatsächlich immer dieselben drei waren. Die drei, die Max schon in der ersten Runde analysiert hatte:

Linker Schwinger mit rechtem Aufwärtshaken.

Die zweimal kurz gestoßene linke Führhand, gefolgt von einem kurzen harten Seitwärtshaken mit rechts.

Die schnelle Serie von Geraden – links, rechts, links – gefolgt von einem rechten Leberhaken.

Das beschränkte Repertoire an Kombinationen war in Max'

Augen ganz klar ein Anzeichen dafür, dass Leonhard es in der Vergangenheit wohl meistens mit nicht besonders intelligenten Gegnern zu tun gehabt hatte, um es einmal milde auszudrücken. Gegner, die er allein mit seiner Schnelligkeit und Kraft zu Boden schicken konnte. Meistens wohl schon in einer der ersten Runden, wenn nicht gar in der allerersten Runde selbst, so wie er vorhin beinahe Max direkt mit dem ersten Angriff auf die Bretter geschickt hätte.

Außerdem waren die Kombinationen, die Max beobachtet und gespeichert hatte, ein deutlicher Beweis dafür, dass Leonhard absoluter Rechtshänder war. Die Linke benutzte er nur zum Antäuschen und dazu, den eigentlichen Angriff, der dann mit der Rechten folgte, vorzubereiten.

Max begann also nun, immer wenn es ihm möglich war, nach links wegzutänzeln, um Leonhards wirklich gefährlichen Schlägen mit der Rechten den Raum zum Schwungholen und damit auch ihre Kraft zu nehmen.

Mit Fortschritt der zweiten Runde schnaubte Leonhard zunehmend schwerer. Das war weniger der Anstrengung als seiner Wut geschuldet, wusste Max.

»Na, was ist, *alter Junge?*«, neckte Max ihn. »Schon außer Puste?« Dabei grinste er überheblich und zwinkerte Leonhard provozierend zu.

Max' Plan ging unverzüglich auf. Leonhard stieß einen wütenden Schrei aus und stürmte geradewegs auf Max zu. Er rammte ihn mit voller Wucht am Körper und schleuderte ihn in die Ecke.

In dem Moment kam, womit Max, der insgeheim die ganze Zeit die Sekunden zählte, gerechnet hatte: die Glocke zum Ende der zweiten Runde.

»Jetzt hab ich dich, du Feigling!«, brüllte Leonhard und schlug ungeachtet der Glocke zu. Er erwischte Max erst seitlich von rechts am Kopf, dann links und dann noch einmal rechts.

Damit wiederum hatte Max überhaupt nicht gerechnet. Sein eigentlicher Plan war es gewesen, Leonhard im Moment vor der Glocke noch schnell noch wütender zu machen und ihn so aufgebracht wie es nur ging in die Pause zu schicken, damit er sich in ihr so schlecht wie möglich erholte. Aber Leonhard schlug jetzt immer weiter auf ihn ein.

Max konnte vor durch die Benommenheit hervorgerufene Schwäche kaum noch die Arme zur Deckung oben halten. Er sah noch mehr Sterne als in der ersten Runde, und vor seinen Augen flackerten dunkle Flecke.

»Stopp!«, hörte er Ricky aufgebracht rufen. »Die Runde ist vorbei.«

Doch Leonhard von Lausitz hörte nicht auf seinen jüngeren Cousin.

»Stopp!«, rief Ricky noch einmal und versuchte nun, mit dem eigenen Körper zwischen die beiden Kämpfer zu gehen. Aber Leonhard stieß ihn zur Seite weg, nur um gleich darauf weiter mit brutalen Schlägen auf Max einzudreschen wie eine wild gewordene Maschine.

»Aufhören!« Jetzt hörte Max wie durch einen dichten Nebel

aus Watte hindurch auch Vickys Stimme, und im nächsten Moment war sie ihrem Bruder zu Hilfe geeilt und zerrte Leonhard am Oberarm von Max weg und stieß ihn von sich.

Während Ricky Leonhard in Schach hielt, kehrte Vicky zu Max zurück. Sie stütze ihn unter der Achsel und führte ihn zu dem Hocker in seiner Ecke.

In der Zwischenzeit brüllte Ricky Leonhard an: »Das war ein ganz klarer Regelverstoß, Leon! Ein grobes Foul. Verwarnung und fünf Punkte Abzug.«

Leonhard lachte nur und stolzierte in seine Ecke. »Punkte! Ich scheiß' auf Punkte!«

»Was um alles in der Welt sollte das denn gerade?«, fragte Vicky Max mit vor Aufregung überschnappender Stimme, während sie ihm den Mundschutz abnahm, ihn in den Eimer warf und Max die Flasche mit dem Strohhalm reichte. »Wieso hast du dich von ihm in die Ecke drängen lassen?«

»Bis dahin war das eigentlich noch Absicht«, keuchte Max, nachdem er einen tiefen Schluck genommen hatte. »Ich wollte, dass er sauer in die Pause geht, um sich so schlecht wie möglich zu erholen. Ich konnte ja nicht damit rechnen, dass er die Glocke absichtlich überhört.«

»Mit so etwas muss man bei meinem Cousin aber rechnen«, sagte Vicky und sprühte aus einer kleinen Dose Desinfektionsmittel auf seine an der linken Seite aufgeplatzte Lippe.

Der Schmerz war stechend, aber zum Glück kurz. Er war sogar ein klein wenig belebend.

»Ich glaube, es ist besser, ich werfe das Handtuch«, sagte

Vicky und tupfte die Stelle mit einem Stück Mullbinde trocken. »Das geht eindeutig zu weit.«

Max fasste sie am Handgelenk und sah sie eindringlich an. »Nein«, sagte er. »Der Kampf geht weiter.«

Sie legte die Finger sanft auf seine. »Ich kann das nicht zulassen, Max.«

Die Berührung stimmte ihn sanfter. Trotzdem sagte er: »Es ist nicht deine Entscheidung, Vicky.«

»Max ...«

»Bitte, Vicky«, sagte er mit weichem Ton. »Du kannst doch nicht wollen, dass ich den Kerl mit seiner Drangsaliererei durchkommen lasse.«

»Also gut«, lenkte sie schließlich verständig ein. »Aber solltest du noch einmal in eine solche Situation geraten oder gar zu Boden gehen, lasse ich den Kampf abbrechen. Ob du willst oder nicht. Kein Dampfablassen der Welt rechtfertigt, dass du deine Gesundheit aufs Spiel setzt.«

»Einverstanden«, sagte Max. »Aber keine Sekunde früher. Versprich mir das.«

Sie seufzte und streichelte seine Hand. »In Ordnung. Versprochen.«

Da ertönte auch schon die Glocke zur dritten Runde.

Runde 3

Wieder preschte Leonhard direkt auf Max zu. Er machte sich erst gar nicht die Mühe, die eigenen Fäuste zur Deckung hochzunehmen. Genau diesen Umstand nutzte Max jetzt aus.

Er eilte seinerseits mit schnellen Schritten auf Leonhard zu, und noch ehe der überhaupt zu seinem gewohnten Eröffnungsschwinger ausholen konnte, hatte Max ihm schon drei harte Gerade mitten ins Gesicht geboxt.

Leonhard schrie auf vor Schmerz und wütender Verblüffung. Damit hatte er ganz offenbar nicht gerechnet. Er schüttelte leicht benommen den Kopf, doch Max gab ihm keine Zeit, sich von der Überraschung zu erholen. Er tänzelte rasch zwei Schritte nach links in einer kleinen Kurve auf Leonhards rechte Seite, schlug ihm einen schnellen rechten Haken wieder genau ins Gesicht und einen linken seitwärts voll auf die kurze Rippe.

Wieder brüllte Leonhard auf, wirbelte herum und warf sich Max mit seinem gesamten Gewicht entgegen. Noch ehe Max reagieren konnte, umschlang Leonhard ihn mit beiden Armen und trieb ihn mit Schwung in die Seile.

Noch ehe Ricky »Unerlaubtes Klammern!« gerufen hatte, rammte Leonhard Max dann auch noch mit der Stirn voll gegen die Schläfe.

Max biss die Zähne hart auf den Mundschutz, spannte all seine Muskeln an und brach aus der Umklammerung. Mit drei schnellen Seitwärtssprüngen brachte er sich in vorläufige Sicherheit.

Er sah aus dem Augenwinkel heraus, dass Vicky das Handtuch hochhielt und gerade im Begriff war, es in die Mitte des Rings zu werfen.

»Nein, Vicky!«, rief er.

Vicky hielt in der Bewegung inne. Sie sah ihn forschend an.

Als sie merkte, dass es ihm ernst war, senkte sie das Handtuch wieder.

Ricky stellte sich währenddessen breitbeinig vor Leonhard hin, um ihn lautstark wegen regelwidrigen Verhaltens zu ermahnen, aber Leonhard schob ihn achtlos zur Seite weg und sprang mit zum Schlag ausgeholter Rechten wieder direkt auf Max zu.

Max grinste ihn provozierend an, wartete, wo er stand, auf den Schlag, und als der kam, bückte er sich mit Leichtigkeit nach links darunter hinweg und hieb Leonhard einen harten rechten Haken voll gegen den Bauch.

Leonhard klappte augenblicklich zusammen wie ein Taschenmesser, kam dabei aus dem Tritt, stolperte und fiel nach vorn auf das Knie.

Ricky kam zu ihm geeilt und begann, ihn anzuzählen. »Eins ... zwei ... drei ...«

Aber da war Leonhard auch schon wieder auf den Beinen und wirbelte zu Max herum. Sein Gesicht war zu einer hasserfüllten Fratze verzogen.

Max wollte ihn mit einem gezielten rechten Haken stoppen, doch Leonhard bückte sich trotz seiner Angeschlagenheit überraschend reaktionsschnell darunter hinweg, sodass Max' Schlag ihn um Millimeter verfehlte, rammte Max die rechte Schulter so hart gegen die Brust, dass es Max den Atem verschlug, umklammerte ihn erneut mit beiden Armen und rannte mit ihm mit der Wucht eines heranrasenden Lkws voll in die Seile.

Wieder half es nichts, dass Ricky »Foul! Foul! Foul!« brüllte, und es interessierte auch niemanden mehr, dass Vicky jetzt dann doch das Handtuch warf.

Max holte mit dem freien rechten Arm aus und schlug Leonhard knallhart von oben mit dem Ellbogen aufs Kreuz. Das schwächte Leonhard gerade genug, dass Max sich aus der Umklammerung befreien konnte.

Doch schon wieder wirbelte Leonhard zu ihm herum.

»Stopp!«, rief Max und sprang nach hinten weg.

»Kämpf, du verdammter Feigling!«, schrie Leonhard mit vor Zorn überkippender Stimme.

Max nickte. »Ja, Leonhard, lass uns kämpfen. Aber von jetzt an ohne Regeln – die scheinen dich ohnehin nicht wirklich zu interessieren. Du willst nicht boxen, du willst dich prügeln. Das kannst du haben.«

Max wandte sich an Vicky. »Zieh mir bitte die Handschuhe aus.«

»Max, das ist nicht dein Ernst!« Der Schreck stand ihr ins Gesicht geschrieben.

»Das ist mein voller Ernst, Vicky«, sagte Max und wandte sich an seinen Gegner. »Oder hast du damit vielleicht ein Problem, Leonhard, alter Junge?«

Leonhard lachte rau auf. »Ganz und gar nicht, mein Kleiner«, knurrte er. »Glaub mir, jetzt mache ich dich so richtig fertig.«

Mit einem Ausruf euphorischer Begeisterung war Alexandra zu ihm in den Ring geklettert und machte sich schon daran, ihm die Boxhandschuhe aufzufädeln.

»Endlich ein echter Kampf«, rief sie.

Auch Vicky gab sich geschlagen und half Max beim Ausziehen der Handschuhe. Während sie das tat, spuckte Max seinen Mundschutz in den Eimer.

»Ich hoffe, du weißt, was du tust«, raunte Vicky ihm leise zu, und er kam nicht umhin, den Vorwurf in ihrer Stimme zu hören.

»Oh, verlass dich drauf, dass ich weiß, was ich tue«, antwortete Max entschlossen. »Dein Cousin hat eine Lektion verdient.«

»Ja, das hat er wohl«, gab sie zu. »Sogar schon lange. Aber warum musst es denn ausgerechnet du sein, der sie ihm gibt?«

»Weil ich dazu in der Lage bin, Vicky«, sagte Max zuversichtlich. »Und weil ich offen gestanden gerade ausgesprochen große Lust darauf habe, einem Tyrann wie ihm zu zeigen, wo es langgeht.«

»Gib ihm eine für mich mit«, sagte Vicky. Jetzt lächelte sie sogar wieder ein wenig. Max hatte sie mit seiner Zuversicht angesteckt.

»Mach ich«, versprach Max.

»Also«, sagte Leonhard. Alexandra war gerade damit fertig geworden, ihm die Bandagen von den Fäusten zu wickeln. »Keine Regeln, keine Glocke. Wir kämpfen, bis einer von uns zu Boden geht.«

Alexandra, Vicky und Ricky verließen den Ring.

»Keine Regeln«, sagte auch Max mit einem Nicken, fragte dann aber grinsend hinterher: »Bist du dir auch vollkommen sicher?«

Leonhard lachte spöttisch auf und schlug mit der rechten

Faust in die offene Linke. »Ich bin mir aber sowas von sicher, das kannst du mir glauben. Dir wird die Idee schon ganz bald leidtun.«

Kaum hatte Leonhard das gesagt, sprang Max auch schon aus dem Stand heraus in die Höhe. Dabei drehte er sich aufrecht um die eigene Achse, streckte das rechte Bein durch und senste Leonhard mit voller Wucht den Fuß gegen die Seite seines Kopfs.

Leonhard wurde von dem harten Treffer von den Füßen gerissen und krachte seitlich zu Boden.

»Gewonnen«, sagte Max mit einem kühlen Lächeln, als er auf beiden Füßen landete.

Leonhard schlug vor Wut mit der Faust auf den Boden und rappelte sich wieder auf die Beine.

»Das war unfair!«, brüllte er voller Zorn. Blut rann ihm aus dem aufgeplatzten Mundwinkel. »Ich war noch gar nicht bereit!«

»In Ordnung«, sagte Max vergnügt. Er fand es amüsant, dass Leonhard, der keinen Heller auf Regeln gab, jetzt behauptete, unfair behandelt worden zu sein. »Bist du denn jetzt endlich bereit, alter Junge, oder soll ich noch ein bisschen auf dich warten? Ich kann mir Zeit lassen, wenn du willst. Du sagst, wenn es losgeht.«

Statt zu antworten, preschte Leonhard mit vollem Schwung auf ihn zu.

Max sprang wieder in die Höhe. Diesmal drehte er sich in die andere Richtung – und trat Leonhard schon im nächsten

Moment jetzt mit dem linken Fuß gegen die andere Seite des Kopfs.

Wieder ging Leonhard zu Boden. Er schlug hart mit dem Gesicht auf der Matte auf. Er war sichtlich schwer angeschlagen. Trotzdem stieß er einen wütenden Fluch aus.

»Was soll diese dämliche Treterei?!«, schrie er und versuchte angestrengt, wieder hoch auf seine Füße zu kommen. Dabei rutschte er zweimal weg und fiel wieder hin.

»Bleib besser unten, Leonhard«, warnte Max, diesmal völlig ruhig.

Aber natürlich hörte Leonhard nicht auf ihn. Er rappelte sich wieder auf.

»Jetzt aber richtig«, forderte er und spuckte verächtlich zur Seite weg. »Nicht mit Füßen wie so ein bescheuerter Affe. Nur mit den Fäusten, wie sich das für einen anständigen Kampf zwischen Männern gehört.«

Max lachte hämisch. »Jetzt also doch plötzlich Regeln, alter Junge?«

»Quatsch keine Opern, Mann! Kämpf!«, sagte Leonhard mit verächtlich nach unten gezogenen Mundwinkeln.

Als er jetzt auf Max zukam, tat er das um einiges vorsichtiger als bei seinen vorherigen Angriffen. Er hatte beide Unterarme zur Deckung oben.

Max wartete auf seinem Platz auf den ersten Schlag. Es war eine kurze linke Gerade. Wie er Leonhards Stil inzwischen in- und auswendig kannte, war das natürlich nur eine Täuschung. Max ging zum Schein absichtlich auf die Finte ein und wich dem Schlag nach seiner eigenen Linken hin aus. Schon im nächsten Moment holte Leonhard zum von Max längst vorhergesehenen rechten Seitwärtshaken aus.

Max tauchte mit Leichtigkeit unter dem Hieb hinweg und machte schon im nächsten Augenblick einen schnellen Satz nach vorn. Er schmetterte seine Linke mit einem gnadenlos harten Haken gegen Leonhards Kiefer – gleich zweimal hintereinander auf die gleiche Stelle.

Leonhard ging zum dritten Mal zu Boden wie ein nasser Sack.

Max war gespannt, welche Ausrede Vickys Cousin jetzt wohl verwenden würde, um nicht zugeben zu müssen, dass er den Kampf verloren hatte.

Doch zu seinem großen Erstaunen begann Leonhard von Lausitz plötzlich laut zu lachen. Diesmal war es kein spöttisches Lachen. Es klang überraschend ehrlich und herzlich.

»Oh Mann, alter Junge!«, sagte Leonhard und blieb am Boden sitzen. Er schüttelte den Kopf. Aber es war ein amüsiertes Kopfschütteln. »Jetzt hast du es mir aber wirklich gezeigt. Hut ab, Mann!«

»War mir ein echtes Vergnügen«, sagte Max. »Jederzeit wieder.«

»Nein, lass mal sein«, sagte Leonhard. »Ich brauch vielleicht manchmal ein bisschen, bis ich anerkenne, dass tatsächlich jemand besser ist als ich, aber ich bin durchaus dazu in der Lage, eine Niederlage einzugestehen, auch wenn das ganz schön bitter schmeckt. Weißt du, was?«

»Was?«, fragte Max.

»Du würdest echt verdammt gut in unsere Truppe passen«, sagte Leonhard. »Darauf kannst du dich verlassen.«

»Sei still, Bruder!« Alexandras scharfer Befehlston ließ Leonhard zusammenzucken.

Sie kam gerade in den Ring geklettert, und Max war überrascht von der kühlen Härte des Blicks, mit dem sie Leonhard fixierte.

Gleich darauf wich diese Härte einem bezaubernden Lächeln, als sie sich Max zuwandte.

»Mein Kompliment, Max!«, sagte sie. »Wirklich gut gekämpft!« Sie fasste ihn bei den Schultern und küsste ihn auf die Wange. »Komm, ich versorge deine Wunden.«

Max sah noch aus dem Augenwinkel heraus, dass Vicky protestieren wollte, doch da hatte Alexandra ihn schon am Arm gepackt und führte ihn aus dem Ring in die Umkleidekabine.

Dort holte sie Wasser, Salbe, Wattestäbchen und Pflaster, bat Max, auf einer Bank Platz zu nehmen und begann damit, sein Gesicht zu verarzten. Er war überrascht von der Versiertheit, mit der sie das tat.

»Wo hast du das gelernt?«, fragte er.

»Mein Bruder kämpft, seitdem er auf den Füßen stehen kann«, sagte Alexandra. »Ich habe viel Übung darin, ihn wieder zusammenzuflicken.«

»Aber wieso versorgst du jetzt meine Wunden und nicht seine?«

»Ich bin wütend auf ihn«, sagte sie und hängte hinten dran: »Weil er unfair gekämpft hat.«

Dass sie wütend auf Leonhard war, konnte Max unschwer erkennen, aber er war sich nicht sicher, ob er glauben sollte, dass sie das war, weil Leonhard unfair gekämpft hatte. Während der ersten Runden hatte sie ihn auch bei Fouls angefeuert. War sie vielleicht sauer, weil er verloren hatte? Oder war es wegen dem, was er am Ende gesagt hatte? Immerhin hatte sie ihm daraufhin den Mund verboten.

Max war neugierig, also fragte er sie direkt: »Was ist das für eine Truppe, von der Leonhard gesprochen hat? Die Truppe, in die ich gut passen würde?«

Sie hielt inne und betrachtete ihn eindringlich. »Vergiss bitte, was er da von sich gegeben hat.«

Max erwiderte ihren Blick. Er sah, wie ernst Alexandra plötzlich wieder war. Er hatte mit seiner Frage offenbar irgendeinen Nerv bei ihr getroffen. Aber er hatte zurzeit ganz andere Sorgen – und ganz andere Fragen zu klären. Daher lächelte er jetzt, zuckte mit den Schultern und sagte: »Na gut. Schon vergessen.«

»Danke«, sagte sie – und auch sie lächelte jetzt wieder. Als sie nach dem Tiegel mit der Salbe griff, rutschte ihr Ärmel ein kleines Stück nach oben. Max konnte am Unterarm ein kleines schwarzes Tattoo erkennen.

Es war ein Skorpion.

Er deutete darauf. »Was bedeutet er?«

Alexandra winkte ab. »Ach das. Das ist nur eine kleine Jugendsünde von mir. Der Skorpion ist mein Sternzeichen.«

GEHEIM-PROTOKOLL AvL/Skorpion Eintrag 05
BETREFF: ABSCHRIFT DES GESPRÄCHS MIT
        PROF. KONORONKOV
        und
        KONTAKTAUFNAHME MIT DEM
        SKORPION
ORT: SAFEHOUSE SPREEUFER
     und
     DARKNET

Als neues Safehouse, weil das letzte durch den Aufenthalt Victor Tarpins kompromittiert war, habe ich ein zum Hausboot umgebautes Kanalfrachtschiff am Spreeufer zwischen Niederschönweide und Köpenick gemietet. Ich habe es bar bezahlt und in dem Mietvertrag natürlich einen falschen Namen angegeben. Ich musste nicht einmal einen Ausweis vorzeigen. Die Gegend ist dermaßen abgelegen, dass ich mich hier relativ frei bewegen kann und mich dabei nicht vor Überwachungskameras in Acht nehmen muss. Für den Zugang ins Internet benutze ich eine Reihe von Prepaid-Mobilfunkkarten, die

ich nach einmaliger Benutzung zerstöre
und austausche. Nur so kann ich sicher-
stellen, dass Max' mit Computern ver-
sierte Freundin mich hier nicht finden
wird.

Professor Konoronkov stand von dem Versuch der Terroristen, ihn zu entführen,
dermaßen unter Schock, dass ich ihm
gleich eine doppelte Dosis eines kräftigen Beruhigungsmittels geben musste.
Selbst nach ein paar Stunden tiefem
Schlaf ist er noch immer sichtlich durcheinander.

— **Wie geht es Ihnen, Herr Professor?
Schon ein wenig besser?**

— Wo bin ich?

— **In Sicherheit.**

— Das beruhigt mich etwas, aber es
beantwortet meine Frage nur zum Teil.

— **Für den Augenblick muss es Ihnen
genügen, dass die Terroristen Sie
hier nicht finden können, Professor
Konoronkov.**

— Kono...was?

— **Konoronkov.**

— Mit Verlaub, das ist nicht mein Name.
Sie müssen mich mit irgendjemandem
verwechseln. Auch die Männer, die mich
in meinem Zuhause angegriffen haben,
scheinen den gleichen Fehler gemacht
und mich mit jemandem verwechselt zu
haben.

— Wir wissen beide, Professor Konoronkov, dass das nicht stimmt. Sie brauchen mir nichts vorzumachen. Ich weiß,
wer Sie sind und warum die Terroristen
versucht haben, Ihrer habhaft zu
werden.

— Wenn ich es Ihnen doch sage! Sie ver-
wechseln mich! Ich bin nicht dieser …
Wie sagten sie noch gleich? Kor…Kon…
Kono…

— Genug geschauspielert, Herr Professor!
Sie sind europaweit der führende Ex-
perte in Kerntechnik und obendrein der
einzige Physiker, der aus abgebrannten
Brennelementen eines Kernkraftwerks
mehr machen kann als nur eine soge-
nannte ›Schmutzige Bombe‹, wie sie
jeder halbwegs begabte Terrorist zu-
sammenbasteln könnte. Nein, Sie können
mit Ihrem Wissen eine echte Atombombe
aus den Abfällen bauen. Die Terroristen, die versucht haben, Sie zu entführen, gehören einer Gruppe an, die
sich C.H.A.O.S. nennt. C.H.A.O.S. ist
es gelungen, ebensolche Brennelemente
bei einem illegalen Transport zu
stehlen. Sie haben ausreichend von dem

Material an sich gebracht, um damit
mit Ihren Kenntnissen eine Bombe
herzustellen mit der zehnfachen
Sprengkraft der Atombombe, mit der
die USA im August 1945 ganz Hiroshima
zerstört haben.

— Unfassbar!

— **Aber wahr!**

— Selbst wenn ich der wäre, für den Sie
  mich fälschlicherweise halten, ich
  würde einem solch wahnwitzigen Plan
  niemals meine Unterstützung zukommen
  lassen.

— **Schluss mit der Charade, Professor
  Konoronkov. Ebenso wenig wie ich Sie
  verwechsle, denke ich, dass die Terroristen von C.H.A.O.S. Ihnen da eine
  Wahl lassen, was Ihre Kooperation
  betrifft. Sie werden schon einen Weg
  finden, Sie dazu zu zwingen.**

— Und Sie?

— **Was meinen Sie?**

— Wer sind Sie und welche Rolle spielen
  Sie in der Sache? Warum haben Sie mich
  gerettet?

— **Je weniger Sie über mich wissen, desto
  besser für Sie. Außerdem wird Ihnen
  der Grund, warum ich Sie gerettet
  habe, ganz und gar nicht gefallen.**

Nachdem ich ihm diesen Grund genannt hatte, dauerte es eine Weile, bis der Professor sich wieder einigermaßen beruhigte. Dass er dazu drei große Gläser Wodka in einem Zug leer trank, half ein wenig.

Anschließend begab ich mich an mein Notebook und ins Darknet. Ich suchte den Kanal von »Skorpion« und wählte ihn an.

> Was Ihnen und Ihren Leuten abhandengekommen ist, befindet sich in meinem Besitz.

Ich lehnte mich im Stuhl zurück. Ich musste allerdings nicht sehr lange auf eine Antwort warten.

> Sie werden es bereuen, uns jemals in die Quere gekommen zu sein.

> Kein Grund für Feindseligkeiten. Die Gründe für meine Einmischung sind rein geschäftlicher Natur.

> Wir verhandeln nicht mit
> Gegnern unserer Organisation.
> Wir werden Sie finden.
> Darauf können Sie sich verlassen.

Das halte ich für ausgesprochen
unwahrscheinlich.
Außerdem bin ich kein Gegner.

> Nein? Was dann?

Ich bin ein Sympathisant
Ihrer Sache.
Ein Bewunderer Ihrer Arbeit.

> Wenn das stimmt, warum
> gefährden Sie sie dann?

Ich gefährde sie nicht.
Ich habe sie nur ein wenig
verzögert.

> Warum?

Weil ich mitmachen will.
Ich will mit C.H.A.O.S.
zusammenarbeiten.

      Mit C.H.A.O.S. arbeitet man
        nicht zusammen.
      Dem C.H.A.O.S. dient man.

Dann will ich dem C.H.A.O.S.
dienen.

       Wir kennen Sie nicht.

Das lässt sich ganz leicht
ändern. Wir treffen uns einfach,
und dann gebe ich Ihnen meine
Referenzen. Sie werden feststellen,
dass ich Ihrer Organisation
mit meiner Erfahrung äußerst
nützlich sein kann.

       Ein Treffen kommt nicht
          infrage!

Ein Treffen ist mein Preis
für den Professor.
Hier gibt es keinen Verhandlungs-
spielraum.

Es folgte eine längere Pause. Aber mir
war klar, dass der Skorpion gar keine

andere Wahl hatte, als auf meine Forderung einzugehen.

　　　　Also gut. Bleiben Sie online.
　　　　Wir schicken Ihnen innerhalb
　　　　　　der nächsten Stunde Ort
　　　　und Zeitpunkt des Treffens.

KAPITEL 22

OBSERVIERUNG

IM HAFEN VON TOKIO –
DAS HAUPTQUARTIER DER SHADOW AGENTS

Tapa kaute vor Nervosität an ihren Fingernägeln, während sie die Korrespondenz zwischen Kai Ritter und dem Skorpion im Darknet verfolgte. Gerade las sie den letzten Teil des Dialogs.

```
    Ein Treffen ist mein Preis
    für den Professor.
    Hier gibt es keinen Verhandlungs-
    spielraum.

            Also gut. Bleiben Sie online.
            Wir schicken Ihnen innerhalb
                der nächsten Stunde Ort
             und Zeitpunkt des Treffens.
```

Tapa rief Max an.

»Du hattest recht«, begann sie, als er den Anruf entgegennahm. »Dein Vater hat nach eurer Begegnung im Spreepark sämtliche Spuren verwischt, sodass ich ihn unmöglich wiederfinden konnte. Weshalb ich an seiner Stelle den Skorpion im Darknet überwacht habe. Und zu dem hat dein Vater gerade Kontakt aufgenommen.«

»Tapa, du bist die Beste!«, sagte Max.

Das Lob ging runter wie Honig. »Ja, das bin ich wohl«, erwiderte sie schmunzelnd. »Innerhalb der nächsten Stunde werde ich erfahren, wann und wo dein Vater sich mit dem Skorpion treffen wird. Also halte dich bereit.«

»Wie ist es ihm gelungen, ein Treffen mit dem Skorpion zu arrangieren?«

»Er scheint eine Person in Gewahrsam zu haben, die für den Skorpion äußerst wichtig sein muss. Einen gewissen Professor.«

»Einen Professor?«, fragte Max. »Kennst du seinen Namen?«

»Nein, der wurde nicht genannt«, sagte Tapa. »Ich weiß auch nicht, warum er für C.H.A.O.S. so wichtig ist.«

»Versuch herauszufinden, was du kannst.«

»Wie immer«, versicherte Tapa. »Sobald ich weiß, wann und wo sie sich treffen, melde ich mich umgehend.«

Nachdem sie das Gespräch beendet hatte, ging Tapa zum Kühlschrank und holte sich eine Packung Mochi Eiskügelchen aus dem Eisfach. Sie setzte sich auf ihren Platz zurück und beobachtete den Monitor, mit dem sie den Darknet-Chat zwischen Kai Ritter und dem Skorpion verfolgte. Jetzt erst merkte sie, wie müde sie war. Ihre Lider waren schwer wie Blei. Am liebsten hätte sie sich hingelegt, aber sie durfte auf keinen Fall verpassen, wie der Handel zwischen Max' Vater und C.H.A.O.S. weiterging. Also ging sie zurück zum Kühlschrank und holte sich eine Dose Energydrink.

Die hohe Dosierung an Zucker und Koffein belebte sie ein wenig, aber nach zehn Minuten erfolglosen Wartens drohten ihre Augenlider schon wieder zuzufallen. Sie stand aus ihrem Stuhl auf und ging im Adlerhorst umher. Es hatte sie schon lange nichts mehr so angestrengt, wie jetzt gerade wachzubleiben. Die Zeit schien geradezu zu kriechen wie eine altersschwache Schildkröte – wie das immer so ist, wenn man auf etwas wartet.

Doch dann endlich poppten frische Zeilen in dem Dialogfeld auf. Tapa war mit einem Mal wieder hellwach.

```
           Wir treffen uns in
        genau zwei Stunden im
            Botanischen Garten
       in der Königin-Luise-Straße.
```

```
Negativ.
Der Botanische Garten ist
zu unübersichtlich und um
die Uhrzeit nur schwach besucht.
Ich suche einen Handel und
keinen Hinterhalt.
```

> Sie müssen uns schon vertrauen.

Ich mache keine Geschäfte auf Basis von Vertrauen, sondern zu beiderseitigem Nutzen. Wer vertraut, stirbt jung.

> Wir bestimmen die Konditionen.

Dann gibt es kein Geschäft.

Tapa bewunderte die konsequente Klarheit, mit der Kai Ritter mit dem Skorpion verhandelte. Er hatte mit dem Professor den Trumpf auf der Hand, und er war sich dessen absolut bewusst. Auch der Skorpion wusste das. Entsprechend war es wenig verwunderlich, dass er nach wenigen Sekunden einlenkte.

> Also gut. Wo und wann sollen wir uns treffen?

BERLIN –
HOTEL UNTER DEN LINDEN – ZIMMER 507

Das Hotel Unter den Linden liegt in der gleichnamigen Straße im Herzen Berlins nahe der Russischen Botschaft. Hier hatte Dimitri sich für die Dauer seines Aufenthalts eingebucht.

Er saß am Schreibtisch der Suite über sein Notebook gebeugt und beobachtete gebannt den Dialog, der sich vor seinen Augen entwickelte. Es war der Dialog zwischen dem Prizrak und einem gewissen Skorpion.

Der Wurm, den Dimitri vor Kurzem in Tapas System im Adlerhorst gepflanzt hatte, war von ihr zwar entdeckt und ausradiert worden, aber er hatte vorher noch ein sogenanntes »Ei« gelegt – ein Unterprogramm, mit dem Dimitri auch weiterhin die Datenbewegungen des Hauptrechners im Adlerhorst überwachen konnte. Das hatte Tapas Cleaner-Software nicht entdeckt und entsprechend auch nicht gelöscht.

Jetzt war Dimitri live dabei, wie der Prizrak mit diesem Skorpion ein Treffen vereinbarte.

>   Also gut. Wo und wann
>   sollen wir uns treffen?

Berlin Hauptbahnhof.
Im Erdgeschoss in der
Eingangshalle Europaplatz.
In einer Stunde.

>   Eine Stunde ist
>   zu knapp.

Sie sind in einer Stunde da,
oder der Professor und ich

verschwinden auf
Nimmerwiedersehen.

      Gut. In einer Stunde.
      Woran erkennen wir Sie?

Was meinen Sie mit »wir«?
Sie kommen allein.

      Auf keinen Fall!
    Sie vertrauen mir nicht,
     warum also sollte ich
      Ihnen vertrauen?

Sie müssen mir nicht vertrauen.
Sie müssen lediglich ein Risiko
eingehen.
Aber dafür bekommen Sie ja nicht
nur den Professor, sondern auch
mich, mit all dem, was ich an
Fähigkeiten mitbringe, die für
Ihre Organisation nützlich sein
werden.
Und versuchen Sie gar nicht erst,
mich auszutricksen. Ich werde merken,
wenn Sie nicht allein sind.

> Wie erkenne ich Sie?

> Sie wissen doch, wie der Professor aussieht. Ich werde ihn dabeihaben. Aber sollten Sie versuchen, sich seiner zu bemächtigen, ohne mich vorher anzuhören, wird er Ihnen nicht lebend in die Hände fallen. Das kann ich Ihnen versichern.

> Gut. In einer Stunde im Hauptbahnhof. Erdgeschoss Eingang Europaplatz.

Dimitri klatschte begeistert in die Hände. Er würde den Prizrak schnappen und damit seinen Vater rehabilitieren. Endlich!

BERLIN –
HOTEL UNTER DEN LINDEN – ZIMMER 509

Im Zimmer genau neben dem von Dimitri machten sich die vier Geheimdienstagenten, die Dimitris Vater zur Überwachung seines Sohnes geschickt hatte, einsatzbereit.

Sie prüften die Magazine ihrer Pistolen und schoben die Waffen in die Achselholster unter ihren unscheinbar grauen Sommerparkas.

Auf dem Schreibtisch stand ein Notebook. Auf dem Monitor

sah man dasselbe Display wie drüben auf Dimitris Rechner. Eine letzte Nachricht blinkte darauf.

```
          Gut. In einer Stunde
             im Hauptbahnhof.
    Erdgeschoss Eingang Europaplatz.
```

Der Anführer der vier war ein stämmiger Russe mit silberschwarzem, kurzgeschorenem Haar und militärisch kantigem Gesicht. Seine intelligenten Augen funkelten eisgrau. Sein Name war Pjotr Batonov.

»Auf geht's, Männer!«, befahl er. »Schnappen wir uns den Prizrak!«

VIERTER TEIL

JEDER GEGEN JEDEN

KAPITEL 23

KATASTROPHE

BERLIN – HAUPTBAHNHOF

Wie man – falls man selbst noch nicht da gewesen sein mag – ganz schnell auch auf Wikipedia herausfinden kann, ist der Berliner Hauptbahnhof der größte Turmbahnhof Europas. Einen Turmbahnhof nennt man auch Etagenbahnhof, weil er aus mehreren übereinanderliegenden Ebenen besteht, auf denen sich Eisenbahnstrecken aus unterschiedlichen Richtungen kreuzen. Hier stoßen sowohl Fernlinien wie auch Regionallinien und Nahverkehr aufeinander. Über den Schienennetzen liegen noch drei weitere hohe Etagen mit insgesamt mehr als 15 000 Quadratmetern Nutzfläche, auf der sich Fastfood-Restaurants, Mode- und Schmuckgeschäfte, Buchhandlungen und Souvenirshops befinden. Der Bahnhof ist somit mit all seinen Aufzügen und Rolltreppen ein wahrhaft gigantisches Labyrinth, das von unzähligen Seiten zugänglich ist und von dem aus man in ebenso viele Richtungen schnell verschwinden kann.

Das machte ihn zum perfekten Ort für Kai Ritters Treffen mit dem Skorpion.

So dachte er zumindest. Denn er konnte schließlich nicht wissen, dass Tapa ihm schon wieder auf die Spur gekommen war, und damit auch Max. Noch weniger konnte er ahnen, dass Tapa und Max wiederum Dimitri auf seine Fährte gelockt hatten – und mit Dimitri gleich auch den russischen Geheimdienst in Gestalt von Pjotr Batonov und seinen Männern.

Und ebenso wenig, wie er sich vorstellen konnte, dass Max auftauchen würde, konnte er mit einkalkulieren, dass sein Sohn von Viktoria von Lausitz begleitet wurde – und dass es denen, trotz gegenteiliger Annahme, nicht gelungen war Hauptmann Frommholz abzuschütteln und der sie zum Bahnhof verfolgt hatte.

So mündete – wie das im Leben eben oft so ist – ein eigentlich gut durchdachter Plan in einer gewaltigen Katastrophe.

Was folgt, ist das detaillierte Protokoll dieser Katastrophe:

KAI RITTER

Kai Ritter und Professor Konoronkov erreichten den Berliner Hauptbahnhof mit der S-Bahn 3 aus Richtung Köpenick auf Gleis 8 im Untergeschoss.

Anders als zuvor hatte Kai Ritter sich dagegen entschieden, sich zu maskieren. An einem Ort wie dem Berliner Hauptbahnhof, mit zahlreichen Sicherheitskräften und über die Etagen streifenden Polizeibeamten, war es zu riskant, durch das Vermummen des Gesichts aufzufallen. Er durfte nicht riskieren, angehalten und kontrolliert zu werden. Da nahm er lieber in Kauf, dass Max und seine Freunde – oder auch jeder andere, der ihn suchte – über die Überwachungskameras seinen Aufenthaltsort erfuhren. Bis sie darauf reagieren und hier sein konnten, würde er schon lange wieder weg sein.

Das dachte er zumindest.

Der Professor an seiner Seite war sichtlich nervös. Ihm stand der Schweiß auf der Stirn.

»Halten Sie sich an das, was wir verabredet haben«, sagte Kai Ritter, während er ihn am Arm zu der Rolltreppe nach oben führte, »und es wird Ihnen nichts geschehen.«

»Und das soll ich Ihnen glauben?« Professor Konoronkov klang nicht besonders überzeugt.

»Immerhin habe ich Sie vor den Terroristen gerettet, oder nicht?«

»Nur um mich jetzt an sie auszuliefern. Sie werden verstehen, dass das mehr Fragen aufwirft, als es beantwortet.«

»Ich kann Ihnen auch auf diese Fragen keine Antworten geben, wenn ich Ihr Leben nicht in noch größere Gefahr bringen will. Sie müssen mir einfach vertrauen.«

MAX UND VICKY

Max und Vicky waren mit ihren Motorrädern zum Bahnhof gefahren. Sie lenkten sie in die BahnPark-Tiefgarage, stellten sie dort ab und fuhren mit einem der Aufzüge nach oben zum Erdgeschoss.

»Der Eingang Europaplatz liegt links von hier«, sagte Vicky.

»Wir nehmen die Rolltreppe ins erste Obergeschoss«, sagte Max, »und teilen uns dann nach Norden und Süden auf, um die Eingangshalle von der Galerie aus besser überblicken zu können.«

»Und was machen wir, wenn wir deinen Vater entdecken?«

»Wir beobachten ihn und diesen Professor, und wenn er uns erst einmal zu dem Skorpion geführt hat, hängen wir uns dem an die Fersen und finden heraus, was C.H.A.O.S. vorhat.« Er aktivierte das Ear-Set seines Smartphones. »Wie sieht es mit der Überwachung aus, Tapa?«

TAPA

Tapa saß im Adlerhorst der Dschunke im Hafen von Tokio und hackte sich gerade in das Überwachungssystem des Berliner Hauptbahnhofs. Nach und nach poppten die Einspeisungen der einzelnen Kameras in kleinen Fenstern ihrer Monitore auf.

»Ich bin gleich so weit«, antwortete sie auf Max' Frage. »Sobald ich deinen Vater gefunden habe und er den Professor wirklich dabeihat, macht meine Software einen Suchlauf, damit wir in Erfahrung bringen, wer dieser Professor ist und wieso der Skorpion ihn haben will. Vor allem aber brauche ich Aufnahmen von dem Skorpion selbst. Wenn ich die einmal habe, können wir ihn immer wieder finden.«

»Sehr gut«, sagte Max. »Vicky und ich kommen jetzt im ersten Obergeschoss an und trennen uns.«

»Ich weiß«, sagte Tapa. »Ich kann euch sehen. Passt auf euch auf!«

HAUPTMANN FROMMHOLZ

Hauptmann Frommholz und Leutnant Hassdenteufel kamen nicht lange nach Max und Vicky im Parkhaus des Hauptbahnhofs an. Noch während er den Wagen gleich neben deren Motorrädern parkte, fragte Frommholz seinen Untergebenen: »Haben Sie Fräulein von Lausitz noch auf dem Schirm?«

Leutnant Hassdenteufel schaute auf den Tablet-Rechner in seiner Hand. Das Display zeigte eine dreidimensionale Ansicht des Bahnhofs. Darauf bewegte sich ein roter Punkt. »Die Funkpeilung des Senders, den Sie heimlich in ihre Jacke eingenäht haben, sagt, dass sie fast direkt über uns ist.«

DIMITRI

Dimitri hatte die kurze Strecke von seinem Hotel zum Hauptbahnhof mit dem Taxi zurückgelegt und fuhr gerade vor dem Eingang Europaplatz vor. Er zahlte und stieg aus. Den schwarzen Geländewagen, der gleich nach ihm vorfuhr und aus dem Pjotr Batonov und zwei weitere Soldaten vom russischen Geheimdienst stiegen, nahm er nicht wahr.

TAPA

Obwohl sie sich auf die Arbeit ihrer Gesichtserkennungs-Software hundertprozentig verlassen konnte, zuckten Tapas Blicke hektisch über die Unzahl an kleinen Kamerafenstern auf den Monitoren vor ihr.

Sie hatte eine Tüte Kartoffelchips aufgerissen und stopfte eines der leckeren knusprigen Scheibchen nach dem anderen in ihren Mund. Mit Kartoffelchips und Tapa war das eine merkwürdige Sache: Wenn sie einmal angefangen hatte, musste sie sie schnell essen, bis die Tüte leer war. Es war wie eine Sucht – ein Rausch. Dabei geschah es hin und wieder, dass sie den Mund im wahrsten Sinne des Wortes zu voll nahm und mit dem Schlucken gar nicht mehr nachkam.

Und genau in dem Moment, als das jetzt gerade der Fall war und sie ihre Wangen vollgestopft hatte wie ein Hamster, sah sie in einem der Kamerafenster etwas, womit sie nicht gerechnet hatte.

Vor Schreck verschluckte sie sich, musste husten und prustete gleich darauf Hunderte von Kartoffelchipsstückchen auf ihre Bildschirme.

Sie nahm ihr Smartphone zur Hand, doch ehe sie überhaupt sprechen konnte, musste sie schnell noch erst etwas trinken. Allerdings führte das dazu, dass sie sich gleich noch einmal verschluckte und ihr der Energydrink aus der Nase lief. Hustend und spuckend riss sie gleich eine ganze Handvoll Papiertücher aus dem Spender neben den Rechnern und wischte sich eilig das Gesicht ab, ehe sie endlich die Leitung zu Max aktivieren konnte.

»Max!«, rief sie. »Ihr seid nicht allein!«

MAX

»Was ist los, Tapa?«, fragte Max.

»Dimitri ist auch da«, antwortete Tapas Stimme im Ear-Set des Smartphones.

Max konnte es nicht fassen. »Wie kann das denn sein?«

»Die einzige Erklärung, die ich dafür habe«, sagte Tapa, »ist, dass der Wurm, mit dem er mein System gehackt hat, ein sogenanntes ›Ei‹ legen konnte, ehe ich ihn gelöscht habe. Vermutlich hat er damit mitgeschnitten, wie ich die Konversation zwischen deinem Vater und dem Skorpion überwacht habe.«

»Wo ist Dimitri genau?«, wollte Max wissen.

»Er betritt den Bahnhof gerade durch den Haupteingang an der Seite Europaplatz.«

»Ich sehe ihn!«, meldete Vicky über die Konferenzschaltung, noch ehe Max sich in die angegebene Richtung umdrehen konnte.

»Verdammt!«, fluchte Max, als er ihn ebenfalls erblickte. »Er darf meinen Vater auf gar keinen Fall sehen. Hast du den denn schon entdeckt, Tapa?«

»Ja«, bestätigte Tapa. »Er kommt im Moment in Begleitung eines anderen Mannes auf der Rolltreppe nach oben.«

»Das heißt, sie bewegen sich genau aufeinander zu!« Max

ließ seinen Blick hin- und herzucken und kalkulierte die Entfernung. »In weniger als zweihundert Metern stoßen sie aufeinander. Ich muss Dimitri aufhalten, ehe seine Einmischung alles kaputt macht!« Max machte sich Sorgen, was passieren würde, wenn Dimitri Kai Ritter entdeckte; noch schlimmer aber war die Vorstellung, dass er durch sein Auftauchen das Treffen mit dem Skorpion boykottierte – und damit auch ihre Chance, den Anführer der Terroristen zu identifizieren und den von ihm geplanten Anschlag zu vereiteln.

»Ich übernehme Dimitri«, schaltete Vicky sich ein. »Behalt du deinen Vater im Auge!«

VICKY

Vicky rannte die Treppe von der Galerie in die Eingangshalle nach unten und nahm dabei immer drei Stufen auf einmal.

»Dimitri!«, rief sie schon von weitem. »Dimitri!«

Sie sah, wie sein Blick zu ihr herumzuckte und wie seine Miene sich dabei verdüsterte. Er ballte die Hände zu Fäusten und steckte sie in die Hosentaschen, dabei schlug er eine Kurve ein, um ihr mit schneller werdenden Schritten auszuweichen.

Doch Vicky rannte zu ihm, breitete die Arme aus und warf sich ihm um den Hals, wie jemand, der gerade mit dem Zug angekommen war und nun einen Freund begrüßte, der gekommen war, um ihn abzuholen.

»Lass mich los, Vicky!«, knurrte Dimitri wütend, holte die

Hände wieder aus den Hosentaschen und machte Anstalten, sie von sich wegzustoßen.

Aber Vicky klammerte sich noch fester. »Hör jetzt gut zu, Dimitri!«, zischte sie ihm flüsternd ins Ohr. »Ganz egal, was du glaubst, was hier gerade geschieht ... und auch egal, ob du vielleicht denkst, dass wir dich hintergangen haben und nicht mehr deine Freunde sind ... wir sind hier, um einen schrecklichen Terroranschlag zu verhindern! Und wenn du dich einmischst, ruinierst du die Chance, genau das zu tun. Hunderte, wahrscheinlich eher Tausende Menschenleben stehen auf dem Spiel!«

Sie spürte, dass seine verkrampfte Körperhaltung sich ein klein wenig löste. Sie trat einen Schritt zurück. Über Dimitris finstere Miene hatte sich ein Schatten von Zweifel gelegt.

»Dimitri, ich schwöre dir, dass ich die Wahrheit sage!«, raunte Vicky ihm zu. »Alles andere können wir später erklären, aber für jetzt musst du mir einfach nur glauben, dass etwas Schreckliches geschehen wird, wenn du deine persönliche Wut nicht in den Griff kriegst und dadurch unsere Operation vermasselst!«

SKORPION

Der Skorpion stand im Schatten einer Säule und beobachtete die Eingangshalle. Eine Baseball-Mütze, eine Sonnenbrille und ein weit nach oben um das Kinn gewickelter Schlaufenschal bedeckten fast das ganze Gesicht.

Von dem Standort aus konnte man erkennen, wie gerade

Professor Konoronkov das obere Ende der Rolltreppe erreichte. An seiner Seite war ein Mann. Zweifellos der, der das Treffen vereinbart hatte.

»Das Ziel erreicht gerade die Eingangshalle«, flüsterte der Skorpion in das im Schal verborgene Mikrofon. »Von den Gleisen aus. Haltet euch bereit für den Zugriff, aber wartet auf mein Kommando!«

HAUPTMANN FROMMHOLZ

Hauptmann Frommholz und Leutnant Hassdenteufel hatten das Erdgeschoss des Bahnhofs erreicht und gingen auf die Eingangshalle am Europaplatz zu.

»Da vorne ist Fräulein von Lausitz«, bemerkte Leutnant Hassdenteufel nach einem Blick auf den Tablet-Rechner in seiner Hand und deutete unauffällig in Vickys Richtung. »Der Junge bei ihr ist der Sohn des russischen Botschafters. Dimitri Grekov.«

Hauptmann Frommholz folgte dem Fingerzeig seines Untergebenen. Schon im nächsten Augenblick machte er Vicky ausfindig. Aber er sah auch noch etwas anderes. Vielmehr *jemand* anderes!

Frommholz hielt abrupt inne und fasste Hassdenteufel am Arm, damit auch der stehen blieb.

»Was ist?«, fragte Hassdenteufel.

»Dort hinten, beim Eingang, hinter Fräulein von Lausitz und Dimitri Grekov! Sehen Sie die drei Männer?«

»Ja.«

»Der vordere ist Pjotr Batonov«, sagte Frommholz. »Major beim russischen Geheimdienst.«

»Dimitris Leibwächter?«, fragte Hassdenteufel.

Frommholz schüttelte den Kopf. »Der russische Geheimdienst spielt nicht Babysitter für Diplomatenkinder. Hier ist etwas anderes im Busch.«

Frommholz sah sich suchend in der Eingangshalle um. »Halten Sie Augen und Ohren offen, Leutnant!«

TAPA

Weil sie nicht riskieren wollte, sich ausgerechnet in dieser brenzligen Situation noch einmal zu verschlucken, warf Tapa die Chipstüte in den Abfalleimer und konzentrierte sich wieder voll auf ihre Rechner.

Jetzt, da sie das Gesicht des Professors in Begleitung von Kai Ritter elektronisch eingescannt hatte, liefen ihre Suchprogramme auf Hochtouren durch die Datenbanken der Welt.

Schon wenige Augenblicke später gab es einen ersten Treffer. Dann einen zweiten und einen dritten.

Tapa las, was die Software ausspuckte … und schon im nächsten Moment hatte sie das Gefühl, als würde ihr das Blut in den Adern gefrieren.

Mit zittrigen Fingern aktivierte sie die Konferenzschaltung.

»Max!«, rief sie. »Wir müssen unseren Plan ändern!«

MAX

Von seinem Standort auf der Galerie aus beobachtete Max, wie Vicky mit Dimitri sprach. Außerdem sah er, dass sein Vater und der Professor immer näher kamen. In nur wenigen Schritten würde es sich zeigen, ob Vicky mit ihrem Versuch, Dimitri zu stoppen, Erfolg haben würde.

Das war der Moment, in dem er Tapa über den Knopf in seinem Ohr sagen hörte: »Max! Wir müssen unseren Plan ändern!«

»Wie meinst du das?«, fragte er schnell.

»Wir dürfen nicht zulassen, dass der Professor in die Hände des Skorpions gerät«, sagte Tapa eilig. »Nicht einmal für eine kurze Zeit, um die Fährte des Skorpions aufzunehmen.«

»Warum nicht?«

»Bei dem Mann handelt es sich um Professor Konoronkov«, antwortete Tapa. »Er ist der einzige Atomphysiker der Welt, der weiß, wie man aus Atommüll eine echte Atombombe baut.«

Max erstarrte vor Schreck. »Tapa, hast du eben gerade wirklich ›Atombombe‹ gesagt?«

»Ja, Max, habe ich! Ganz egal, was dein Vater nun tatsächlich vorhaben mag, wir dürfen ihm nicht erlauben, den Professor an den Skorpion zu übergeben.«

Max erinnerte sich erneut daran, was Meister Chao Wong gesagt hatte: Bis zum Beweis des Gegenteils musste er seinen Vater wie einen gefährlichen Feind behandeln! Gepaart mit dem, was ihm Tapa gerade eben mitgeteilt hatte, bedeutete das, dass er nicht einen Moment länger warten durfte, sondern augenblicklich eingreifen musste.

Er rannte los!

DIMITRI

Dimitri konnte sich nicht daran erinnern, wann er in seinem Leben jemals dermaßen hin- und hergerissen war wie in diesem Augenblick, als er vor Vicky stand und ihr tief in die Augen sah. Er las Dringlichkeit darin. Ein ehrliches Flehen.

Jetzt sah er, wie die Verzweiflung in ihrem Gesicht noch um ein großes Stück wuchs. Er hörte, dass sie gerade etwas über den Knopf in ihrem Ohr empfing, konnte aber nicht verstehen, was es war.

»Was ist?«, fragte er daher – um einiges besorgter, als er es eigentlich zulassen wollte.

»Die terroristische Bedrohung, von der ich eben gesprochen habe«, hauchte Vicky erschrocken. »So wie es aussieht, geht es um eine Atombombe!«

»Das ist nicht dein Ernst«, war das Einzige, was Dimitri spontan dazu einfiel. Das Wort, das sie gerade eben ausgesprochen hatte, sprengte all seine Vorstellungskraft.

Atombombe!

»Das *kann nicht* dein Ernst sein.«

Vicky atmete tief ein, um sich zu sammeln. »Dimitri«, sagte sie dann. »Du hast allen Grund, mir gegenüber ... uns gegenüber ... misstrauisch zu sein, weil wir dir etwas verheimlicht haben. Aber du kennst mich inzwischen auch lange genug, um zu wissen, dass ich mit so etwas niemals scherzen würde. Das hier ist kein Vorwand! Das ist echt! Wir müssen den Professor in Sicherheit bringen. Jetzt!«

Damit ließ Vicky ihn stehen, wirbelte herum und lief davon.

MAJOR PJOTR BATONOV

Der Major des russischen Geheimdienstes sondierte aus einiger Entfernung mit wachsamen Augen die Lage. Er sah, wie die Tochter von Botschafter von Lausitz die Umarmung Dimitris löste und Dimitri etwas sagte, woraufhin sie mit großer Leidenschaft in Ausdruck und Gestik etwas erwiderte.

Aber Moment! Es war gar keine Leidenschaft. Es war vielmehr Verzweiflung, da war sich Major Batonov beim zweiten Blick sicher. Dann sah er, wie sie sich umdrehte und losrannte.

Als er in die Richtung blickte, in die sie lief, sah der Major, dass von der Galerie oben ein weiterer Jugendlicher gerade die Treppe nach unten rannte. Er erkannte ihn. Es war ein Freund Dimitris. Max Ritter.

Er wunderte sich, wohin die beiden unterwegs waren, und seine Augen berechneten den jeweiligen Kurs von Vicky und Max.

Da sah er ihn!

»Der Prizrak!«, raunte er seinen beiden Männern zu und deutete mit dem kantigen Kinn in die Richtung, in der er ihn gerade entdeckt hatte. »Oleksiy Tereshchenko! Schnappt ihn euch!«

Wie von der Leine gelassene Bluthunde jagten die drei Männer los.

HAUPTMANN FROMMHOLZ

Frommholz hatte seine ganze angespannte Aufmerksamkeit und auch die von Leutnant Hassdenteufel auf Vicky von Lausitz, Geheimdienstmajor Batonov und seine beiden Begleiter gerichtet. Jetzt sah er, wie sie alle vier loseilten … und er entdeckte zusätzlich Max Ritter, wie er das untere Ende der von der Galerie führenden Treppe erreichte.

Er sah, dass sie alle in dieselbe Richtung rannten. Und dann erkannte er ihr Ziel.

Er wollte seinen Augen nicht trauen. Das konnte unmöglich sein! Der Mann, den er sah, war doch schon seit Jahren tot!

»Kai Ritter!«, stieß er ungläubig hervor.

»Wer?«, fragte Leutnant Hassdenteufel überrascht.

»Ein Verräter!«, knurrte Frommholz und deutete auf ihn. »Wir müssen ihn schnappen. Um jeden Preis!«

Frommholz sprintete los. Leutnant Hassdenteufel folgte ihm auf der Stelle.

SKORPION

Der Skorpion fluchte stumm in sich hinein, als er sah, welches Chaos sich da gerade vor seinen Augen in der Eingangshalle des Hauptbahnhofs abspielte.

Mindestens fünf Personen auf einmal rannten auf den Mann mit dem Darknet-Codenamen »Schatten« und Professor Konoronkov zu.

Der ganze ausgeklügelte Plan, den Schatten auszutricksen und den Professor in Gewahrsam zu nehmen, war mit einem Schlag im Eimer.

»Zugriff!«, zischte er in das Mikrofon in seinem Schal. »Die Operation ist kompromittiert. Schnappt euch den Professor! Alles andere ist egal. Er ist es, den wir brauchen.«

KAI RITTER

Obwohl er in seinem Leben schon viele Einsätze hatte scheitern sehen, hatte Kai Ritter noch nie einen erlebt, der so gänzlich unerwartet den Bach hinunterging wie der jetzige gerade.

Er sah Max und Viktoria von Lausitz, aber auch Frommholz und einen Kollegen und – als wäre das noch nicht schlimm genug – Major Pjotr Batonov vom russischen Geheimdienst; ein noch größerer Erzfeind als Frommholz.

Noch um einiges brisanter aber war das Auftauchen von vier dunkel gekleideten und mit Skimasken vermummten Männern, die plötzlich in der Peripherie aufgetaucht waren und jetzt ebenfalls auf ihn zustürmten.

Diese vier gehörten zweifellos zu C.H.A.O.S. – zu allem Übel hatte ihn also auch noch der Skorpion verraten.

In Windeseile dachte Kai Ritter verzweifelt über einen Ausweg aus dieser wahrhaft vertrackten Situation nach. Er spielte alle möglichen Szenarien vor seinem geistigen Auge ab – aber alle führten sie zu ein und demselben Endergebnis.

Das ließ ihm nur noch eine einzige Wahl!

MAX

Max erreichte seinen Vater als Erster. Noch hatte er nicht mitbekommen, was sich um ihn herum alles abspielte, und er rechnete fest damit, dass er mit seinem Vater hart und unerbittlich um den Professor würde kämpfen müssen.

Wie überrascht war er da, als sein Vater den Professor am Arm packte und ihn zu Max hinschob.

»Max«, rief er. »Bring den Professor in Sicherheit. Sorg dafür, dass ihn niemand in die Hände bekommt. Niemand, verstehst du? Falls du es noch nicht selbst herausgefunden hast, der Professor wird dir alles erklären. Aber zuerst muss er dringend von hier weg!«

Der Professor selbst war ganz augenscheinlich ziemlich verwirrt über die gerade stattfindende Entwicklung. Er wehrte sich, indem er sich aus Kai Ritters Griff befreien wollte.

»Das ist mein Sohn, Professor!«, hörte Max seinen Vater sagen. »Bei ihm sind Sie in Sicherheit. Er wird auf Sie aufpassen. Aber Sie müssen mitgehen. Jetzt!«

Max unterdrückte die eigene Verwirrung und sah sich um. Als er entdeckte, wer alles gerade auf sie zugeeilt kam, begriff er, was sein Vater von ihm wollte und wieso er es von ihm verlangte.

»Aber was geschieht mit dir?«, fragte Max ihn.
»Das spielt jetzt keine Rolle, Max«, antwortete er. »Ich halte dir den Rücken frei, so gut wie ich kann. Lauf los und dreh dich nicht um. Nicht ein einziges Mal. Wenn der Professor in die Hände von C.H.A.O.S. gerät, ist alles verloren.«

»Komm mit uns!«, drängte Max – einem plötzlichen Impuls folgend.

Da verlor sein Vater die Geduld und packte Max am Kragen. Doch in seinem Blick war kein Groll, nur Verzweiflung.

»Tu einmal im Leben das, was ich dir sage!«, bat er Max.

In dem Moment war Vicky herangekommen. Sie missverstand die Situation. Wie sollte es auch anders sein? Sie warf sich zwischen Max und seinen Vater und rammte Letzterem das Knie in die Magengegend.

Kai Ritter klappte nach vornüber, und Max rief: »Nein!«

Vicky zögerte, ihrem Tritt auch noch einen Faustschlag folgen zu lassen.

»Lass ihn los, Vicky!«, sagte Max eilig. »Wir müssen mit dem Professor von hier weg, ehe C.H.A.O.S. ihn in die Hände bekommen kann.«

Er packte Konoronkov am Arm und zerrte ihn in Richtung der Rolltreppe zu den Gleisen. Vicky folgte ihnen.

KAI RITTER

Kai Ritter atmete gegen den Schmerz an, den ihm der völlig unerwartete Tritt in den Magen bereitete. Er hatte jetzt keine Zeit, sich durch ihn ablenken zu lassen.

Er sah Frommholz und seinen Kollegen und auch Major Batonov und seine Männer, aber für den Moment musste er sie ignorieren. Wichtig waren jetzt die vier Maskierten, die gerade die Richtung wechselten, um hinter Max, Vicky und dem Professor herzuhetzen wie ein Rudel Wölfe auf der Jagd.

Kai Ritter überlegte kurz, seine Pistolen zu ziehen, aber der Bahnhof war zu voll. Auch wenn so viel auf dem Spiel stand, durfte er nicht riskieren, unschuldige Dritte zu verletzen. Daher zog er mit beiden Händen aus seinem Hosenbund zwei Teleskopschlagstöcke und sprintete zweien der Terroristen in den Weg.

Einer der beiden zog im Laufen eine Pistole und richtete sie auf Max. Kai Ritter brüllte auf, um ihn abzulenken, sprang mit drei schnellen und weiten Sätzen zu ihm hin und schlug ihm mit einem harten Hieb auf den Unterarm die Waffe aus der Hand, ehe er sie abfeuern konnte.

Der Mann schrie vor Schmerz und trat nach Kai Ritter. Der aber machte einen Ausfallschritt zur Seite weg und setzte dem Gegner einen zweiten harten Schlag in den Nacken. Der Mann sackte bewusstlos zu Boden.

Doch ehe Kai Ritter sich dem nächsten Gegner zuwenden konnte, wurde er mit voller Wucht von rechts her gerammt und von dem Aufprall von den Füßen gerissen.

Es war Frommholz. Sein Gesicht war hasserfüllt.

»Oh Mann, Kai, du hast einiges zu erklären!«, knurrte er zornig. »Ich verhaftete dich hiermit wegen Verdachts auf Landesverrat!«

»Lass mich los, Matthias!«, forderte Kai Ritter. »Du hast nicht die Spur einer Ahnung, was hier vor sich geht, und gefährdest mit deiner Einmischung gerade das Leben von möglicherweise Hunderttausenden Unschuldigen!«

Doch Frommholz war unerbittlich und drückte ihm mit dem rechten Unterarm die Kehle zu. »Ziehst du hier jetzt etwa wieder die Heldennummer ab, Kai? Die wirkt bei mir nicht, daran solltest du dich doch erinnern.«

Kai Ritter sah in den Augen seines früheren Kameraden, dass er nicht verstehen würde. Zumindest nicht in der knappen Zeit. Er sammelte all seine Kräfte, bäumte sich mit für den Gegner unerwarteter Schnelligkeit auf und schleuderte Frommholz von sich herunter.

Halb auf dem Boden liegend, wirbelte Frommholz herum und wollte sich erneut auf Kai Ritter stürzen. Der aber kickte ihm mit dem Knie gegen den Schädel, sodass er leicht benommen zur Seite wegkippte, während Kai Ritter wieder auf die Füße hochsprang.

Doch schon im gleichen Augenblick war auch der Kollege von Frommholz herangekommen. Er hatte mit der rechten Faust weit ausgeholt, um damit Kai Ritter zu schlagen. Aber der drehte sich mit der Schnelligkeit einer angreifenden Kobra auf dem linken Bein herum, streckte dabei das rechte zu einem

Spin-Kick aus und traf den Mann mit dem Fuß so hart an der Kopfseite, dass er zur Seite wegtaumelte.

Aber in dem Moment kamen auch schon Major Pjotr Batonov und seine Leute heran.

MAX

Obwohl sein Vater ihm gesagt hatte, er solle sich nicht umdrehen, blickte Max über die Schulter zurück, während er mit dem Professor am Arm und Vicky zu den Rolltreppen rannte. Er sah, wie sein Vater von gleich fünf Männern umringt war – zwei davon waren Frommholz und Hassdenteufel. Die anderen drei kannte er nicht.

Es war klar, dass, falls nicht noch ein Wunder geschah, sein Vater keine Chance haben würde gegen die Übermacht.

Für einen kurzen Augenblick verspürte Max den Impuls, zu ihm zurückzurennen, um ihm zu helfen. Aber von den vier C.H.A.O.S.-Terroristen, die die Verfolgung des Professors aufgenommen hatten, waren drei schon gefährlich nah, und der Schutz Konoronkovs hatte jetzt allererste Priorität.

Max sah, wie die Terroristen Pistolen aus ihren Jacken zogen. Alles war so verdammt schnell gegangen, dass die Passanten und Passagiere des Bahnhofs erst jetzt auf den Tumult aufmerksam wurden. Und auf die Gefahr!

Zahllose verschreckte und panische Schreie ertönten. Die Menschen liefen wild durcheinander.

DER SKORPION

Aus dem Schatten der Säule heraus beobachtete der Skorpion das Geschehen.

»Waffen weg, ihr Idioten«, zischte er wütend in das Mikrofon im Schal. »Überwindet den Jungen und das Mädchen, ohne sie zu töten.«

»Aber Boss ...«, kam die Antwort von einem der Männer.

»Kein aber«, bellte der Skorpion. »Ihr habt meinen Befehl gehört! Ihr müsst sie nicht mit Samthandschuhen anfassen, aber sie müssen am Leben bleiben!« Nachdem das geklärt war, gab er den nächsten Befehl: »Team zwei. Zugriff!«

MAX

Kurz bevor sie die Rolltreppen erreichten, drehte Max sich noch einmal um. Zu seiner Verwunderung sah er, wie die drei Verfolger ihre Pistolen wieder wegsteckten. Er konnte sich nicht erklären, wieso sie das taten, aber er war erleichtert, dass es so war.

Als er wieder nach vorn sah, bremste er seinen Lauf und den des Professors. Von unten kamen ihnen vier weitere maskierte Terroristen entgegen.

»Zum Parkhaus!«, rief Max Vicky zu, während er schon die Kurve nach rechts einschlug. »Zu den Motorrädern!«

Die drei liefen zu dem Aufzug, der ins Parkhaus führte. Der aber war gerade nicht da, weswegen Max ihren Lauf zu der

Treppenhaustür daneben führte. Er stieß sie auf, und sie hetzten die Stufen nach unten.

Am Ende der Treppe angelangt, liefen sie den Gang entlang, am Kassenautomaten vorbei und durch die Tür auf die Parketage. Die schweren Schritte der Terroristen kamen immer näher.

Noch während sie rannten, zogen Max und Vicky die Schlüssel ihrer Motorräder aus den Taschen.

Sie waren noch etwa zwanzig Meter von ihren Bikes entfernt, als plötzlich hinter ihnen mit einem ohrenbetäubenden Donner der Schuss einer Pistole krachte – und fast im gleichen Augenblick ein zweiter. Im nächsten Moment explodierten ihre beiden Motorräder in zwei gewaltigen Feuerbällen. Teile flogen durch die Luft. Reaktionsschnell warf Max sich zu Boden und riss den Professor mit sich.

Doch nur gerade so lange, bis die Gefahr der umherfliegenden Teile vorüber war. Dann sprangen er und Vicky wieder auf die Füße und halfen auch dem Professor auf.

Die hochschießenden Flammen der Explosion hatten den Feueralarm ausgelöst und die Sprinkleranlage aktiviert. Lauwarmes Wasser sprühte von oben auf sie herab. Einige der weggeschleuderten Teile hatten welche von den parkenden Autos getroffen. Alarmhupen dröhnten und Lichter blinkten grell.

Durch das Chaos hindurch sah Max, dass die sieben Verfolger inzwischen allesamt auf dem Parkdeck angelangt waren. Sie kamen mit nun sehr viel langsameren Schritten auf sie zu.

Nur einer von ihnen richtete eine Pistole auf sie.

»Übergebt uns den Professor und keinem von euch wird etwas geschehen«, rief er. Der Stoff der Skimaske ließ seine Stimme gespenstisch klingen.

Max reagierte blitzschnell und zerrte den Professor zur Seite weg in Deckung zwischen zwei parkende Autos. Von da aus lief er gebückt in den nächsten Parkgang und dort um die Ecke. Vicky war dicht hinter ihnen.

»Was jetzt?«, fragte sie flüsternd, während sie hörten, wie die Terroristen ihnen hinterherhetzten.

Der Anführer rief: »Verteilt euch!«

Das brachte Max auf eine Idee. »Du fliehst weiter mit dem Professor«, sagte er zu Vicky. »Ich versuche einen Bogen zu schlagen, ihnen in den Rücken zu fallen und einen nach dem anderen auszuschalten.«

»Sie sind zu siebt, Max!«, warnte Vicky besorgt.

Er lächelte sie grimmig an und zog neckend eine Augenbraue nach oben. »Hast du denn eine bessere Idee?«

Sie zog eine Grimasse. »Nein, habe ich nicht, du Klugscheißer.«

»Na, siehste.« Max wandte sich an den Professor. »Sie gehen mit Vicky. Bei ihr sind Sie in guten Händen.«

Kaum hatte Vicky den Professor übernommen und war geduckt weitergelaufen, schlug Max eine Kurve ein und rannte die Reihen der Wagen ab. Dabei achtete er darauf, dass die Verfolger ihn nicht zu Gesicht bekamen.

Da hörte er, dass zwei aus unterschiedlichen Richtungen kamen. Sie waren auf dem Weg, ihn in die Zange zu nehmen. Max ließ sich neben einem Geländewagen auf den Boden sinken und rollte sich darunter.

Er hielt den Atem an und spähte nach draußen. Schon gleich darauf sah er, wie die zwei Terroristen auf beiden Seiten des Wagens vorüberkamen. Er wartete, bis sie ihn passiert hatten und rollte sich dann lautlos wieder unter dem Wagen hervor.

Er war jetzt etwa drei Meter hinter dem einen. Er schlich ihm gebückt nach und passte eine Stelle ab, wo ein hoher Transporter die beiden Terroristen voneinander trennte, sodass sie sich gegenseitig nicht sehen konnten. In dem Moment machte Max zwei schnelle Sprünge nach vorn, packte den Mann mit dem Unterarm in einem harten Würgegriff und ließ sich nach hinten kippen. Durch das Gewicht seines Falls verstärkte Max den Würgegriff auf die Karotisgabel in der Seite des Halses des Mannes, so wie es ihm von Meister Chao Wong beigebracht worden war. Das führte zu fast augenblicklicher Bewusstlosigkeit.

Als er spürte, dass der Mann in seinen Armen erschlafft war, hörte er auch schon, wie der andere nach ihm rief: »Wo bist du, Mann?«

Max sprang auf, lief auf der anderen Seite des Transporters herum. Sein Ziel war es, auch den zweiten Terroristen von hinten bewusstlos zu würgen. Doch kaum hatte er ihn erreicht, drehte der sich unerwartet um.

Max reagierte gedankenschnell. Er brachte seine rechte Faust mit voller Kraft auf den Solarplexus des Mannes. Das tat nicht nur furchtbar weh, es ließ vor allem seinen Atem stocken und hinderte ihn damit für ein paar Sekunden, zu schreien und dadurch seine Kameraden zu alarmieren.

Max schlug ihm mit der linken Faust einen Seitwärtshaken gegen die Schläfe, und der Mann ging zu Boden.

Max wünschte sich, er hätte Kabelbinder dabei, um die beiden zu fesseln, aber da dies nicht der Fall war, blieb ihm nichts anderes übrig, als sie liegen zu lassen, wo sie waren, und zu hoffen, dass sie nicht so schnell wieder zu Bewusstsein kamen.

Er sah sich lauernd nach den nächsten Terroristen um – als er Vicky schreien hörte …

VICKY

Vicky ärgerte sich darüber, dass sie geschrien hatte. Aber der Terrorist war so schnell an der hinteren Ecke des Geländewagens erschienen, an dem sie gerade mit dem Professor entlangschlich, dass sie sich massivst erschrocken hatte.

Doch der Schreck währte nur den Bruchteil einer Sekunde. Schon im nächsten Moment hatte sie sich wieder im Griff, sprang aus der gebückten Haltung heraus nach vorn, reckte dabei den Kopf ruckartig nach oben, sodass sie dem Angreifer mit dem Hinterkopf von unten derart hart gegen den Unterkiefer schlug, dass er nach hinten geschleudert wurde und zu Boden taumelte.

Vicky setzte nach und schickte ihn mit einem Tritt gegen den Kopf ins Reich der Bewusstlosigkeit.

Doch schon im nächsten Moment spürte sie, wie sie mit festem Griff von hinten im Haar gepackt und zurückgerissen wurde. Noch ehe sie sich befreien konnte, nutzte der zweite Terrorist den Schwung, mit dem er sie herumzerrte, und schlug Vickys Kopf auf das Dach des Pkw neben ihnen.

Der Aufprall war so hart, dass Vicky schwarz vor Augen wurde und sie Sternchen sah. Ihre Knie wurden weich, und sie schaffte es lediglich sich auf den Beinen zu halten, indem sie sich an dem Terroristen festklammerte. Sie riss ihr Knie nach oben, um es ihm in den Unterleib zu rammen, aber sie war benommen und er war schneller. Er drehte seinen Unterkörper zur Seite weg, sodass ihr Kick ins Leere ging, und schlug ihren Kopf noch einmal auf das Autodach.

Mit verschwommenem Blick sah sie, dass der Professor rührungslos danebenstand und sie mit vor Schreck geweiteten Augen hilflos ansah. Der Mann war in eine Panikstarre verfallen und somit keine Hilfe.

Vicky schrie ein zweites Mal auf. Diesmal nicht vor Schreck, sondern vor Wut, um all ihre Kräfte zu mobilisieren.

Sie biss die Zähne zusammen, schloss die Augen und wirbelte so schnell sie konnte um die eigene Achse. Sie hatte vorher gewusst, dass diese Bewegung mit dem Griff des Terroristen in ihrem Schopf sie einige Haare kosten und fürchterlich wehtun würde, aber aus genau diesem Grund hatte ihr Gegner ganz sicher nicht mit dieser Reaktion gerechnet und war jetzt völlig unvorbereitet, als sie ihm mit bis zum Zerreißen angespanntem Arm den Ellbogen so fest von der Seite her gegen das Jochbein schmetterte, dass er vor Schmerz und Schreck aufschrie und sie losließ.

Aber da war auch schon ein dritter Terrorist herangekommen und schlug ihr einen harten rechten Haken in den Magen. Vicky schnappte nach vorn und rang vergeblich nach Luft. Der Mann packte sie im Nacken und schleuderte sie gegen die Seite des Geländewagens. Angeschlagen sackte sie auf den harten Beton.

Doch so einfach ließ Vicky sich nicht unterkriegen. Obwohl sie noch immer keine Luft bekam, stützte sie sich auf Hände und Knie und rappelte sich auf. Sie ballte die Hände zu Fäusten und schüttelte mit einem schnellen Kopfruck die Benommenheit ab. Sie schmeckte ihr eigenes Blut im Mund und spuckte es aus.

Der zweite Terrorist hatte sich von dem Schlag gegen das Jochbein wieder einigermaßen erholt, sodass Vicky sich nun zwei Gegnern gegenübersah. Aber sie war fest entschlossen, es mit ihnen aufzunehmen.

Sie schrie auf und stürzte sich ihnen entgegen.

Aber ehe sie sie erreichte, war plötzlich Max da.

MAX

In dem Moment, in dem Max Vickys ersten Schrei gehört hatte, war er, ohne auch nur einen Wimpernschlag lang zu zögern, losgesprintet.

Jetzt kam er in genau dem Moment an, in dem Vicky sich

wieder auf die Füße rappelte und die Fäuste ballte. Noch im Rennen visierte er die beiden Terroristen an, die sich vor ihr aufgebaut hatten. Mit aller Kraft sprang er in die Höhe und setzte einen fliegenden Seitentritt an den Kopf des ersten Gegners. Kaum war er wieder auf den Fußballen gelandet, sprang er erneut – diesmal in einen Tornadokick, mit dem er auch den zweiten Terroristen voll am Kopf traf und zur Seite schleuderte.

Doch so angeschlagen die beiden Männer waren, außer Gefecht gesetzt hatte Max sie damit noch nicht. Er musste schnell sein, wenn er ihren torkelnden Zustand ausnutzen und sie k. o. schlagen wollte.

Aber dazu kam es nicht. Denn gerade als er losspringen wollte, tauchten die beiden letzten maskierten Terroristen auf. Einer davon war der Mann mit der Pistole. Er feuerte damit genau neben Max und Vicky in das Seitenfenster des Geländewagens, das klirrend und krachend in tausend Scherben zersprang.

»Keine Bewegung!«, rief er gleich darauf und richtete die Pistole genau auf Vickys Kopf.

Max wunderte sich, dass der erste Schuss nur ein Warnschuss gewesen war. So wie der Mann vorhin auf die Motorräder geschossen hatte statt auf sie direkt. Und Max erinnerte sich auch daran, wie die Terroristen oben in der Halle ihre Pistolen wieder weggesteckt hatten. Es kam ihm befremdlich vor, dass diese Terroristen, auf deren Konto schon so viele Morde gingen, Skrupel zu haben schienen, Vicky und ihn zu töten.

Aber vielleicht bildete er sich das gerade nur ein. Auf jeden

Fall war ihm der Gedankenblitz allein nicht Basis genug für die Entscheidung den Mann anzugreifen, solange er die Pistole auf Vicky richtete.

Max überlegte unter Hochdruck, wie er jetzt noch verhindern konnte, dass die Terroristen den Professor in ihre Hände bekamen. Aber es fiel ihm beim besten Willen nichts ein.

Er senkte die Fäuste. Vicky folgte seinem Beispiel.

Genau in diesem Moment kam mit einem lauten angriffslustigen Brüllen vom Nebengang eine Figur hervorgesprungen. Sie hielt eine stangenartige Waffe in den Händen und schlug damit auf den Terroristen mit der Pistole ein.

Max erkannte, was die Waffe in Wirklichkeit war: das abgetrennte Auspuffrohr seiner explodierten Yamaha. Und die Figur, die es geschickt wie ein Schwert führte, war niemand anderes als Dimitri.

»Haut ab!«, rief er, während die Terroristen versuchten, sich von ihrem Schreck zu erholen und sich zu wehren. »Bringt euch in Sicherheit!«

»Ich lass dich nicht allein!«, rief Max und wollte Dimitri schon zu Hilfe eilen, zumal jetzt auch gerade alle anderen Mitglieder von C.H.A.O.S., die inzwischen wieder aus ihrer Bewusstlosigkeit erwacht waren, in ihre Richtung gerannt kamen.

»Wer hat denn was von alleinlassen gesagt?«, fragte Dimitri mit einem rauen Lachen. Er wirbelte noch einmal mit dem ausgestreckten Auspuffrohr um die eigene Achse, was die Angreifer dazu zwang zurückzuweichen, dann lief er eilig zu Max, Vicky und dem Professor. »Ich komme doch mit euch!«

Max übernahm die Führung und sie rannten zum Ausgang des Parkhauses zurück in Richtung Hauptbahnhof. Als sie durch die Tür waren, verkeilte Dimitri die Griffe mit dem Auspuffrohr, ehe sie weiterhetzten.

»Du hast uns in letzter Sekunde gerettet«, sagte Max zu Dimitri, während sie die Treppen nach oben rannten.

»Ja, das hab ich wohl«, antwortete Dimitri. »Aber glaub bloß nicht, dass du mir deswegen nicht noch eine Erklärung schuldig bist.«

»Die sollst du haben«, sagte Max. »Sobald wir in Sicherheit sind.«

Es war deutlich zu hören, wie unter ihnen die Terroristen inzwischen die Tür aufbrachen und ihnen folgten.

»Apropos Sicherheit«, sagte Vicky. »Wo wollen wir eigentlich hin?«

»Wir fahren ein paar Stationen mit der S-Bahn«, sagte Max. »Es gibt da in der Nähe ein Versteck, in dem wir zumindest kurzfristig untertauchen können, um zu überlegen, was wir als Nächstes tun.«

»Was für ein Versteck?«, fragte Dimitri. Sie erreichten die obere Tür und damit das Erdgeschoss der Bahnhofshalle.

»Ein verlassener U-Bahn-Tunnel«, sagte Max. »Nicht weit von hier. Der war früher das geheime Hauptquartier von meinen Kumpels und mir. Da findet uns so schnell niemand.«

»Erst müssen wir es mal dahin schaffen«, sagte Dimitri. Er deutete nach hinten, wo die Terroristen gerade aus dem Treppenhaus kamen.

»Ich kann nicht mehr!«, rief ausgerechnet da der Professor und griff sich an die Brust.

Max und Dimitri stützten ihn und trugen ihn mit schnellen Schritten die Treppe zu den Gleisen nach unten.

»Nur noch ein paar Meter«, sagte Max. »Dann haben wir die S-Bahn erreicht. Sehen Sie? Da vorn ist sie schon. Halten Sie durch!«

So schnell sie konnten, schleppten sie den Professor das Gleis entlang bis zu dem ihnen am nächsten stehenden Wagen der S-Bahn. Dort ließ er sich erschöpft auf eine der wenigen freien Bänke sinken und löste die obersten beiden Knöpfe seines Hemds.

»Besser?«, fragte Vicky.

Der Professor nickte. Sein Atem wurde auch schon wieder gleichmäßiger.

Das Signal ertönte und die Türen begannen, sich zu schließen.

Sie waren schon fast zu, als plötzlich eine behandschuhte Hand von außen in den Schlitz packte und die Tür wieder aufdrückte.

Die sieben maskierten Terroristen stiegen eilig ein und die S-Bahn fuhr los, begleitet von den angsterfüllten Schreien der entsetzten Passagiere ...

KAPITEL 24

IN DIE ECKE GETRIEBEN

BERLIN – S-BAHN

In dem S-Bahn-Waggon war pure Panik ausgebrochen. Die Passagiere drängten sich, so gut es ging, so weit wie möglich weg von den maskierten Terroristen. Max wusste, dass er augenblicklich handeln musste, wenn er verhindern wollte, dass Unschuldige verletzt wurden.

»Krav Maga!«, zischte er Vicky und Dimitri zu. »Jetzt! Keine Gnade!«

Für einen Kampf auf so engem Raum wie dem S-Bahn-Wagen war die Guerilla-Kampftechnik der israelischen Armee, die Meister Chao Wong Max und den anderen Diplomatenkindern in ihrem Anti-Terror-Training in unzähligen Übungseinheiten beigebracht hatte, die beste Taktik für Gegner in der Überzahl.

Der einzige Weg zu gewinnen war, so schnell und so skrupellos vorzugehen, wie sie nur konnten, um die Terroristen zu überraschen und aus dem Konzept zu bringen.

Max stürmte los. Er brauchte sich nicht umzudrehen, um

zu wissen, dass Vicky und Dimitri ihm ohne zu zögern folgten. Er hetzte den Gang zwischen den Sitzbänken entlang, machte einen Ausfallschritt nach rechts, um auf eines der Polster und mithilfe von dessen Federung in einem hohen Bogen weiter nach hinten genau zwischen die Terroristen zu springen. Nur wenn er mitten zwischen ihnen war, konnte er sichergehen, dass sie, um zu vermeiden, sich gegenseitig zu treffen, keine Schusswaffen einsetzen konnten.

Er nahm sich zuerst den Allerhintersten vor. Er rammte ihm mit voller Wucht die Stirn mitten ins Gesicht und trat ihm mit dem Knie voll zwischen die Beine. Das sollte genügen, um den Mann vorübergehend außer Gefecht zu setzen.

Ein zweiter der Terroristen packte ihn gerade an der linken Schulter, um ihn von den Füßen zu reißen. Stattdessen nutzte Max den Schwung zu einer schnellen Drehung, packte die Hand, die ihn gefasst hatte, mit der Rechten, riss sie von seiner Schulter und drehte sie mit einem schnellen Ruck um 180°. Er spürte und hörte, wie das Handgelenk brach, und schlug mit dem rechten Ellbogen knallhart gegen die Halsseite des vor Schmerzen brüllenden Gegners. Damit war auch der vorerst hinüber.

Max drehte sich um und suchte den nächsten Gegner. Der war keine anderthalb Meter von ihm entfernt, hatte ein langes Messer gezogen und sprang damit auf Max zu. Er benutzte die Klinge wie eine Sense, doch Max duckte sich darunter hinweg und rammte dem Terroristen den Kopf mit aller Kraft gegen das Brustbein. Dem verschlug es augenblicklich den Atem und

Max nutzte seine kurze Benommenheit, um ihm das Messer mit einem Ruck aus der Hand zu drehen, sodass es zu Boden fiel, und den Mann mit einem Faustschlag ins Gesicht und einem zweiten gegen die Schläfe ins Reich der Träume zu schicken.

Max wirbelte herum, um sich den nächsten Gegner vorzunehmen, aber Vicky und Dimitri hatten die anderen vier bereits erledigt.

Ein Ruck ging durch die Bahn, und das Kreischen von Metall schnitt durch den Lärm der panischen Passagiere. Jemand hatte die Notbremse gezogen. Der Zug stoppte dermaßen schnell, dass die Leute von den Füßen und auch von den Bänken gerissen wurden und einige von ihnen sogar durch die Luft flogen, ehe sie unsanft auf dem Boden landeten.

Die S-Bahn war mitten auf freier Strecke stehen geblieben. Max rappelte sich eilig auf die Füße und schaute zuerst nach dem Professor. Auch ihn hatte es von seiner Bank geschleudert.

Max half ihm auf. »Alles in Ordnung, Professor?«

Der Professor zitterte zwar, doch er nickte. »Ja, alles in Ordnung. Nichts gebrochen, nur ein wenig durcheinandergeschüttelt.«

Max sah aus dem Augenwinkel, wie ein paar der Terroristen versuchten, schon wieder auf die Beine zu kommen.

Er hetzte zur nächsten Tür und öffnete sie mithilfe des Notgriffs.

»Alle Mann nach draußen!«, rief er. »Und bringen Sie sich so schnell es geht in Sicherheit.« Im nächsten Moment wurde er von den Massen, die zur Tür stürmten und sich hindurch nach draußen zwängten, fast umgerissen. Er wollte noch dazu auffordern, dass irgendjemand die Polizei rufen sollte, sparte sich das aber. Zum einen hatte die Notbremse ganz bestimmt schon einen Alarm ausgelöst und zum anderen waren die Terroristen ganz sicher nicht mehr da, wenn die Polizei eintreffen würde.

Das Allerwichtigste war nach wie vor, den Professor in Sicherheit zu bringen.

»Kommen Sie, Professor!« Er legte sich den Arm des Professors um die Schulter und führte ihn zur Tür. Dimitri eilte an ihnen vorbei und sprang nach unten auf den Schotter zwischen den Gleisen. Er half ihm dabei, den Professor nach unten zu lassen.

Im nächsten Moment schon war auch Vicky bei ihnen.

»Runter zur Straße!«, rief Max, und die vier kletterten den Bahndamm hinab.

Zum Glück kam gerade ein Taxi vorbei. Vicky winkte es heran, und sie stiegen eilig ein.

Max nannte dem Fahrer hastig die Adresse und drängte ihn loszufahren.

»Immer schön langsam mit den jungen Pferden«, sagte der Taxifahrer lakonisch. »Erzähl mir erst mal, was da oben passiert ist. Warum steht die S-Bahn auf offener Strecke, und was ist mit all den herumrennenden Leuten?«

Max blickte nach oben und sah, wie die ersten Terroristen aus dem Wagen kletterten. Er griff hastig in seine Hosentasche, holte einen Hunderteuroschein hervor und hielt ihn dem Fahrer hin. »Sie müssen losfahren! Jetzt!«

Der Fahrer nickte zufrieden, nahm den Schein entgegen und trat voll aufs Gas.

»Und alarmieren Sie bitte den Notdienst«, sagte Max dann zu dem Fahrer. »Die sollen Rettungswagen schicken. Es hat bestimmt Verletzte gegeben.«

KAPITEL 25

UNTERSCHLUPF

BERLIN – EIN VERLASSENER U-BAHN-TUNNEL

Das Taxi brachte Max, Vicky, Dimitri und Professor Konoronkov zu einer alten, schon vor vielen Jahren außer Betrieb genommenen Kirche. Max führte sie durch ein mit Efeu bewachsenes Loch in der Ziegelmauer des Grundstücks links an der Front der teilweise eingestürzten Kirche vorbei über einen alten, längst vergessenen Friedhof. Die Kreuze und Grabsteine waren allesamt schief, die meisten von ihnen wiesen Risse und Brüche auf.

Dimitri schaute sich mit wachsender Faszination um. »Das ist ja gruselig«, sagte er voller Begeisterung. »Und hier geht es wirklich zu einem unterirdischen Gewölbe?«

»Ja«, sagte Max. »Im Zweiten Weltkrieg sind hier im Zentrum der Stadt zahlreiche U-Bahn-Tunnel und unterirdische Haltestellen zu Luftschutzbunkern umfunktioniert worden. Nach dem Krieg hat man dann die, die man nicht mehr brauchte oder die nicht mehr zu gebrauchen waren, einfach zugeschüttet.

Meine Kumpels Paul und Tobi und ich sind bei einem unserer Parkour-Runs eher zufällig auf einen alten Nebeneingang gestoßen. Dann haben wir uns da unten unser geheimes Hauptquartier eingerichtet.«

Sie folgten Max bis zum Ende des Friedhofs zu einer weiteren halb eingestürzten Mauer. Unter einem der Bruchstücke war ein Loch verborgen.

Sie holten Taschenlampen hervor, und Max stieg als Erster hinab. Dimitri half dem Professor, und Max nahm ihn unten entgegen.

Sie gingen den schmalen Pfad zwischen Mauertrümmern und Erdreich entlang, bis sie zu einer Treppe aus geklinkerten Ziegelsteinen kamen, die noch weiter in die Tiefe führte.

Im Schein ihrer Taschenlampen stiegen sie die teilweise gebrochenen Stufen nach unten.

»Das ist ja, wie wenn man in Katakomben hinabsteigt«, sagte Dimitri ehrfürchtig.

Vicky schüttelte sich. Sie konnte nicht verbergen, dass die Umgebung sie gruselte. »Du sagst das ja, als wäre das etwas Unterhaltsames, Dimitri.«

»Alte Geschichte fasziniert mich einfach«, erwiderte Dimitri mit einem Achselzucken. »An einem Ort wie diesem habe ich immer das Gefühl, ich würde in der Zeit zurückreisen. Nehmt doch allein diese Treppe zum Beispiel: Ich kann mir förmlich vorstellen, wie es gewesen sein muss, als sie noch neu war und die U-Bahn noch in Betrieb. Hunderte, ja Tausende von Menschen, die hier früher einmal täglich hoch- und runtergegangen sind. Ich sehe sie ganz deutlich vor mir. Die Männer in ihren alten Anzügen, mit Hüten und Stöcken. Die Frauen mit ihren spitzenbesetzten weiten Kleidern. Die Kinder in ihren Knickerbockerhosen und Schirmmützen.«

Der Strahl von Vickys Taschenlampe scheuchte eine Ratte hoch. Max war sich nicht sicher, wer zuerst erschrocken quiekte – die Ratte oder Vicky. Trotz der angespannten Situation konnte er ein Lachen nur geradeso unterdrücken.

»Lach ruhig!«, feixte Vicky und musste selbst ein bisschen schmunzeln. Aber sie rückte ein wenig näher an Max heran. Er genoss es, aber es amüsierte ihn auch, dass Vicky keine Sekunde lang zögerte, sich im Nahkampf um Leben und Tod auf den allergrößten Gegner zu stürzen und sich gleichzeitig vor so etwas Kleinem wie einer Ratte fürchten konnte.

Die Treppe endete auf einem verlassenen Bahnsteig. Überall lag alter Abfall herum, und es stank nach Urin. Im Winter wurde der Untergrund von Obdachlosen genutzt, zum Schutz vor der bitteren Kälte der Straßen. Zu dieser Jahreszeit jedoch war selten jemand hier unten.

Max und die anderen kletterten vom Bahnsteig hinunter auf die Gleise und liefen nach rechts in den Tunnel hinein.

Nach einer weiteren kleinen Weile endlich erreichten sie den schmalen Gang, der in die gekachelte Wand hineinführte und am Ende in dem verlassenen Wartungsraum mündete, in dem einmal Max' Hauptquartier gewesen war. Seit dem Überfall von Harutaka Ishido war scheinbar niemand mehr hier gewesen.

Max überlegte, ob er seine alten Freunde Paul und Tobi kontaktieren und um Hilfe bitten sollte. Aber er entschied sich dagegen. Er bereute es noch immer, sie damals aus Versehen in so große Gefahr gebracht zu haben. Er wollte sie ganz gewiss jetzt nicht in noch sehr viel größere Gefahr bringen. Er selbst, Vicky und Dimitri waren für den Kampf gegen Verbrecher und Terroristen von Meister Chao Wong erstklassig ausgebildet worden. Paul und Tobi fehlte dieses Training. Das Risiko war viel zu groß, dass sie zu Schaden kommen könnten. Max war sich ja noch nicht einmal sicher, ob er, Vicky und Dimitri der ganzen Sache gewachsen waren.

Sie stellten die Stühle zusammen, die außer den Tischen die letzten Überbleibsel des alten Hauptquartiers waren, und setzten sich.

Der Professor sprach zuerst.

»Danke«, sagte er leise. »Danke, dass ihr mich vor den Terroristen gerettet habt.« Sein russischer Akzent war nicht zu überhören. Er sah erschöpft aus.

»Nichts zu danken«, sagte Max. »Es ist nicht auszudenken, was passieren würde, wenn die Terroristen Sie in ihre Hände bekämen.«

»Das wäre ein guter Zeitpunkt, mir zu erklären, worum es hier eigentlich geht«, sagte Dimitri.

»Es gibt eine Terrorgruppe namens C.H.A.O.S.«, begann Vicky. »Sie plant ein Attentat. Wie wir erfahren haben einen großen Schlag.«

»So wie es aussieht«, fuhr Max fort, »ist dieses Attentat nuklearer Natur.«

Der Professor nickte. »Sie brauchen mich, um aus radioaktivem Müll eine Atombombe zu bauen. Ich bin der Einzige, der dazu in der Lage ist.« Er wandte sich an Max. »Dein Vater war der Überzeugung, dass sie das radioaktive Material schon irgendwie beschafft haben.«

Dimitris Blick zuckte zu Max. »Dein Vater?«, fragte er verwundert.

»Jetzt wird's kompliziert«, sagte Max. »Ich weiß gar nicht, wo ich anfangen soll.«

»Na, am besten beim Anfang«, sagte Dimitri.

»Also«, druckste Max.

Vicky kam ihm zu Hilfe. »Der Mann, den du als Prizrak kennst …«, sagte sie zu Dimitri.

»Oleksiy Tereshchenko«, sagte Dimitri.

Vicky nickte. »Genau der. Also, dieser Mann ist in Wirklichkeit Kai Ritter. Max' Vater.«

Dimitri starrte mit offenem Mund ungläubig von Vicky zu Max, dann wieder zu Vicky und schließlich wieder zu Max. »D-d-dein Vater?«

»Ich sag ja, es ist kompliziert«, gab Max zu. »Wir sind nicht einmal sicher, ob nun Kai Ritter sein richtiger Name ist oder eben Oleksiy Tereshchenko. Aber er ist auf jeden Fall mein Vater.«

»Deswegen haben wir dich nicht eingeweiht, Dimitri«, sagte Vicky. »Weil wir wissen, wie sehr du diesen Mann hasst. Aber Max wollte herausfinden, wer sein Vater wirklich ist. Auf welcher Seite er steht.«

»Er ist ein Waffenhändler und Söldner«, sagte Dimitri aufgebracht. »Ein Verräter obendrein. Einer der meistgesuchten Männer Russlands.«

»Das ist mit Sicherheit eine Seite«, räumte Max ein. »Aber gleichzeitig war er auch ein deutscher Soldat und hat als Leibwächter von Arndt von Lausitz diesem seinerzeit das Leben gerettet – wobei er selbst umkam. Zumindest schien das damals so. Ich bin auf jeden Fall groß geworden in der festen Überzeugung, dass er tot ist.«

Dimitri sah ihn an und schüttelte ungläubig den Kopf. »Und du hast das die ganze Zeit vor mir verborgen gehalten? Auch während der ganzen Angelegenheit mit Harutaka Ishido?«

»Was hätte ich denn tun sollen, Dimitri?«

»Na, mir die Wahrheit sagen, Max! Wir sind schließlich Freunde! Freunde belügen einander nicht. Ich weiß nicht, was mich gerade mehr kränkt: die Tatsache, dass du mich belogen hast, oder dass du so wenig Vertrauen in mich hast, dass du glaubst, mich belügen zu müssen.«

»Es tut mir leid, Dimitri«, sagte Max leise. »Wirklich. Von ganzem Herzen.«

»Das ist schon einmal ein Anfang«, sagte Dimitri. »Aber um ehrlich zu sein: Ich bin mir nicht sicher, dass da ein einfaches ›Tut mir leid‹ ausreicht, Max.«

Max verstand. »Das kann ich gut nachvollziehen«, sagte er daher. »Lass uns einfach noch einmal ausgiebig darüber reden, wenn wir das dringendere Problem gelöst haben. Wie halten wir diese Terrorgruppe auf?«

»Im Moment haben wir den Professor«, sagte Vicky. »Und damit sind ihnen schon einmal die Hände gebunden.«

Max schüttelte den Kopf. »Sie haben das radioaktive Material. Wenn sie den Professor nicht bekommen, um mit seiner Hilfe eine waschechte Atombombe daraus zu produzieren, geben sie sich vielleicht mit dem zweitbesten zufrieden und bauen eine ›Schmutzige Bombe‹. Die hat zwar lange nicht die Wirkung wie eine echte, aber ich kann mir nicht vorstellen, dass sie deswegen völlig auf den Einsatz des Materials verzichten würden.«

Der Professor nickte zustimmend. »Wenn sie so viel radioaktiven Müll haben, dass es für den Bau einer Bombe reicht, könnten sie ihn auch auf andere erschreckende Weise einsetzen. Sie könnten damit die Trinkwasserversorgung kontaminieren, oder sie legen einfach Stücke des Materials versteckt an öffentlichen Plätzen aus, wie zum Beispiel einem Einkaufszentrum, einem Vergnügungspark oder auf Kinderspielplätzen.«

»Wir müssen sie also auf jeden Fall stoppen«, sagte Dimitri.

»Vielleicht solltest du deinen Vater fragen«, sagte der Professor zu Max. »Wenn ich dem wenigen Glauben schenken darf, was er mir erzählt hat, wollte auch er die Terroristen stoppen, nachdem er ihre Organisation mit meiner Hilfe infiltriert hätte.«

Max hätte das gerne geglaubt, war sich aber nicht sicher, ob es sich dieser Hoffnung wirklich hingeben durfte. Was, wenn er den Professor nur als Mittel zum Zweck benutzen wollte, um sich den Terroristen anzuschließen und mit ihnen gemeinsame Sache zu machen?

»Wissen wir überhaupt, was aus ihm geworden ist?«, fragte Vicky.

Max nahm sein Smartphone zur Hand.

KAPITEL 26

SCHLECHTE NACHRICHTEN

IM HAFEN VON TOKIO –
DAS HAUPTQUARTIER DER SHADOW AGENTS

Tapa hatte die Ereignisse im Berliner Hauptbahnhof und im Parkhaus mittels der Überwachungskameras mit vor Schreck geweiteten Augen verfolgt. Sie hatte sich unsagbar gefreut, als Dimitri wieder auf der Bildfläche aufgetaucht war und Max und Vicky im letzten Moment den Hals gerettet hatte. Nachdem die drei aber mit dem Professor in die S-Bahn geflüchtet waren und die Terroristen sie dort eingeholt hatten, hatte sie den Kontakt verloren. Ihre Nerven waren zum Zerreißen angespannt, aber sie traute sich nicht, Max oder Vicky anzuwählen, aus Angst, sie wären gerade in einer brenzligen Situation, müssten sich verstecken und ihr Anruf würde den Terroristen ihren Aufenthaltsort verraten. Sie ging zwar davon aus, dass ihre Freunde in diesem Fall die Smartphones auf lautlos gestellt hätten, konnte sich dessen aber nicht hundertprozentig sicher sein. Deshalb wartete sie jetzt Fingernägel kauend auf ein Lebenszeichen.

Als jetzt ihr Telefon klingelte, sprang sie auf vor Schreck, so angespannt war sie.

Sie griff nach dem Smartphone, ihre Finger aber waren dermaßen zittrig, dass sie viermal zupacken musste, ehe sie es endlich vom Tisch aufgehoben und das Icon fürs Empfangen gedrückt hatte.

»Adlerhorst!«, rief sie aufgeregt. »Adlerhorst hier!«

»Tapa, ich weiß, dass du es bist«, sagte Max mit einer Spur Amüsiertheit in der Stimme. »Ich habe dich schließlich angewählt.«

»Es gibt so etwas wie ein Protokoll, mein lieber Max«, antwortete sie indigniert.

»Ich wüsste nicht, dass wir eines hätten«, erwiderte Max spaßig.

»Dann muss ich das wohl noch schreiben«, sagte Tapa mit hochgezogener Nasenspitze. »Jede Organisation, die etwas auf sich hält, braucht ein Protokoll.«

»Tu, was du nicht lassen kannst«, sagte Max. »Aber jetzt …«

»Geht es euch gut?«, brach endlich aus Tapa heraus, was sie eigentlich am meisten interessierte.

»Ja, uns geht es gut«, bestätigte Max. »Vicky, Dimitri, der Professor und ich sind in Sicherheit. Zumindest für den Augenblick.«

»Und es ist auch keiner verletzt?«

»Nein, Tapa. Wir erfreuen uns alle bester Gesundheit, danke der Nachfrage. Und entschuldige bitte, dass wir keine Gelegenheit gefunden haben, uns früher bei dir zu melden.«

»Mit Dimitri ist auch wieder alles in Ordnung?«

Tapa konnte hören, dass Max zögerte, ehe er antwortete: »Fürs Erste ja. Aber wir werden wohl noch einmal ausführlich miteinander reden müssen.«

Tapa winkte erleichtert ab, ehe ihr einfiel, dass Max das ja nicht sehen konnte. Also fügte sie mit einem befreiten Seufzen hinzu: »Ach, das wird schon!«

Bei der Nachricht, dass mit der Versöhnung mit Dimitri wenigstens schon mal ein Anfang gemacht war, fiel ihr ein großer Stein vom Herzen. In den vergangenen Tagen war ihr aufgefallen, dass sie Dimitri sehr viel mehr mochte, als sie sich bisher eingestanden hatte, und jetzt, da er ihnen nicht mehr ganz so feindselig gegenüberstand, ergab sich hoffentlich schon bald die Möglichkeit, ihm das auch zu sagen.

Falls sie sich trauen würde – dessen war Tapa sich noch nicht so sicher.

»Wir brauchen Informationen, Tapa«, unterbrach Max ihre Gedanken.

»Was kann ich für euch tun?«

»Wir müssen in Erfahrung bringen, was aus meinem Vater geworden ist.«

»Da muss ich selbst erst nachschauen«, sagte sie. Sie hatte vorhin die ganze Zeit nur Augen für Max, Vicky, Dimitri und den Professor gehabt. Jetzt musste sie erst die Kameraeinspielungen aus der Bahnhofshalle zurückspulen.

Sie dokumentierte, was sie alles vor sich auf dem Monitor sah:

»Nachdem du den Professor von ihm übernommen hast und mit dem jetzt in Richtung der Rolltreppen zu den Gleisen rennst, schneidet dein Vater zwei der Terroristen, die euch verfolgen, den Weg ab. Einen erledigt er, aber ehe er sich dem zweiten zuwenden kann, wird er von Hauptmann Frommholz zu Boden gerissen.

Die beiden ringen miteinander, und dein Vater schleudert Frommholz von sich. Kaum ist er wieder auf den Füßen, wird er von Leutnant Hassdenteufel attackiert. Kai Ritter wendet den Angriff jedoch mit einem schnellen Flying Spin-Kick ab.

In dem Moment aber tauchen drei weitere Männer auf. Identität unbekannt. Aber ich kann einen Suchlauf mit der Gesichtserkennungssoftware starten.«

»Nicht nötig«, schaltete sich Dimitri dazwischen. »Das ist der russische Geheimdienst. Major Pjotr Batonov und zwei seiner Männer. Ich habe sie noch gesehen, ehe ich Max und Vicky hinterhergerannt bin. Sie müssen mir von Tokio aus gefolgt sein. Ziemlich sicher im Auftrag meines Vaters. Tut mir leid.«

»Du hast den russischen Geheimdienst auf die Spur meines Vaters gehetzt?«, hörte Tapa Max wütend fragen.

»Nicht absichtlich, Max«, verteidigte Dimitri sich. »Das musst du mir glauben. Ich hatte keine Ahnung, dass mich mein eigener Vater beschatten lässt.«

»Weißt du, was du da angerichtet hast?« Tapa hörte, dass Max außer sich war.

»Ich sagte doch, dass es mir leidtut, Mann.«

»Wenn ich dich zitieren darf, Dimitri«, sagte Max. »Ich bin mir nicht sicher, dass da ein einfaches ›Tut mir leid‹ ausreicht!«

»Jungs, hört auf damit!«, unterbrach Tapa sie. »Wir hatten schon vorhin verabredet, dass ihr beide euch später noch über die Sache ausführlich unterhalten müsst. Jetzt ist dafür keine Zeit.«

»Entschuldige, Tapa«, sagte Max. »Du hast recht. Was passiert als Nächstes?«

»Major Batonov und seine Männer ergreifen deinen Vater, aber es gelingt ihm, sich freizukämpfen«, schilderte Tapa weiter, was sie auf dem Monitor sah. »Vor allem, weil Hauptmann Frommholz und Leutnant Hassdenteufel sich einmischen. Beide Parteien wollen Kai Ritter für sich.

Jetzt zieht Frommholz sogar seine Pistole! Er ist außer sich vor Wut.

Major Batonov und seine Männer heben die Hände. So wie es aussieht, wollen sie einen internationalen Zwischenfall vermeiden.

Kai Ritter nutzt die Verwirrung und rennt weg. Aber Frommholz schießt.«

»Frommholz hat auf ihn geschossen?« Tapa hörte, wie Max' Stimme überschnappte.

»Ja«, bestätigte Tapa. »Er hat deinen Vater ins Bein getroffen. Dein Vater stürzt und Frommholz rennt auf ihn zu. Aber jetzt, da Frommholz abgelenkt ist, werden Major Batonov und seine Männer wieder aktiv.

Batonov springt Frommholz von der Seite an, schlägt ihm

die Waffe aus der Hand und schickt ihn mit einem harten Ellbogenschlag in den Nacken zu Boden, während seine beiden Männer Leutnant Hassdenteufel niederringen und ihn mit Kabelbindern fesseln.

Dein Vater versucht, wieder auf die Füße zu kommen. Aber er kann das angeschossene Bein nicht belasten. Trotzdem will er weghumpeln. Doch Batonov und seine Männer sind schneller.

Sie ergreifen ihn. Dein Vater schlägt einen von ihnen nieder. Aber da versetzt Batonov ihm einen so festen rechten Haken in den Bauch, dass dein Vater zusammenklappt.

Noch ehe er sich von dem Schlag erholen oder sich wieder aufrichten kann, hat Batonov einen Teleskopschlagstock gezogen und schlägt damit deinem Vater auf den Nacken. Er bricht halb bewusstlos zusammen.

Sie fesseln jetzt auch ihn mit Kabelbindern und zerren ihn aus der Bahnhofshalle. Wartet, ich muss auf die Kameras vor dem Ausgang schalten.«

Tapa tippte ein paar Befehle auf der Tastatur und gleich darauf hatte sie die Kamerafenster mit dem gleichen Time-Frame wie eben im Innern der Halle.

»Sie bringen ihn nach draußen. Ein Geländewagen kommt herangerast. Sie reißen die Türen auf und stoßen ihn hinein. Kaum sind sie drin, fährt der Wagen auch schon wieder los.

Max, ich fürchte, das war's. Dein Vater ist in der Gewalt des russischen Geheimdienstes.«

KAPITEL 27

EIN LANGE FÄLLIGER SCHLAGABTAUSCH

BERLIN – EIN VERLASSENER U-BAHN-TUNNEL

Max sprang von seinem Stuhl auf, machte einen schnellen Satz zu Dimitri hin, packte ihn am Kragen seiner Jacke und riss ihn von seinem Platz hoch auf die Füße.

»Du verfluchter Scheißkerl!«, schrie er Dimitri ins Gesicht. »Du dreimal verfluchter Scheißkerl! Du hast meinen Vater an den russischen Geheimdienst ausgeliefert!«

Dimitri packte Max' Handgelenke und riss seine Hände von seiner Jacke. Er schrie zurück: »Woher sollte ich denn wissen, dass mein eigener Vater mich beschatten lässt?«

»Das ist eine dumme Ausrede, Dimitri, und du weißt das! Auch wenn du nicht wissen konntest, dass der Geheimdienst dir auf der Spur ist, was hattest du denn geplant, was du mit meinem Vater tust, falls es dir selbst gelungen wäre, ihn in die Hände zu bekommen? Du hättest ihn doch garantiert auch ausgeliefert, und dann wäre er ebenfalls in den Klauen eurer Geheimdienstleute gelandet. Also spiel mir jetzt bloss nicht den Unschuldigen vor!«

»Mal ganz abgesehen davon, dass ich keine verdammte Ahnung davon hatte, dass der Prizrak dein Vater ist, Max, ist er, nach allem, was ich weiss, ein Verräter an meinem Land, ein gefährlicher Waffenhändler und – lass uns das bitte jetzt nicht vergessen – der Grund dafür, dass mein Vater bei unserer Regierung in Ungnade gefallen ist.«

»Dein Vater ist trotz allem jetzt immer noch russischer Botschafter in Japan, körperlich unversehrt und mit allem Komfort, von dem ein Normalsterblicher nur träumen kann. Mein Vater hingegen ist jetzt aller Wahrscheinlichkeit nach auf dem direkten Weg in irgendein geheimes Hochsicherheitsgefängnis in Sibirien oder sonst wo, wo man ihn vermutlich erst einmal jahrelang foltert und verhört, ehe man ihn schliesslich, ohne die Chance auf einen fairen Prozess, an die Wand stellt und erschiesst!«

»Du tust ja so, als wären wir Russen Barbaren!«

»Kannst du mir denn garantieren, dass es nicht so ist, Dimitri? Kannst du mir jetzt in die Augen schauen und mir versichern, dass mein Vater überhaupt einen Prozess bekommt? Oder auch nur einen Anwalt, der die Interessen meines Vaters verfolgt und nicht seine eigenen oder – was sehr viel wahrscheinlicher ist – die Interessen eurer Regierung?«

Dimitri brüllte auf vor Wut und stiess Max brutal von sich weg.

Max reagierte instinktiv. Er wirbelte herum und riss das rechte Bein zu einem Spin-Kick nach oben.

Im allerletzten Moment brachte Dimitri den linken Arm zum Blocken zwischen Max' heransausenden Fuß und die Seite seines eigenen Kopfes. Dennoch traf der Tritt ihn mit voller Kraft und schleuderte ihn zur Seite weg von den Beinen.

Max setzte mit einem schnellen Sprung nach, um sich auf Dimitri zu stürzen. Doch Dimitri rollte sich nach hinten weg, sprang auf und trat mit einem blitzschnell ausgeführten Mae-Geri Max so hart vor die Brust, dass Max benommen drei Schritte zurücktaumelte, ehe er sich wieder gefangen hatte.

Jetzt war es Dimitri, der in die Offensive ging. Er rannte auf Max zu, sprang auf halber Strecke in die Höhe, drehte sich dabei um die eigene vertikale Achse und streckte das rechte Bein zu einem Flying Spin-Kick nach vorn.

Mit der Schnelligkeit einer Raubkatze duckte Max sich gerade noch rechtzeitig unter dem gefährlichen Tritt hinweg, packte Dimitris Oberschenkel und führte einen kraftvollen Wurf aus, der Dimitri drei Meter weit im hohen Bogen durch die Luft schleuderte und ihn am Ende des Flugs auf einen der Tische krachen ließ. Der Aufprall war so stark, dass der Tisch unter Dimitri zerbrach, als wäre er aus Balsaholz. Uralter Staub wirbelte zu einer dichten Wolke auf und brachte Dimitri zum Husten, während er blitzschnell wieder auf die Beine zurücksprang.

Jetzt gingen die beiden mit der Vehemenz wilder Widder aufeinander los; die Köpfe aggressiv gesenkt, die Fäuste geballt.

Selten hatte die Welt zwei so gute, aber vor allem auch gleichwertige Gegner gesehen. Mit einem Tempo, dem das menschliche Auge kaum folgen konnte, führten sie Schläge und Blocks aus, Tritte und wieder Blocks. Das monatelange gemeinsame Training bei ein und demselben Lehrmeister und die zahllosen Sparrings, die Max und Dimitri miteinander gekämpft hatten, sorgten jetzt dafür, dass die beiden einander und ihre Kampftechniken so gut kannten, dass es so aussah, wie wenn der eine die Gedanken des anderen lesen konnte und damit jede Attacke und jede Finte förmlich vorherzusehen schien und entsprechend reagierte.

Das machte beide nur noch wütender – und das Duell entsprechend umso heftiger.

Das hatte bisher noch nicht viel mehr als eine Minute gedauert, aber für Vicky hatte es sich angefühlt wie eine Ewigkeit. Schon im ersten Moment, als Dimitri Max brutal von sich weggestoßen hatte, war auch sie aufgesprungen.

»Hört auf damit, Jungs!«, hatte sie gerufen. »Ihr sollt aufhören!« Immer und immer wieder. Aber die beiden Streithähne waren so sehr auf den Kampf fokussiert, dass sie Vicky überhaupt nicht wahrnahmen.

Jetzt aber war es genug. Dimitri blutete bereits an der Lippe und Max sogar aus einer aufgeplatzten Augenbraue.

Nachdem Vicky ein letztes Mal gerufen hatte, um zu versuchen, die beiden allein mit der Kraft ihrer Stimme voneinander zu trennen, stürzte sie jetzt los. Ohne auf sich selbst Rücksicht zu nehmen, sprang sie genau zwischen sie, schlug beiden mit der flachen Hand so fest auf den Solarplexus, dass ihnen die Luft wegblieb, und stieß sie damit voneinander weg.

»Aufhören, habe ich gesagt!«, schrie sie wütend. »Ihr seid die besten Freunde, vergesst das bitte nicht! Und ja, ihr habt beide Mist gebaut, aber das lässt sich hoffentlich früher oder später aus dem Weg räumen. Und selbst wenn nicht: Ihr habt Tapa vorhin gehört – so schwerwiegend euer Problem miteinander gerade auch ist, es gibt ein Problem, das mit Sicherheit noch viel, viel gravierender ist! Und dieses Problem ist eine Terrorgruppe mit Namen C.H.A.O.S., die sich im Besitz von radioaktivem Müll befindet und den auf die ein oder andere Weise zu einem Terroranschlag einsetzen wird. Und vermutlich schon sehr, sehr bald. Also reißt euch gefälligst zusammen und arbeitet miteinander statt gegeneinander! Ist das jetzt ein für alle Mal klar?!«

Vickys Worte hallten von den Wänden wider.

Max und Dimitri schnaubten angestrengt. Beide hatten sie noch ihre Fäuste geballt. In beider Augen funkelte noch die wilde Kampflust. Aber schon im nächsten Moment wurden ihre Blicke sanfter, und ihre Fäuste lösten sich. Fast gleichzeitig senkten sie reumütig den Kopf.

»Du hast recht, Vicky«, sagte Max leise.

»Ja, das hast du«, bestätigte auch Dimitri.

»Dann reicht euch jetzt beide die Hände und entschuldigt euch beieinander«, forderte Vicky streng.

Max und Dimitri sahen einander an. Dann schüttelten beide die Köpfe.

»Nein«, sagte Max. »Wir werden zusammenarbeiten, wenn Dimitri das auch will, aber entschuldigen werde ich mich nicht.«

»Ich auch nicht«, meinte Dimitri. »Ich werde euch helfen, zu versuchen, die Terroristen zu stoppen. Aber danach sind wir geschiedene Leute.«

KAPITEL 28

DIE QUAL DER WAHL

IM HAFEN VON TOKIO –
DAS HAUPTQUARTIER DER SHADOW AGENTS

Tapa hatte den Kampf zwischen Max und Dimitri über die offene Leitung gehört; vor allem Vickys verzweifelte Rufe, die beiden auseinanderzubringen. Mehr denn je hatte sie sich gewünscht, vor Ort bei ihren Freunden zu sein, in der Hoffnung, den Zwist zwischen Max und Dimitri irgendwie zu kitten zu helfen. Als Dimitri ganz am Ende gesagt hatte, dass sie nach der jetzigen Mission geschiedene Leute seien, hatte es ihr fast das Herz gebrochen. Nun saß sie vor ihren Rechnern und weinte leise, hoffend, dass die anderen ihre unterdrückten Schluchzer nicht hören konnten.

Während jetzt Max, Vicky und Dimitri in Berlin diskutierten, wie sie wohl am besten vorgehen sollten, suchte Tapa mittels ihrer Suchprogramme nach dem Verbleib von Kai Ritter und Major Pjotr Batonov und seinen Männern. Nebenbei hörte sie den anderen zu.

»Professor Konoronkov«, hörte sie Vicky sagen, »haben Sie eine Möglichkeit, unterzutauchen? Gibt es irgendeinen Ort, an den wir Sie bringen können, wo Sie sicher vor den Terroristen sind?«

»Vor einer Organisation wie C.H.A.O.S. ist man, fürchte ich, ohne besonderen Schutz nirgends sicher«, warf Dimitri ein. »Am besten, wir bringen den Professor irgendwo unter, wo wir ihn rund um die Uhr beschützen können.«

»Wir sind nicht genug, um den Professor zu beschützen und gleichzeitig nach den Terroristen zu suchen«, gab Vicky zu bedenken.

»Vielleicht können wir zwei Fliegen mit einer Klappe schlagen«, meldete sich Max zu Wort. »Wir bringen den Professor an einen Ort, der gut als Hinterhalt geeignet ist, und leaken die Info zu seinem Aufenthaltsort, sodass der Skorpion und seine Leute versuchen, seiner habhaft zu werden und wir sie in eine Falle locken und ausschalten können.«

»Du kannst den Professor doch unmöglich als Köder benutzen, Max!«, begehrte Vicky mit einer gehörigen Portion Entsetzen in der Stimme auf. »Wir dürfen sein Leben nicht in Gefahr bringen!«

»Sein Leben ist nicht in Gefahr«, widersprach Max. »Die Terroristen brauchen ihn.«

»Aber wir dürfen auch nicht riskieren«, pflichtete Dimitri Vicky bei, »dass unser Plan fehlschlägt und sie ihn am Ende in die Hände bekommen. Dann steht dem Bau einer echten Atombombe nichts mehr im Weg.«

»Ich würde den Terroristen niemals helfen!«, rief Professor Konoronkov.

»Das ehrt Sie, Herr Professor«, sagte Vicky, »aber ich befürchte, dass der Skorpion und seine Leute Mittel und Wege finden werden, Sie zur Kooperation zu zwingen.«

»Hätte ich doch bloß nie Kernphysik studiert«, seufzte der Professor. »Mein einziges Interesse an dieser Arbeit war, der Welt eine preiswerte und vor allem saubere Energie zur Verfügung zu stellen. Deshalb habe ich mein Augenmerk auf den Atommüll konzentriert und mein ganzes Leben lang nach Wegen gesucht, wie man ihn am besten abbaut. Dabei bin ich dann, nach Jahrzehnten von Fehlschlägen, auf eine Wiederaufbereitungsmethode gestoßen, die aus dem Müll waffenfähiges Plutonium regeneriert. Das war nicht mein Ziel, ebenso wenig wie mein Ziel war, Atomwaffen herzustellen. Mir ging es lediglich um die Reinheit des Elements und um die Möglichkeit der Wiederverwertung in einem Kernkraftwerk. Aber ich fürchte, das ist der Fluch meiner wissenschaftlichen Disziplin: Es wird immer wieder Menschen geben, die aus dem Nützlichen das Zerstörerische zu machen versuchen.«

Während der Professor weiter über Kernkraft philosophierte, konzentrierte Tapa sich wieder auf die Suche nach Kai Ritter und Major Batonov. Ein wenig später entdeckte sie die beiden – auf einer Aufnahme einer Straßenkamera gegenüber der Russischen Botschaft nahe des Brandenburger Tors.

Tapa hörte nebenbei, wie der Professor um eine Taschenlampe bat. Er musste einmal um die Ecke – austreten.

Sie hielt den Blick auf den Monitor gerichtet: Der Geländewagen fuhr jetzt auf das Grundstück der Botschaft. Die Männer stiegen aus. Kai Ritters Bein war mit einem Gürtel abgebunden. Er humpelte stark und wurde von zweien der Männer unter den Armen gestützt und durch einen Seiteneingang in das Gebäude geführt.

Währenddessen diskutierten Max, Vicky und Dimitri weiter, wie sie denn nun am besten vorgehen sollten.

»Also halten wir fest«, sagte Vicky gerade. »Nur den Professor aus der Schusslinie zu nehmen, wird die Terroristen nicht davon abhalten, mit dem radioaktiven Material in ihrem Besitz einen Anschlag zu begehen. Der einzige Vorteil wäre, dass der wesentlich weniger stark ausfallen würde als mit der Hilfe des Professors.«

»Aber immer noch stark genug«, sagte Max. »So eine ›Schmutzige Bombe‹ kann ebenfalls Hunderte Menschen allein bei der Explosion töten – je nachdem, wo sie sie hochgehen lassen.«

»Ganz zu schweigen von der radioaktiven Kontamination, die der Explosion folgt«, fügte Dimitri hinzu. »Die könnte Berlin oder wenigstens einen Teil davon für Jahrzehnte zu einer Todeszone machen. Wie Tschernobyl.«

»Also darf die Sicherheit des Professors nicht unsere oberste Priorität sein«, sagte Max. »Das Aufhalten der Terroristen und ihren Plan zu vereiteln hat absoluten Vorrang.«

»Ich hasse es, das zuzugeben«, sagte Dimitri, »aber Max hat recht.«

»Gibt es denn einen Weg, die Terroristen in einen Hinterhalt zu locken oder ihre Organisation zu infiltrieren, ohne dabei den Professor in Gefahr zu bringen?«, fragte Vicky besorgt.

»Wir könnten so tun, als würden wir ihn gegen ein Lösegeld oder gegen eine Aufnahme in C.H.A.O.S. an sie ausliefern wollen«, überlegte Max laut. »Soweit wir das beurteilen können, war es das, was mein Vater vorhatte.«

»Das ist deine Version, Max«, sagte Dimitri bitter. »Nach allem, was ich über den Prizrak weiß, kann er genauso gut versucht haben, sich ihnen tatsächlich anzuschließen, um sie für seine eigenen dunklen Machenschaften zu gebrauchen.«

»Selbst wenn es so wäre, Dimitri«, sagte Vicky, »es tut jetzt nichts zur Sache. Lass uns Max' Überlegung weiterspinnen: Wir täuschen einen Austausch vor. Ganz egal, welches Ziel wir dabei vorgeben – ob nun Lösegeld oder eine Mitgliedschaft bei C.H.A.O.S. –, wie kriegen wir das bewerkstelligt, ohne dass der Professor in Gefahr gerät oder dass sie ihn wirklich in ihre Hände bekommen, um letztendlich doch noch aus ihrer ›Schmutzigen Bombe‹ eine echte Atomwaffe herzustellen?«

»Ich kann mir beim besten Willen kein Austauschszenario vorstellen, bei dem der Skorpion sich blicken lässt, ohne sich vorher vergewissert zu haben, dass wir den Professor auch wirklich dabeihaben«, sagte Max. Er klang alles andere als begeistert.

»Ich auch nicht«, stimmte Dimitri ihm zu. »Wenn wir den Professor als Köder oder als Vorwand benutzen, müssen wir ihn auch wirklich zu dem Ort bringen, an dem der Austausch stattfinden soll.«

»Wo bleibt der Professor überhaupt?«, fragte Vicky. »Ich mache mir langsam Sorgen um ihn. Mal kurz austreten gehen dauert ja noch nicht mal bei uns Mädchen so lang.«

»Vielleicht muss er ja … na ja, du weißt schon«, sagte Max ausweichend. »Also ein größeres Geschäft verrichten, meine ich.«

»Mir ist schon klar, was du meinst«, sagte Vicky, und Tapa konnte hören, dass sie dabei leise lachte. »Mir wäre trotzdem lieber, wenn einer von euch mal nachschauen ginge. Nur für den Fall …«

»Für welchen Fall denn?«, fragte Dimitri.

»Na, für den Fall, dass er zu dem gleichen Schluss kommt wie wir«, erklärte Vicky. »Vielleicht versucht er ja gerade durchzubrennen. Verübeln könnte ich es ihm nicht.«

»Er hat keinen Grund durchzubrennen«, sagte Max. »Wir würden die Operation niemals durchziehen ohne sein ausdrückliches Einverständnis.«

»Vielleicht sollte ihm das auch mal jemand sagen«, meinte Vicky.

KAPITEL 29

NAH AM ABGRUND

BERLIN – EIN VERLASSENER U-BAHN-TUNNEL

Max nahm seine Taschenlampe und machte sich auf den Weg, den Professor zu suchen. Der Gedanke, ihn möglicherweise bei seinem ›Geschäft‹ zu stören, war ihm äußerst unangenehm, aber Vicky hatte recht: Was, wenn der Professor dachte, sie würden ihn gegen seinen Willen als Köder benutzen? Hatte er dann nicht allen Grund zu fliehen?

»Professor Konoronkov!«, rief Max in die ihn umgebende dunkle Stille des U-Bahn-Tunnels, um anzukündigen, dass er dabei war sich zu nähern. Seine Worte hallten gespenstisch von den gekachelten Mauern wider.

Konoronkov-onoronkov-noronkov-oronkov-ronkov!

Es kam keine Antwort. Max rief noch zwei weitere Male, und als der Professor daraufhin immer noch nicht reagierte, begann er sich ernsthafte Sorgen zu machen. Er beschleunigte seine Schritte. Schließlich entschied er sich sogar dazu, zu rennen.

»Professor Konoronkov!«, rief er dabei noch einmal, um sein

Kommen anzukündigen. Er wollte den Professor wirklich nicht mit heruntergelassenen Hosen erwischen.

Die einzige Reaktion auf seine Rufe war, außer dem gespenstischen Echo, dass um ihn herum Ratten aufgeschreckt wurden und panisch hin und her huschten. Max musste aufpassen, dass er nicht aus Versehen auf eine trat.

Im nächsten Moment sah er weiter hinten ein schwaches Licht schimmern. Die Taschenlampe des Professors.

Gleich darauf erkannte Max, dass die Taschenlampe am Boden lag. Daneben kauerte die gebeugte Gestalt des Professors.

Max räusperte sich hörbar. »Herr Professor? Störe ich Sie gerade?«

»Komm nicht näher, Max«, antwortete Professor Konoronkov mit schwacher, aber hörbar zitternder Stimme. »Bleib, wo du bist.«

Max, der davon ausging, dass der Professor tatsächlich noch dabei war sich zu erleichtern, erfüllte die Bitte selbstverständlich und schaltete seine eigene Taschenlampe aus, um ihm die größtmögliche Privatsphäre zu geben.

»Natürlich«, sagte er. »Ich wollte Sie ganz bestimmt nicht stören. Verrichten Sie Ihr Geschäft nur in aller Ruhe.«

»Danke, Max«, kam die Antwort.

Jetzt hatte Max das Gefühl, dass die Stimme nicht nur zitterte, sondern dass der Professor sogar weinte.

Einem alarmierten Impuls folgend sah Max in Richtung der Taschenlampe des Professors, und da sah er plötzlich etwas aufblitzen. Eine Reflexion. Sie kam aus der Hand des Professors. Was war das?

Max sah genauer hin – und dann erkannte er, was es war: eine Glasscherbe!

Was um alles in der Welt wollte der Professor beim Verrichten seines Geschäfts mit einer Glasscherbe?

Und dann fiel es Max wie Schuppen von den Augen!

Er rannte los.

Es waren nur etwa sechs oder sieben Meter bis zu der Stelle, an der der Professor kauerte, aber es kam Max vor wie ein ganzer Kilometer. Ein Kilometer, auf dem er wie in Zeitlupe sah, wie der Professor sich die Glasscherbe an die Halsseite führte.

»Tun Sie das nicht, Professor!«, rief er dabei. »Bitte!«

Der Professor hielt in der Bewegung inne. »Hast du denn nicht verstanden, Max? Mir bleibt gar keine andere Wahl, als meinem Leben selbst ein Ende zu bereiten, wenn wir garantieren wollen, dass die Terroristen mich nicht in die Hände bekommen und mich dazu zwingen, die Bombe zu bauen.«

Max stand jetzt vor dem Professor. Die Glasscherbe in seiner Hand glitzerte gefährlich. Er hatte sie sich bereits gegen den Punkt der Haut gedrückt, unter dem die Schlagader lag.

»Aber haben Sie denn vorhin nicht zugehört?«, fragte Max und verlieh dabei seiner Stimme so viel Ruhe, wie er in der brenzligen Situation nur konnte. »Sie würden sich völlig umsonst opfern. C.H.A.O.S. wird doch auf jeden Fall einen Weg finden, den radioaktiven Müll einzusetzen. Wenn nicht als Atombombe dann eben als ›Schmutzige Bombe‹ oder durch

Vergiften eines Trinkwasserreservoirs. Unsere einzige Chance, sie aufzuhalten, ist, den Skorpion aus seinem Versteck zu locken, indem wir ihm anbieten, Sie ihm zu übergeben. Bei dem dann folgenden Austausch können wir ihn möglicherweise direkt ausschalten. Auf jeden Fall aber decken wir seine Identität auf, und wenn wir die erst einmal haben, finden wir ihn und seine Handlanger auch – und das radioaktive Material. Aber Sie müssen uns dabei helfen, Herr Professor.«

»Aber was, wenn dein Plan schiefgeht?«, fragte der Professor mit belegter Stimme. Er hatte die Glasscherbe immer noch an seinem Hals. »Was, wenn sie mich gefangen nehmen und zum Bau der Bombe zwingen? Dann werden nicht nur Hunderte sterben oder Tausende, sondern Zehntausende, wahrscheinlich sogar eher Hunderttausende.«

»Sie müssen das anders sehen, Professor Konoronkov«, sagte Max und ging vor dem alten Mann in die Hocke. »Wenn wir gar nichts tun, werden auf jeden Fall Hunderte oder möglicherweise auch Tausende auf schreckliche Art und Weise ums Leben kommen. Aber wenn wir aktiv werden und der Plan aufgeht, dann muss gar niemand sterben. Verstehen Sie?«

»Du bist der Meinung, es könnte dir und deinen Freunden gelingen?«

Max nickte. »Wie Sie bin ich dazu bereit, mein Leben dafür zu riskieren.«

Die beiden sahen einander lange wortlos an. Max wusste, dass er alles gesagt hatte, was gesagt werden konnte. Nun lag die Entscheidung ganz allein beim Professor.

Die Zeit schien stillzustehen. Dann aber schließlich senkte der Professor die Hand und ließ die Glasscherbe in den Dreck fallen.

Max reichte ihm die Hand und half ihm aufzustehen.

KAPITEL 30

UNTERSCHLUPF

BERLIN – ZEHLENDORF
DIE VILLA VON GUNDULA FREIFRAU VON LAUSITZ

Nachdem der Professor sich einigermaßen beruhigt hatte, hatten Max, Vicky, Dimitri und Tapa eine kleine Ewigkeit damit verbracht, zu diskutieren, wo wohl der sicherste Ort sein mochte, ihn vorläufig zu verstecken. Letzten Endes hatten sie sich für Gundis Villa entschieden. Berlin-Zehlendorf war weit weg vom Zentrum, und das freie Gelände um das Haus herum würde es den Terroristen schwer bis unmöglich machen, sich unauffällig zu nähern, für den höchst unwahrscheinlichen Fall, dass sie am Hauptbahnhof Vickys Identität als Tochter des deutschen Botschafters in Tokio und damit ihre Verwandtschaft zu Gundula von Lausitz herausfinden würden.

Jetzt fuhren sie gerade mit einem Taxi vor und stiegen aus. Noch während sie den Weg zum Haupteingang zurücklegten, kamen von der Parkseite des Geländes zwei Reiter auf sie zugeprescht. Es waren Alexandra von Lausitz und ihr Zwillingsbruder Leonhard.

Sie zügelten die beiden rotbraunen Hengste, die aussahen, als wären sie Zwillingsbrüder, nur wenige Meter von Max und seinen Freunden entfernt. Alexandra sprang aus dem Sattel und zog den Reiterhelm ab, während sie mit stechenden Schritten und einem fröhlichen Lächeln auf sie zukam. Ihr wunderschönes Gesicht leuchtete von der Anstrengung des Ausritts.

»Oh, wie schön!«, sagte sie euphorisch. »Ihr habt neue Gäste mitgebracht!«

Sie wandte sich zuerst an den Professor und streckte ihm die Hand zum Gruß entgegen. »Herzlich willkommen! Ich bin Alexandra von Lausitz. Die Cousine von Viktoria. Mit wem habe ich die Ehre?«

Der Professor räusperte sich unsicher, nahm dann aber die Hand entgegen und schüttelte sie. »Wladimir Makarov. Professor Wladimir Makarov. Sehr erfreut, Sie kennenzulernen, Fräulein von Lausitz.«

»Sie kommen für die Gala meiner Großmutter?«, fragte Alexandra freundlich.

Vicky hatte den Professor vorab instruiert.

»Viktoria war so nett mich einzuladen.«

»Die Kindernothilfe freut sich über jeden Unterstützer«, sagte Alexandra und drehte sich nun zu Dimitri. »Und dich kenne ich doch irgendwoher.«

Dimitri grinste spontan wie ein Honigkuchenpferd. »Wir

sind uns auch schon auf einer Gala deiner Großmutter begegnet. Das war vor zwei Jahren. Ich bin Dimitri. Dimitri Gr...«

»Dimitri Grekov«, unterbrach Alexandra ihn mit einem herzlichen Lächeln und umarmte ihn. »Der Sohn des russischen Botschafters in Tokio. Natürlich erinnere ich mich an dich. Es ist schön, dass du uns mit deiner Anwesenheit auch zur diesjährigen Gala beehrst. Herzlich willkommen, Dimitri!«

Alexandra blickte zurück zu ihrem Bruder, der noch immer im Sattel saß. »Komm, steig ab Leon, begrüße unsere neuen Gäste!«

Leonhard winkte mit einem höflichen Lächeln ab. »Wir holen die Begrüßung nach, sobald ich die Pferde versorgt und geduscht habe. Mit Verlaub, aber ich stinke wie ein Wiesel nach einem Sommerregen.«

Er winkte der Gruppe zu, nahm die Zügel von Alexandras Pferd und lenkte sein eigenes herum, um gleich darauf in Richtung der Stallungen im rückwärtigen Teil des Grundstücks zu traben.

Alexandra spielte ein geziertes Schnüffeln. »Ja, ich fürchte, ich muss auch erst einmal unter die Dusche«, sagte sie und lief die Treppe zum Eingang hoch. An der Tür drehte sie sich noch einmal um. »Noch mal herzlich willkommen und einen wunderschönen Aufenthalt!«

Nachdem Alexandra in der Villa verschwunden war, gingen auch Max und die anderen hinein. Sie führten den Professor und Dimitri nach oben und gaben ihnen Zimmer neben ihren.

»Ruhen Sie sich eine Weile aus, Herr Professor«, sagte Vicky. »Ich bringe Ihnen gleich etwas zu essen.«

»Danke, meine Liebe«, sagte der Professor und schloss die Tür seines Zimmers.

»Hast du keine Angst, dass er noch einmal versuchen wird, sich etwas anzutun?«, fragte Dimitri leise.

Max schüttelte den Kopf. »Ich bin mir sicher, er hat verstanden, dass wir nur mit seiner Hilfe das Leben Unschuldiger retten können.«

Eine der Türen ging auf. Ricky trat auf den Flur. »Ah, da seid ihr ja endlich!« Er umarmte nacheinander Vicky und Max. Dann wollte er auch Dimitri umarmen, aber der trat einen Schritt zurück. Ricky blickte verlegen zu Boden.

»Hallo, Dimitri«, sagte er stattdessen leise.

»Hallo, Richard.«

Dann wandte Ricky sich an Max. »Frommholz will dich sehen. Er wartet im Salon auf dich.«

»Er ist sauer, nehme ich an«, sagte Max.

»Sauer ist gar kein Ausdruck.«

KAPITEL 31

SÄBELRASSELN

BERLIN – ZEHLENDORF
DIE VILLA VON GUNDULA FREIFRAU VON LAUSITZ

Als Max den Salon betrat, stand Hauptmann Frommholz am anderen Ende an einem der deckenhohen Fenster. Er hatte die Hände hinter dem Rücken verschränkt und starrte nach draußen.

»Wie lange?«, fragte er, ohne sich zu Max umzudrehen.

»Was meinen Sie?«, fragte Max, obwohl er ganz genau wusste, was Frommholz meinte.

Jetzt drehte der Hauptmann sich um. Der Blick seiner Augen war kalt und unerbittlich. »Spiel mir hier nicht das Unschuldslamm vor, Junge!«, knurrte er. »Wie lange weißt du schon, dass dein Vater noch am Leben ist?«

Max entschied, sich von der herablassenden Art, mit der er ihn ›Junge‹ nannte, weder einschüchtern noch provozieren zu lassen. Er verschränkte gelassen die Arme vor der Brust und hielt dem stechenden Blick des Sicherheitschefs stand.

»Die Frage, die mich sehr, sehr viel mehr beschäftigt«, sagte Max, »ist nach wie vor, was genau wohl damals zwischen Ihnen und meinem Vater in Moskau vorgefallen sein mag, dass Sie ihn so sehr hassen. Wenn Sie sich erinnern, ich habe Ihnen diese Frage, seit wir einander kennen, bestimmt schon ein Dutzend Mal gestellt, allerdings nie eine Antwort darauf erhalten.«

Frommholz schnaubte verächtlich und ging mit langsamen Schritten auf Max zu, während er jede Silbe mit jedem einzelnen Schritt aussprach, was ihn wohl soldatischer klingen lassen sollte. »Und-auch-heu-te-wer-de-ich-dir-dar-auf-kei-ne-Antwort-ge-ben-Jun-ge.«

Max fand, es klang eher lächerlich. Irgendwie wie ein Roboter. Ein äußerst beschränkter Roboter. Max beschloss, ihn nachzuäffen. »Se-hen-Sie-dann-sind-wir-schon-zwei«, sagte er und wackelte dabei auch noch mechanisch mit dem Kopf hin und her. »Näm-lich-weil-auch-ich-Ih-nen-kei-ne-Ant-wort-auf-Ih-re-Fra-ge-ge-be.«

Frommholz war jetzt bis auf zwei Schritte heran. Er hatte zwar die Arme an den Seiten, aber Max konnte sehen, wie er während des Nachäffens die Fäuste ballte. »Ich warne dich, Junge!« Seine Stimme war jetzt noch eisiger als sein Blick.

»Sie warnen mich?« Max lachte spöttisch auf. »Was wollen Sie tun, Mann? Wollen Sie etwa Hand an mich legen? Mich angreifen? Sie wissen doch hoffentlich noch vom letzten Mal, wie das für Sie ausgeht.«

Max sah, dass Frommholz die Kiefer so hart aufeinanderpresste, dass ihm die Wangenmuskeln hervortraten.

»Aber ich bin nicht gekommen, um mit Ihnen über meinen Vater zu diskutieren«, sagte Max. »Es gibt im Moment sehr viel Wichtigeres zu besprechen.«

»Nichts ist wichtiger als …«

Max unterbrach ihn schroff. »Wie wäre es mit einem terroristischen Anschlag mit hochgiftigem Atommüll, Hauptmann Frommholz? Wäre das nicht vielleicht wichtiger als irgendein alter Groll, den Sie gegen meinen Vater hegen?«

Frommholz riss die Augen erstaunt auf. »Was zum Teufel redest du da, Junge?«

»Haben Sie schon einmal von der Gruppe C.H.A.O.S. gehört?«, fragte Max.

Er sah am Gesichtsausdruck von Frommholz, dass er plötzlich seine volle Aufmerksamkeit hatte.

»Die Terroristen befinden sich im Besitz von ausreichend radioaktivem Müll, um eine ›Schmutzige Bombe‹ herzustellen«, sprach Max weiter. »Aller Wahrscheinlichkeit nach werden sie diese Bombe in Berlin zünden. Möglicherweise setzen sie das Material auch anders ein, das wissen wir nicht so genau. Aber einsetzen werden sie es.«

»Woher hast du diese Informationen, Junge?«

»Das spielt jetzt keine Rolle«, sagte Max. »Was eine Rolle spielt, ist, dass wir einen Weg gefunden haben, die Identität des Anführers der Terroristen herauszufinden – und damit möglicherweise auch den Ort, an dem das radioaktive Material gelagert wird.«

»Wie?«

»Auch das ist jetzt nicht wichtig ...«

Ehe Max weiterreden konnte, bellte Frommholz: »Natürlich ist das wichtig! Du kannst nicht einfach auf eigene Faust losziehen. Es gibt Behörden, die für so etwas zuständig sind. Es ist deine Pflicht, mir zu sagen, was du weißt. Ich werde das entsprechend weiterleiten, und Profis werden sich darum kümmern. Also sprich!«

Max schüttelte den Kopf. »Wir wissen beide, wie träge Behörden manchmal sein können. Wenn wir Pech haben, kommen sie nicht ausreichend schnell in die Gänge und der Anschlag findet statt, ehe sich überhaupt jemand aufmacht, ihn zu verhindern.«

Max wollte in allererster Linie verhindern, dass die zuständigen Behörden, nachdem sie von dem Professor und seiner einzigartigen Expertise erfuhren, erst noch einmal alle möglichen Szenarien durchspielten, die Max und seine Freunde bereits durchgespielt hatten, und damit wertvolle Zeit verloren.

»Was ich von Ihnen, Hauptmann Frommholz, brauche, ist, dass Sie Einsatztrupps in Alarmbereitschaft setzen, damit sie zugreifen können, sobald wir den Skorpion und das Versteck der Terroristen kennen.«

Max rechnete mit weiterem Widerstand, vielleicht sogar mit der Drohung, ihn zu verhaften und ihn zur Herausgabe der Informationen zu zwingen. Aber zu seiner großen Überraschung entspannte sich Frommholz' Miene, und er nickte schließlich.

»Also gut«, sagte der Hauptmann. »Ich werde entsprechende Maßnahmen einleiten.«

KAPITEL 32

ABSTIMMUNG

IM HAFEN VON TOKIO –
DAS HAUPTQUARTIER DER SHADOW AGENTS

Tapa hatte sich zum Schlafen auf eine Thermomatte auf den Boden des Adlerhorsts gelegt. Sie schlief dort lieber als auf der eigentlich dafür vorgesehenen Liege. Die Dschunke schaukelte sanft im leichten Wellengang des Hafens. Tapa träumte.

Sie träumte von Dimitri. Wie so oft – besonders in letzter Zeit, wo zwischen ihnen der Streit wegen Max' Vater in der Luft hing und es unklar war, ob Dimitri überhaupt noch zu ihrer Zukunft gehörte ... oder zu den Shadow Agents.

In ihrem Traum waren Dimitri und sie am weißen Strand einer der Yaeyama-Inseln weit im Süden des japanischen Archipels. Die Inseln gehörten zu Tapas Lieblingsorten in ganz Japan. Es sah hier aus wie in der Karibik. Das flache Wasser zwischen dem Strand und dem Korallenriff war so blau wie ein Saphir und funkelte in der hoch stehenden Sonne. Delfine und Wasserschildkröten dümpelten verspielt zwischen mit Algen bewachsenen Felsen, die aus dem Wasser ragten wie die Köpfe großer Meereskobolde.

Tapa war barfuß. Sie konnte den warmen Sand bei jedem Schritt zwischen ihren Fußzehen und unter ihren Sohlen spüren. Dimitri und sie hielten Händchen. Sie war glücklich. Überglücklich.

»Du bist mir nicht mehr böse?«, fragte sie leise und sah aufs Meer hinaus.

»Ich könnte dir nie böse sein, Tapa«, antwortete er und streifte mit den Fingern sachte durch ihr offenes Haar. »Nein, ich war verletzt. Das war alles. Aber jetzt geht es wieder. Jetzt ist alles wieder gut.«

Tapa wusste, dass es ein Traum war. Ihr war klar, dass die Dinge in der Wirklichkeit nicht so einfach waren.

Als daher jetzt das Telefon klingelte, wehrte sich ihr Geist dagegen, aufzuwachen. Es war so schön hier. So friedlich.

Aber sie wusste auch, dass sie ihre Pflicht zu erfüllen hatte – dass Max und die anderen sich auf sie verließen. Sie seufzte und schlug die Augen auf. Die Deckenlampen im Adlerhorst waren ausgeschaltet. Das einzige Licht im Raum kam von den Monitoren ihres Systems und vom Display ihres klingelnden Smartphones.

Sie reckte sich, stand auf und nahm das Telefon in die Hand.

»Adlerhorst hier«, meldete sie sich und unterdrückte dabei ein Gähnen.

»Habe ich dich geweckt?« Es war Max.

»Ja, aber das ist okay.« Neben ihr stand eine Schale Tee auf dem Schreibtisch. Sie nahm sie und nippte daran, um sich den vom Schlaf trockenen Mund zu befeuchten.

»Was gibt es Neues von meinem Vater?«, fragte Max währenddessen.

»Nichts Gutes, fürchte ich«, antwortete sie. »Major Batonov hat ihn mit einem schwer bewaffneten Konvoi von der Botschaft zum Militärflughafen in Berlin Tegel gebracht. Dort haben sie ihn in eine Tupolew Tu-330 verfrachtet. Anhand der Flugzeugnummer habe ich herausgefunden, dass sie ihn zu einem kleinen Flughafen in Jamal bringen. Das ist nördlich des Polarkreises in Westsibirien. Dort herrscht mehr oder weniger Dauerwinter mit bis zu minus fünfzig Grad.« Sie musste sich sammeln, ehe sie Max den schlimmsten Teil der Nachricht mitteilte. »In der Nähe von Jamal befindet sich das wohl härteste Straflager der Welt. Es heißt ›Polareule‹. Dort sind nur Mörder und Terroristen mit lebenslanger Haftstrafe untergebracht. Man sagt, noch kein Häftling habe das Gefängnis jemals lebend verlassen.«

»Danke, Tapa.« Er klang verständlicherweise schockiert. »Das lässt sich im Moment nicht ändern, und wir müssen uns auf C.H.A.O.S. konzentrieren.«

Tapa bewunderte Max dafür, dass er trotz allem so fokussiert bleiben konnte.

»Du musst ins Darknet gehen«, fuhr er fort, »und einen Kontakt herstellen mit dem Skorpion. Schick ihm eine Nachricht.«

»Mit welchem Wortlaut?«, fragte Tapa.

»Schreib: Wir haben den Professor und sind bereit, ihn einzutauschen.«

»Gegen was?«

»Da sind wir uns noch nicht einig«, räumte Max ein. »Ich denke, wir sollten dem Beispiel meines Vaters folgen und den Skorpion bei seiner Eitelkeit packen – ihm also vormachen, dass wir uns C.H.A.O.S. anschließen wollen.«

»Ja, das hätte den Vorteil«, sagte Tapa, »dass, wenn es funktioniert, wir gleichzeitig die Organisation infiltrieren und schneller ausschalten können.«

»Das hätte aber auch den Nachteil, dass wir den Professor tatsächlich an den Skorpion übergeben müssten«, schaltete sich nun Vicky ins Gespräch, »was das Risiko bedeutet, dass die Mission irgendwo auf halbem Weg misslingt und die Terroristen am Ende über eine echte Atombombe verfügen.«

Jetzt kam Dimitri in die Konferenzschaltung. »Daher stimmen Vicky und ich dafür, dass wir vom Skorpion nur ein Lösegeld fordern sollten für die Auslieferung des Professors. Das bedingt allerdings, dass wir ihn am Ort der nur angeblichen Übergabe eindeutig identifizieren müssen und du ihn danach mit deinen Programmen ausfindig machen kannst, Tapa. Meinst du, du schaffst das?«

Tapa überlegte. »Das hängt davon ab, wo die Terroristen sich verstecken. Nehmen wir an, es ist ein abgelegenes Gebiet ohne Überwachungskameras, und der Skorpion begibt sich nach der fehlgeschlagenen Übergabe mit größtmöglicher Vorsicht direkt dorthin und kommt auch bis zur Verübung des Anschlags nicht mehr heraus. Dann haben wir keine Ahnung, wo er ist und wo wir zuschlagen können. Dann war alles umsonst.«

»Wir dürfen auch nicht die Möglichkeit außer Acht lassen«, sagte Max, »dass der Skorpion maskiert beim Treffpunkt der Übergabe erscheint und wir ihn überhaupt nicht erst identifizieren. Das bedeutet, sobald er merkt, dass wir den Professor gar nicht übergeben, taucht er auf Nimmerwiedersehen unter und verübt das Attentat auch ohne Bombe, ohne dass wir irgendetwas dagegen tun können. Daher bin ich der festen Überzeugung, dass uns nur eine echte Übergabe des Professors mit der Forderung, uns C.H.A.O.S. anzuschließen, an das Ziel bringt, die Terroristen zu stoppen. Was meinst du, Tapa?«

Tapa wog im Kopf die Vor- und Nachteile der beiden zur Wahl stehenden Vorgehensweisen ab. Wie immer machte ihr Gehirn das auf eine mathematisch analytische Weise – und das ließ nur einen Schluss zu: »Max hat recht«, sagte sie in die Runde. »Das Risiko, dass der Skorpion unerkannt untertaucht oder wir seine Spur nicht rechtzeitig finden, obwohl wir ihn identifizieren, ist viel zu groß. Ich fürchte, es bleibt nur die Möglichkeit, zu versuchen, C.H.A.O.S. zu infiltrieren. Auch wenn damit das Restrisiko verbunden ist, dass etwas schiefgeht und sie den Professor dazu zwingen, die Bombe zu bauen.«

»Damit steht es zwei zu zwei«, sagte Dimitri. »Was meinst du dazu, Ricky?«

»Sorry«, sagte Ricky, »aber ich will hier nicht das Zünglein an der Waage sein. Ich finde, das muss letzten Endes der Professor entscheiden.«

»Finde ich auch«, sagte Vicky. »Es geht schließlich auch um sein Leben.«

»Also, Herr Professor. Was sagen Sie?«, fragte Max.

Der alte Mann räusperte sich. »So wenig wie mich die Vorstellung begeistert, mich freiwillig in die Gewalt der Terroristen zu begeben, sehe auch ich darin die größere Chance, ihnen das Handwerk zu legen. Also schließe ich mich Max und Tapa an: Es muss eine echte Übergabe mit Infiltration sein.«

»Gut«, sagte Max. »Dann ist es entschieden. Mach dich an die Arbeit, Tapa.«

»Verstanden«, bestätigte Tapa. Sie setzte sich an ihr System und ging über einen verschlüsselten Pfad ins Darknet. Sie legte sich einen Avatar an. CHAOS-JUENGER schien ihr passend. Dann suchte sie die letzte Kommunikation zwischen Kai Ritter und dem Skorpion, filterte die ID des Terroristenanführers und tippte die Nachricht:

```
Wir haben den Professor
und sind bereit, ihn einzutauschen.
```

Jetzt hieß es warten. Sie ging zum Büffet, füllte den Wasserkocher, stellte ihn auf siebzig Grad und schaltete ihn ein. Mit einer Teezange klaubte sie grünen Sencha aus der Dose und stellte die Zange in die dickbauchige Kanne. Während der Kocher das Wasser heiß machte, blickte sie immer wieder auf den Hauptmonitor ihres Systems. Doch dort blinkte nur einsam die von ihr abgesetzte Nachricht. Noch keine Antwort.

Als das Wasser fertig war, goss sie es in die Kanne und ließ den Tee ganz genau zwei Minuten ziehen. Sie nahm die Zange heraus, legte sie zum Abtropfen auf einen Unterteller und füllte sich die Teeschale auf dem Schreibtisch.

Was, wenn der Skorpion nicht anbeißt?, fragte sie sich in Gedanken, während sie sich im Schneidersitz auf ihren Stuhl setzte und einen ersten heißen Schluck nahm. Die Antwort war so einfach wie schrecklich: C.H.A.O.S. würde zuschlagen, ohne dass sie es verhindern konnten. Auch wenn sie ohne den Professor mit dem radioaktiven Material in ihrem Besitz nicht die Sprengkraft einer echten Atombombe erreichen würden, wäre auch eine ›Schmutzige Bombe‹ fatal. Gar nicht auszumalen, was passieren würde, wenn sie eine solche im Herzen Berlins zünden würden.

Das Szenario, in dem sie das Material nicht zu einer ›Schmutzigen Bombe‹ machten und es zur Kontamination von Trinkwasser einsetzten, war kein Stück besser.

Tapa merkte, dass sie begonnen hatte, mit den Fingerspitzen nervös auf die Schreibtischplatte zu klopfen, und ballte die Hand zur Faust.

Da endlich poppte im Dialogfenster die Antwort des Skorpions auf:

```
         Ich verlange vorab ein Treffen.
         Mit dem jungen Mann vom Bahnhof.
                                 Allein!
```

KAPITEL 33

ENTSCHEIDUNG

BERLIN – ZEHLENDORF
DIE VILLA VON GUNDULA FREIFRAU VON LAUSITZ

»Das ist eine Falle!«, sagte Vicky. Sie saß im Schneidersitz auf dem Bett in Max' Zimmer. »Der Skorpion will ein Treffen mit dir, ohne überhaupt unsere Bedingungen für die Herausgabe des Professors zu kennen? Das muss eine Falle sein, Max!«

»Möglicherweise«, räumte Max ein. Er stand am Fenster und sah hinaus. Die Anspannung stand ihm ins Gesicht geschrieben. »Aber es ist auf jeden Fall auch eine Chance, die Identität des Skorpions aufzudecken, ohne den Professor überhaupt ins Spiel und damit in Gefahr bringen zu müssen.«

»Dafür bringen wir Max in Gefahr«, sagte Ricky in sorgenvollem Ton. Er saß auf der Schreibtischkante und kratzte sich nachdenklich das Kinn, an dem seit einigen Tagen die ersten Barthaare sprossen.

»Glaube ich nicht«, widersprach Dimitri, der neben ihm saß.

»Der Skorpion weiß nur zu gut, dass er den Professor verliert, wenn er Max etwas antut.«

»Genau«, sagte Max. »Ich denke nicht, dass er das Risiko eingehen wird.«

»Aber warum will er dich überhaupt treffen?«, fragte Vicky.

»Ich habe keine Ahnung.« Max zuckte mit den Schultern. »Vielleicht will er einfach nur wissen, mit wem er es zu tun hat. Vielleicht will er die Verhandlungen gleich von Angesicht zu Angesicht führen.«

»Ich weiß nicht«, sagte Vicky. »Ich habe bei der Sache einfach kein gutes Gefühl. Wir kommen mit und beobachten dich aus dem Hintergrund. So können wir eingreifen, falls etwas passiert.«

»Nein«, sagte Max bestimmt. »Der Skorpion hat gefordert, dass ich allein komme. Falls er auch nur einen von euch entdeckt, platzt der Deal, und wir finden nie wieder eine Spur von ihm.«

»Vielleicht sollten wir die ganze Sache doch Frommholz übergeben«, überlegte Ricky laut. »Wir vereinbaren den Treffpunkt mit dem Skorpion und dann soll Frommholz die zuständigen Einsatztruppen von GTAZ und GSG 9 zu dem Ort schicken. Die schnappen sich den Skorpion und finden über ihn heraus, wo sich die restlichen Mitglieder seiner Gruppe verstecken und wo sie das radioaktive Material lagern. Die Sache ist einfach eine Nummer zu groß für uns, Leute.«

»Habe ich auch schon überlegt«, sagte Max. »Aber die ganze Sache scheitert daran, dass niemand von uns weiß, wer der

Skorpion ist und wie er aussieht. Das herauszufinden ist ja schließlich der Hauptgrund der Operation. Umgekehrt aber weiß der Skorpion, wie ich aussehe. Wenn ich nicht persönlich vor Ort auftauche, zeigt er sich erst gar nicht.«

»Dann geh mit Frommholz und der GSG 9 zu dem Treffpunkt, stell dich als Köder da hin und wenn der Skorpion sich zeigt, sollen die Truppen zuschlagen und ihren Job machen.«

Vicky war so nervös, wie Max sie selten erlebt hatte.

»Das funktioniert nicht«, sagte Max. »Aus dem gleichen Grund, warum ich eben schon gesagt habe, dass ihr mich nicht begleiten könnt: Wenn der Skorpion herausfindet, dass ich nicht allein da bin, taucht er ab, und das war's dann.«

»Die Jungs von der GSG 9 sind doch keine Amateure«, entgegnete Vicky vehement. »Die werden schon dafür sorgen, dass der Skorpion sie nicht entdeckt. Die sind in so etwas geschult.«

»Natürlich sind sie ausgezeichnet trainiert und auf solche Situationen vorbereitet«, sagte Max. »Aber der Skorpion scheint auch einiges auf dem Kasten zu haben, wenn man berücksichtigt, wie lange er nun schon der Verfolgung durch die Behörden entgeht. Nehmen wir folgendes Szenario an: Ich nehme die GSG 9 mit und der Skorpion taucht auf. Dann greifen die Jungs zu – und es stellt sich heraus, dass es gar nicht der echte Skorpion ist, sondern nur ein Strohmann, den der Skorpion vorgeschickt hat, um aus einem Versteck heraus zu beobachten, wie sich die Sache entwickelt. Dann sind wir auch verbrannt, und der Skorpion haut unerkannt ab. Ich würde das auf jeden Fall so machen.«

Max sah, dass Vicky die Zähne zusammenbiss. Sie sah scheinbar ein, dass er recht hatte – und es gefiel ihr ganz und gar nicht.

»Also?«, fragte Max in die Runde. »Sind wir uns alle einig, dass ich mich auf das Treffen einlasse? Allein.«

Dimitri nickte mit finsterem Gesicht. »Ich fürchte, wir haben keine andere Wahl.«

Daraufhin nickte auch Ricky. Er seufzte. »Ich hasse es. Aber ich sehe auch keine Alternative.«

»Vicky?«, fragte Max und sah sie abwartend an.

Sie erwiderte seinen Blick. Ihr Gesicht war ernst. Er sah, dass ihre Mundwinkel ganz leise bebten. Er hätte schwören können, dass ihre Augen feucht geworden waren.

»Und es gibt tatsächlich keine Alternative zu dem Plan?«, fragte sie leise.

Max schüttelte den Kopf. »Nicht, wenn wir das Leben unschuldiger Menschen retten wollen.«

Schließlich nickte auch Vicky. »Also gut. Machen wir es so. Aber ich mache mir Sorgen, dass dir etwas passieren könnte.«

Max lächelte zuversichtlicher, als er sich fühlte. »Du musst dir keine Sorgen machen, Vicky. Es wird schon funktionieren.«

Dann nahm er das Smartphone. »Tapa?«

»Ja, ich habe alles mitgehört«, antwortete sie. »Aber da wir keine Funkkamera haben, mit der wir dich heimlich ausrüsten können, um den Skorpion bei dem Treffen aufzunehmen, muss ich darauf bestehen, dass der Treffpunkt an einem öffentlichen Platz mit Überwachungskameras stattfindet. Nur so haben wir überhaupt eine Chance, meine Suchprogramme mit einem

Foto von seinem Gesicht zu füttern. Deine Augen allein helfen uns da nicht weiter. Und wenn wir keine Aufnahme von ihm kriegen, ist das ganze Treffen sinnlos.«

»Was, wenn der Skorpion sich darauf nicht einlässt, weil er genau das befürchtet – nämlich, dass er von Überwachungskameras entdeckt wird?«, fragte Max.

»Wie ich sagte«, meinte Tapa. »Ohne Aufnahme macht das Treffen keinen Sinn. In dem Punkt würde ich eisern bleiben und dem Treffen nicht zustimmen, wenn der Skorpion sich nicht darauf einlässt.«

»Versuch es«, sagte Max. »Aber wenn du merkst, dass er abzuspringen droht ...«

»Max!«, unterbrach Vicky ihn. »Du hast doch gehört, was Tapa eben gesagt hat.«

»Ja, habe ich, Vicky. Aber auch wenn er sich nicht auf ein Rendezvous an einem öffentlichen Ort einlässt, will ich ihn treffen. Immerhin besteht die Chance, dass ich ihn davon überzeuge, mich C.H.A.O.S. anschließen zu wollen, und wenn ich erst einmal drin bin, brauchen wir kein Bild und auch kein Suchprogramm, um ihr Versteck zu finden.«

Für fast eine Minute war es im Raum und auch in der Leitung totenstill. Dann sagte Tapa: »In Ordnung.«

IM HAFEN VON TOKIO – DAS HAUPTQUARTIER DER SHADOW AGENTS

Tapa tippte ins Dialogfenster des Darknets:

```
Einverstanden.
Treffpunkt: Alexanderplatz.
In zwei Stunden.
```

Der Alexanderplatz war mit Überwachungskameras, die sie anzapfen konnte, nur so bestückt. Nervös knabberte sie an ihren Nägeln, während sie wartete. Auch wenn Max gesagt hatte, dass er sich auf jeden Fall mit dem Skorpion treffen wollte, egal an welchem Ort, hoffte Tapa innig, dass ihr Vorschlag durchging.

Es verstrichen Minuten, in denen nichts geschah. Möglicherweise musste der Skorpion den Vorschlag erst durchdenken, so wie Tapa und ihre Freunde es gerade getan hatten. Dann aber endlich:

```
            Bestätige:
            Alexanderplatz.
            In zwei Stunden.
```

Tapa schrie begeistert auf und stieß triumphierend die Faust in die Höhe. Immerhin konnte sie jetzt noch nicht ahnen, wie schrecklich die Dinge sich ab jetzt entwickeln würden.

FÜNFTER TEIL

C.H.A.O.S.

KAPITEL 34

EINE KLEINE ÜBERRASCHUNG

BERLIN – ALEXANDERPLATZ

Max war mit dem Motorrad gekommen. Vicky hatte noch einmal versucht darauf zu bestehen, ihn zu begleiten, aber am Ende hatte sie eingesehen, dass die Gefahr entdeckt zu werden und damit den Skorpion zum Untertauchen auf Nimmerwiedersehen zu veranlassen, einfach zu groß war.

Wie üblich war der Alexanderplatz vollgestopft mit Touristen aus aller Welt. Schulklassen, traubenartige Gruppen von Bustouristen, Pärchen und mit dem Rucksack reisende Singles. Allesamt hatten sie ihre Smartphones gezückt und machten Selfies und Fotos vom am Rand des Platzes in die Höhe ragenden Fernsehturm mit der für ihn als Berliner Wahrzeichen typischen silbernen Kugel ganz oben an der Spitze.

»Bin vor Ort«, meldete Max über sein Ear-Set. »Kannst du mich in einer der Überwachungskameras sehen, Tapa?«

»Ich sehe dich sogar in vier, Max«, antwortete Tapa. »Siehst du die vier Laternen um dich herum?«

»Ja.«

»Am besten, du bewegst dich ausschließlich in dem Feld zwischen ihnen, dann habe ich dich immer im Bild. Wenn der Skorpion sich dir dann nähert, kriege ich auch ihn vor die Linse.«

»Perfekt«, sagte Max. Er schaute sich in der Menschenmenge um. Irgendwo da draußen war der Skorpion und beobachtete ihn womöglich jetzt schon. Er reckte seinen Kopf in die Höhe und drehte sich ganz langsam um die eigene Achse, damit man sein Gesicht auch von allen Seiten sehen konnte.

Max war angespannt. Er merkte, dass seine Handflächen feucht waren, und rieb sie unauffällig an der Hose trocken.

Was, wenn der Skorpion den Professor längst abgeschrieben und Max nur hierherbestellt hatte, um ihn zu töten, aus Rache dafür, dass er ihm auf dem Hauptbahnhof in die Quere gekommen war? Diese Frage beschäftigte Max schon seit dem Erhalt der Einladung des Skorpions, er hatte sie nur mit niemandem geteilt, um den anderen nicht unnötig noch mehr Sorgen zu machen. Aber geteilt oder nicht, sie stand im Raum und hatte durchaus ihre Berechtigung. Was also, wenn gerade jetzt in diesem Moment irgendjemand in der Menge mit einer Pistole mit Schalldämpfer auf ihn zielte? Oder mit einem Scharfschützengewehr aus einem der vielen Fenster der umliegenden Gebäude?

Seine Nerven waren zum Zerreißen angespannt. Die Zeit

schien stillzustehen. Statt auf die Uhr zu gucken, fragte er über die Leitung: »Wie lange ist es noch bis zur verabredeten Zeit?«

»Noch zwei Minuten«, antwortete Tapa.

Die Nervosität pumpte ihm Adrenalin in den Blutkreislauf. Seine Sinne wurden immer schärfer. So scharf, dass er bald hinter jedem Augenpaar, das auch nur ganz kurz auf ihn gerichtet war, den Skorpion vermutete.

Was, wenn er tatsächlich doch erst einen Strohmann schickte, um Max von hier fortzulocken, an einen Ort ohne Kameras? Max würde tun, was er vorhin zu seinen Freunden gesagt hatte. Er würde mitgehen und versuchen, die Terrorgruppe davon zu überzeugen, dass er sich ihnen anschließen wollte. Aber wohl war ihm bei dem Gedanken ganz und gar nicht.

Die Menschenmenge um ihn herum fabrizierte ganz gehörigen Grundlärm: Geschnatter, Gelächter, hie und da ein Streit und natürlich auch Musik. Sowohl von Straßenmusikanten als auch aus Smartphones und anderen Geräten.

Mit einem Mal kam ein anderes Geräusch hinzu. Max konnte es zunächst nicht zuordnen. Anfänglich klang es wie das brummende Summen einer Hummel. Gleichmäßig und tief. Es hatte irgendwie eine vibrierende Qualität.

Als es allmählich lauter wurde, war klar: Eine so große Hummel existierte nicht. Es musste etwas anderes sein. Etwas, das sich näherte. Max schaute sich um, um herauszufinden, was die Quelle dieses seltsamen Geräuschs sein mochte, und sah dabei, wie vereinzelte Menschen um ihn herum nach oben schauten. Er folgte ihren Blicken.

Er wollte seinen Augen nicht trauen. Hoch über dem Alexanderplatz – mitten in Berlin – schwebte ein Hubschrauber. Nicht weit vom Fernsehturm entfernt. Er kam lotrecht zu ihnen nach unten geschwebt. Dabei wurde das Geräusch des Motors und der Rotorblätter zunehmend lauter.

Es war ein großer Hubschrauber, nicht einer von diesen kleinen Zwei- oder Viersitzern, wie sie herkömmlicherweise für Stadtrundflüge verwendet werden. Nein, Max erkannte die Silhouette auch gegen das grelle Licht der hoch stehenden Sonne: Es war ein NH90. Ein militärischer Transporthubschrauber. Max kannte den Typ aus einem Konsolenspiel.

Die Menschen um Max herum wurden zunehmend unruhiger, je tiefer der Helikopter sich auf sie herabsenkte.

Es war ziemlich schnell klar, dass er tatsächlich hier landen würde. Mitten auf dem Alexanderplatz! Er kam nicht gerade langsam nach unten, so als wären dem Piloten die Menschen unter ihm egal. Die Menge stob auseinander. Entrüstet fluchend oder ängstlich rufend.

Max blieb, wo er war. Der Hubschrauber würde etwa zehn Meter von ihm entfernt landen – und er hatte das sichere Gefühl, dass er für ihn hier war.

Und tatsächlich – als der große Helikopter etwa zehn Sekunden später auf dem Platz aufsetzte und die Rotoren Staub und Straßenabfall aufwühlten, sprangen aus der offenen Seitenluke zwei Männer mit Skimasken heraus. Sie hielten die Position neben der Tür und winkten Max zu, zu ihnen zu kommen.

Max fiel auf, dass sie keine Waffen gezückt hatten. Es war also mehr eine Einladung als eine Entführung.

Er wusste, wenn er sich weigerte, würde der Hubschrauber einfach wieder davonfliegen. Dann wäre der Deal geplatzt; die Chance, die Identität des Skorpions und den Standort des radioaktiven Materials herauszufinden, vertan.

Max fasste all seinen Mut zusammen, rannte zu dem Helikopter hinüber und kletterte hinein.

KAPITEL 35

EINE GROSSE ÜBERRASCHUNG

BERLIN – LUFTRAUM

Während Max noch in die hintere Kabine des Hubschraubers kletterte, sprangen auch die beiden Männer, die ihn hergewunken hatten, hinein. In der Kabine saßen bereits zwei andere maskierte Gestalten. Im Cockpit vorn war nur ein Pilot. Max hatte es also mit insgesamt fünf Terroristen zu tun. Welcher von ihnen mochte wohl der Skorpion sein? Vorausgesetzt, der Skorpion war überhaupt mit an Bord. Vielleicht sollte Max ja erst noch zu ihm geflogen werden.

Der Hubschrauber stieg sofort wieder mit atemberaubender Geschwindigkeit in die Höhe. Max sackten die Beine ein, und beinahe wäre er gestolpert. Die beiden Männer, die zusammen mit ihm eingestiegen waren, packten ihn und zogen ihn mit sich zusammen auf die hintere Sitzbank, sodass Max jetzt in Flugrichtung nach vorn schaute. Die anderen beiden Maskierten saßen ihm gegenüber. Beide trugen sie Kommunikations-Headsets über ihren Masken.

Der linke dieser beiden – Max genau gegenüber – war auffällig klein und schmal. Die Augen in den kleinen Löchern der Maske kamen Max seltsam vertraut vor.

»Was jetzt?«, fragte Max, während die zwei zu seinen Seiten ihn anschnallten und ihm ebenfalls ein Headset aufsetzten.

Die kleinere Gestalt legte den ausgestreckten Zeigefinger über die Stelle an der Maske, hinter der der Mund war, zum Zeichen dafür, dass Max nicht reden sollte.

»Ich bin nicht hierhergekommen, um zu schweigen«, protestierte Max.

Der Terrorist zu seiner Linken schlug ihm hart den Ellbogen in die Rippen.

Max keuchte vor Schmerz. »Mach das noch mal und ich zeige dir, wie das richtig geht«, drohte er.

Der Mann holte noch einmal mit dem Ellbogen aus, und Max machte sich schon bereit, den Angriff zu kontern, doch die kleinere Gestalt rief »Stopp!«, und der Terrorist hielt augenblicklich mitten in der Bewegung inne.

Max gefror das Blut in den Adern. Es war nur ein einziges Wort gewesen, dieses ›Stopp!‹, aber Max hatte die Stimme sofort erkannt, und er wusste, dass er tatsächlich in eine Falle gegangen war. Aber nicht nur in eine Falle für ihn, sondern auch in eine Falle für Vicky, Ricky und Dimitri – aber vor allem eine Falle für Professor Konoronkov.

»Vicky!«, rief er in das Kabelmikro seines Smartphones, das

über seiner Brust baumelte. »Bring den Professor aus der Villa! Sofort!«

Doch es kam keine Antwort.

»Spar dir die Mühe, Max«, sagte die kleine Gestalt ruhig. »Viktoria kann dich nicht hören. Niemand kann dich hören. Außer dem Bordfunk sind alle Frequenzen hier an Bord durch einen Störsender unterdrückt.«

»Zieh die Maske ab, Alexandra«, sagte Max. Er hätte kotzen können vor Wut. Er machte sich Vorwürfe, dass er in diese Falle getappt war, aber gleichzeitig musste er sich eingestehen, dass er das unmöglich hätte erwarten können. Skorpiontattoo hin, Skorpiontattoo her. Zehntausende von Menschen in Deutschland hatten eines. Es war nun mal ein Sternzeichen.

Alexandra folgte seiner Forderung, setzte erst das Headset ab und zog sich dann die Maske vom Kopf. Zu Max' Verwirrung lächelte sie hinreißend, während sie sich das Haar glatt strich und das Headset wieder aufsetzte.

»Du auch, Leonhard!«, rief Max der Figur neben ihr zu.

Auch die nahm jetzt das Headset ab und sagte, während sie die Maske abzog: »Ich fürchte, Leonhard ist in der Villa und kümmert sich um den Professor.«

Als Max sah, wer hinter der Maske steckte, schockierte ihn das fast noch mehr als die Entdeckung Alexandras.

Es war ... Frommholz!

KAPITEL 36

OHNE ZU ZÖGERN

BERLIN – ZEHLENDORF
DIE VILLA VON GUNDULA FREIFRAU VON LAUSITZ

Vicky, Ricky, Dimitri und Professor Konoronkov saßen zusammen im Salon um einen großen Tisch, als die Nachricht von Tapa kam.

»Da ist gerade ein Hubschrauber gelandet«, meldete sie aufgeregt. »Eine richtig fette Maschine! Auf jeden Fall Militärausführung.«

»Ein Hubschrauber? Mitten auf dem Alexanderplatz?«, fragte Ricky ungläubig.

»Mitten auf dem Alexanderplatz«, bestätigte Tapa. »Wer kann denn mit so etwas rechnen?«

»Was ist mit Max?«, fragte Vicky besorgt.

»Er steigt ein«, meldete Tapa.

»Was?!?« Vicky wollte nicht glauben, was sie da hörte. »Max!«, rief sie ins Mikro ihres Intercoms. »Max! Steig da nicht ein!«

»Zu spät«, sagte Tapa. »Er ist drin. Und gleichzeitig ist die

Verbindung zu ihm abgebrochen. Er kann uns nicht mehr hören.«

»Aber du hast das Signal seiner SIM-Karte noch auf der GPS-Peilung, oder?«, fragte Dimitri.

»Negativ«, sagte Tapa. »Ich nehme an, die haben einen Störsender in der Kabine. Auf jeden Fall empfange ich nichts mehr von Max.«

»Welche Information hast du zu dem Hubschrauber?«, hakte Dimitri eilig nach. »Flugzeug-Nummer, Serien-Nummer? Irgendwas?«

»Nichts«, sagte Tapa. »Die Maschine ist pechschwarz gestrichen. Keine besonderen Merkmale. Der Typ ist ein NH90, ein mittelgroßer Transporthubschrauber, wie ihn die NATO seit einigen Jahren im Einsatz hat.«

»Geben die Flugpläne etwas her?«, fragte Ricky.

»Wartet. Ich checke.« Für ein paar Sekunden war alles still. Vicky und die anderen warteten gebannt auf Tapas Antwort. »Ebenfalls negativ. Für diesen Zeitpunkt ist kein Flug über oder am Alexanderplatz autorisiert.«

»Wo fliegt er hin?«, fragte Dimitri.

»Kann ich nicht sagen«, gestand Tapa. »Er ist gerade wieder aufgestiegen und aus dem Blickfeld der Kameras verschwunden.«

»Aber die Luftsicherung muss ihn doch auf dem Radar haben«, sagte Dimitri.

»Warte, ich hacke das System der Luftverkehrsverwaltung«, antwortete Tapa. »Bezirkskontrolle Berlin. ... Negativ. Die haben ihn noch nicht einmal auf dem Radar. Vermutlich ist er noch zu tief.«

»Sobald er über hundert Meter hoch ist, müsste er auf dem Radar auftauchen«, sagte Dimitri. »Behalt das System im Auge und gib mir regelmäßig die Position und Flugrichtung durch.«

»Was hast du vor?«, fragte Ricky.

»Na, ich hänge mich dran«, sagte Dimitri. »Was glaubst du wohl? Habt ihr hier irgendeinen fahrbaren Untersatz, der es wenigstens ansatzweise mit einem Hubschrauber aufnehmen kann?«

»Nichts, was ihn einholen könnte, wenn er von hier aus in die andere Richtung fliegt«, sagte Ricky.

»Egal«, sagte Dimitri. »Irgendwann muss er ja landen, und je näher ich dann bin, umso besser ...«

Vicky sprang auf. »Komm mit, Dimitri!«

Sie rannte los. Dimitri hinterher.

An der Tür drehte sie sich noch einmal zu Ricky und Professor Konoronkov um. »Können wir euch hier alleine lassen?«

»Sicher«, sagte Ricky. »Was soll hier schon geschehen?«

Vicky und Dimitri liefen in den Wintergarten zu den Motorrädern. Vicky führte ihn zu den Bikes, und dachte mit Bedauern an das, mit dem sie bisher unterwegs gewesen war.

»Sehr gut«, sagte Dimitri und deutete auf die größten der Maschinen. »Wir nehmen eine von denen.«

»Hast du denn einen Führerschein dafür?«, fragte Vicky.

»Im Moment brauchen wir keinen Führerschein«, sagte Dimitri trocken. »Im Moment brauchen wir Motorräder.« Er ging zu ihnen hinüber. »Ich nehme die Ducati Monster, du die Honda Boldor.«

»Ich bin noch nie eine so schwere Maschine gefahren«, sagte Vicky zögernd.

»Kein Problem«, sagte Dimitri. »Wenn du dir das nicht zutraust, bleib besser hier.«

»Kann ich nicht bei dir hinten drauf mitfahren?«

Dimitri zeigte auf die Bikes. »Sie sind für Rennen gebaut. Einsitzer.«

»Na gut«, sagte Vicky, nahm den Helm vom Lenker und kletterte auf die Boldor. »Irgendwas, was ich besonders beachten muss?«

»Die Mühlen haben Gift«, sagte Dimitri, während er auf die Monster stieg. »Halt den Oberkörper immer dicht am Tank, damit dich der Fahrtwind nicht aus dem Sitz reißt. Außerdem: Wenn du Gas gibst, reagiert das Ding auch. Schneller als deine kleine Maschine. Selbst wenn du schon hundert oder hundertfünfzig fährst, fühlt sich das an, als würde sie sich aus dem Stand loskatapultieren. Halt dich also immer gut fest, sonst wirst du nach hinten weggeschleudert.«

Vicky war nervös. Aber sie sah keine Alternative. Sie wollte Dimitri nicht allein hinter Max herjagen lassen. Also kämpfte sie ihre Nervosität nieder und startete den Motor.

Ricky und Professor Konoronkov standen an einem der Fenster des Salons und schauten hinaus auf die Auffahrt, auf der Vicky und Dimitri gerade wegfuhren.

»Du hast verdammt mutige Freunde«, sagte der Professor.

»Oh ja, die habe ich«, bestätigte Ricky. »Manchmal wünschte ich, ich wäre genauso mutig.« In dem Moment, als er das sagte, sah er aus dem Augenwinkel heraus, wie von der Seite des Geländes her vier maskierte Gestalten zwischen den Bäumen hervorliefen. Sie trugen Schusswaffen in den Händen. Sturmgewehre und Pistolen.

»Vicky! Dimitri! Kommt zurück!«, rief er ins Intercom. »Die Terroristen sind hier! Weiß der Teufel, wie sie uns hier gefunden haben!«

Doch niemand antwortete.

»Vicky! Dimitri!«, rief Ricky noch einmal. »Bitte melden!«

Aber auch jetzt kam nichts.

»Tapa!«, sagte Ricky jetzt. »Kannst du mich hören? Ricky an Adlerhorst: Tapa, bitte melden!«

Doch auch Tapa reagierte nicht. Die Leitung war tot.

Er sah den Professor an. »Wir müssen hier weg! Schnell!«

KAPITEL 37

WAHNSINN

BERLIN – LUFTRAUM

Max war von der Offenbarung, dass Alexandra von Lausitz und auch Hauptmann Frommholz zu C.H.A.O.S. gehörten, bis ins Mark erschüttert. Er musste dringend einen Weg aus dem Hubschrauber finden, um den Professor zu retten und den Bau der Atombombe zu verhindern. Doch die Maschine war inzwischen viel zu hoch, um abzuspringen.

»Ich nehme an, du hast Fragen, Max«, sagte Alexandra.

Max konnte nicht fassen, dass sie so ruhig und so freundlich war.

»Oh ja, die habe ich. Zuerst: Wer von euch beiden ist jetzt der Skorpion?«, fragte er. »Oder ist es vielleicht Leonhard?«

Alexandra lachte spöttisch auf. »Mein Bruder, der eitle Fatzke? Nein, um eine Organisation wie C.H.A.O.S. aufzubauen, braucht es mehr als nur Muskeln. Dazu braucht man Köpfchen. Außerdem muss man ein geborener Anführer sein.«

»Damit scheidet Frommholz aus«, sagte Max spöttisch und

sah, wie der Hauptmann mit einem wütenden Gesicht reagierte.

»Na, ist doch wahr«, fügte Max hinzu. »Sie sind der typische Befehlsempfänger.«

»Wo er recht hat, hat er recht«, sagte Alexandra mit einem Schmunzeln zu Frommholz. »Aber das macht Sie auch zum perfekten Soldaten, Frommholz. Zum besten, den ich mir an meiner Seite vorstellen kann.«

Das Lob besänftigte Frommholz, und er entspannte sich wieder.

»Also du?«, fragte Max Alexandra und gab sich keine Mühe seine Überraschung zu verbergen.

»Erstaunt dich das etwa?«, fragte sie. »Weil ich eine Frau bin?«

»Ja, es erstaunt mich«, sagte Max. »Aber ganz bestimmt nicht, weil du eine Frau bist. Es erstaunt mich, weil du ein Mensch bist, der alles hat, was man sich nur wünschen kann. Ein Leben in Wohlstand, gutes Aussehen, gesellschaftliche Anerkennung ...«

»Oh, du findest, dass ich gut aussehe?«

»Das war jetzt nicht der Punkt«, sagte Max. »Aber in der Regel haben Verbrecher ein Motiv für ihre Taten. Und außer Geldnot oder Gier nach Geld steckt dahinter oft irgendein Minderwertigkeitskomplex. Eben fehlende gesellschaftliche Akzeptanz oder ein körperliches Gebrechen, das der- oder diejenige zu kompensieren müssen glaubt.«

Alexandra schüttelte lächelnd den Kopf. »Du machst dir die Welt aber ganz schön einfach, mein lieber Max. Was du sagst, mag auf gewöhnliche Menschen vielleicht zutreffen.«

»Du bist kein gewöhnlicher Mensch?«, fragte Max.

»Ganz gewiss nicht. Nein. Und im Grunde genommen hast du die Antwort schon zu einem Teil gegeben. Du hast nur die Vorzeichen verwechselt.«

»Ich kann dir nicht folgen.«

»Wie auch? Denn du bist ein gewöhnlicher Mensch, Max. Wenn auch ein besonderer unter den gewöhnlichen. Lass es mich dir erklären:

Wie du richtig festgestellt hast, habe ich alles, wovon man herkömmlicherweise glaubt, dass man es braucht oder sich nur wünschen kann: Reichtum, gutes Aussehen, gesellschaftliche Akzeptanz. Das heißt, ich muss mein Leben nicht damit verschwenden, all dem erst noch nachzujagen – wie eben Menschen wie du.

Statt mich also nur um mich selbst kümmern zu müssen, geben mir meine Position und mein Erbe den Luxus, mich um wichtigere Dinge zu kümmern.«

»Wichtigere Dinge?«, fragte Max.

»Na, um die Menschheit und ihre Zukunft. Privilegierte Menschen wie ich haben die moralische Verpflichtung, das Schicksal unserer Rasse, unserer Kultur und unserer Gesellschaft in die richtigen Bahnen zu lenken.«

»Das, was du da sagst, Alexandra, ist aber ziemlich anmaßend, findest du nicht?«

»Aus deiner Perspektive vielleicht«, räumte sie ein. »Aber Menschen mit beschränktem Horizont neigen dazu, Visionäre wie mich zu verurteilen.«

»Hinter all den Morden und den Attentaten steckte eine Vision?«

»Aber sicher, Max. Die Vision einer besseren Zukunft.« Sie wandte sich an Frommholz und sagte ganz nebenbei: »Schießen Sie ihm ins Bein, wenn er mich noch einmal unterbricht.« Frommholz nickte und nahm die Pistole aus dem Holster an seinem Gürtel. Er lud sie demonstrativ durch, entsicherte sie und richtete sie auf Max' rechtes Schienbein.

Alexandra fuhr mit ihrem Vortrag fort: »Schau dich um, Max.« Sie deutete aus der offenen Seitentür hinaus über die Dächer Berlins. »Die Menschheit geht vor die Hunde. Die ganze Gesellschaft ist im Arsch. Sie ist überzivilisiert, aber in der falschen Richtung. Eigentlich haben die Menschen alles, was man zum Leben braucht – die meisten zumindest. Ein Dach über dem Kopf, Klamotten, um nicht nackt rumlaufen zu müssen, und mehr Essen auf dem Tisch als jemals zuvor in der Menschheitsgeschichte. Trotzdem sind sie unzufrieden, unglücklich, undankbar. Sie wollen immer mehr, obwohl sie nicht einmal mit dem, was sie haben, richtig umzugehen in der Lage sind.

Die Reichen wollen die Armen noch mehr ausnutzen. Die Armen hassen sie dafür – natürlich –, aber vor allem hassen sie sie dafür, dass die etwas erreicht haben und sie selbst nicht. Dem anderen etwas nicht zu gönnen oder es ihm wegnehmen zu wollen, scheint die größte Triebfeder des einundzwanzigsten Jahrhunderts. Schneller, höher, weiter – aber ohne Ziel.

Diese Gesellschaft ist verkorkst … verdorben. Die Menschen haben die völlig falschen Werte. Das Land ist sicherer als jemals zuvor, und trotzdem haben sie mehr Angst, als selbst unsere Vorfahren in ihren Höhlen Angst hatten vor einem Säbelzahntiger.

Dabei ist die Angst selbst gemacht. Es ist die Angst, das bisschen, das sie haben, zu verlieren. Nicht mehr leisten zu können als der Nachbar. Nicht der Beste zu sein, der Schönste, der Klügste oder der Erfolgreichste.

Wie irre ist das denn?

Kein Mensch da draußen ist mehr zufrieden – weil sie alle vergessen haben, was echte Angst ist. Die Angst ums nackte Überleben.

Und die bringe ich ihnen zurück.

Ich gebe denjenigen, die überleben, die Chance, noch einmal ganz von vorne anzufangen. Nämlich das Leben neu leben zu lernen. Ich schweiße sie wieder zusammen zu Wesen, die einander beistehen und Seite an Seite kämpfen müssen, um in der Welt, die ich neu schaffe, überhaupt zu überleben.

Ich bombe sie in die Steinzeit zurück. Und Berlin ist erst der Anfang.«

KAPITEL 38

SCHEIDEWEG

BERLIN – STRASSEN

Vicky spürte die unglaubliche Macht des Motorrads unter sich. Sie war froh, dass Dimitri sie vor dem Zug des Bikes gewarnt hatte, sonst wäre sie schon auf der Auffahrt der Villa von der Kiste geschleudert worden, als die Honda Boldor schon bei ein bisschen Gas lossprang wie ein bockender Hengst.

Jetzt rasten sie mit Tempo 200 über die Stadtautobahn in Richtung Nordwesten.

»Dimitri an Tapa!«, sagte Dimitri ins Intercom.

»Tapa hier!«

»Hast du schon Neuigkeiten zum Kurs des Helis?«

»Wenn er ein Ziel hat, fliegt er das nicht direkt an«, meldete Tapa. »Es sieht auf dem Radar der Luftverkehrsverwaltung mehr so aus, als würde er eine sich ausweitende Spirale über der Stadt drehen. Aber eure generelle Richtung ist im Moment noch richtig.«

»Merkwürdig«, sagte Vicky. »Wenn der Heli inzwischen auf

dem Radar ist, warum schreitet eigentlich die Flugsicherung nicht ein?«

»Was sollen sie tun?«, fragte Dimitri. »Abfangjäger in den Berliner Luftraum schicken?«

»Ja«, sagte Vicky.

»So was passiert nur in amerikanischen Filmen«, sagte Tapa. »Zum einen hatten sie noch gar keine Zeit zu reagieren. Selbst wenn Abfangjäger und ihre Besatzungen in Alarmbereitschaft stehen – was durchaus der Fall sein mag –, bis die Maschinen in der Luft sind, vergeht eine Weile. Und dann bin ich mir nicht sicher, was die in so niedriger Höhe direkt über den Dächern der Stadt überhaupt ausrichten könnten. Ich meine, die können ihn ja nicht einfach mit einer Luft-Luft-Rakete abschießen.«

»Das würden sie im Zweifelsfall schon tun«, sagte Dimitri, »wenn sie wüssten, dass Terroristen an Bord sind.«

»Sollen wir sie informieren?«, fragte Tapa.

»Bist du verrückt?«, fragte Vicky. »Max ist in dem Hubschrauber. Willst du etwa, dass sie ihn gleich mit abschießen?«

»Nein, natürlich nicht«, sagte Tapa. »Wartet mal, ich sehe da gerade etwas.«

»Was denn?«, fragte Vicky.

»Ich weiß jetzt, warum die Luftverkehrsverwaltung nicht reagiert«, sagte Tapa. »Der Flug ist doch gemeldet.«

»Was?!?«

»Ja, aber als streng geheimer Einsatz«, sagte Tapa. »Deshalb habe ich ihn nicht früher gefunden.«

»Ein streng geheimer Einsatz?«, fragte Vicky verwirrt. »Von wem? Welche Behörde?«

»Wartet eine Sekunde, dafür muss ich noch ein bisschen tiefer graben.«

»Die Zeit drängt, Tapa!«, rief Dimitri.

»Daran musst du mich nicht erinnern«, rief Tapa verärgert zurück. »Ich mache so schnell, wie ich kann. Wie immer!«

»Entschuldigung«, sagte Dimitri sanfter.

Vicky fand, es klang ehrlich. Sie fragte sich insgeheim, ob Dimitri so angespannt war, weil es um einen terroristischen Anschlag ging, den es zu verhindern galt, oder weil Max in Gefahr war. Sie würde sich freuen, wenn der Grund wenigstens zu einem Teil Max war. Das würde bedeuten, dass Dimitris freundschaftliche Gefühle doch noch nicht ganz tot waren.

»Ich hab's«, meldete Tapa. »Und ihr werdet es nicht glauben.«

»Sag schon!«, drängte Vicky.

»Der Flug ist ex post über den Diplomatischen Korps gemeldet.«

»Ex was?«, fragte Dimitri.

»Ex post«, sagte Tapa. »Das bedeutet, dass dieser Flug erst gemeldet wurde, als die Maschine schon in der Luft war. Vermutlich, um der Luftverkehrsverwaltung die Gelegenheit zu nehmen, die Sache überhaupt erst zu prüfen oder zu genehmigen.«

»Von wem?«, fragte Vicky.

»Das ist der Teil, den ihr nicht glauben werdet«, sagte Tapa. »Hauptmann der Bundeswehr, Matthias Frommholz.«

»Wie bitte?!«‎ Vickys Gedanken überschlugen sich. Aber alle ließen am Ende nur einen Schluss zu. »Wir müssen zurück, Dimitri! Der Professor ist in Gefahr!«

»Das sehe ich auch so«, antwortete er. »Aber wir können Max nicht im Stich lassen.«

Das stimmte natürlich.

»Okay«, sagte Vicky daher. »Du bleibst am Hubschrauber dran, ich fahre zurück zu Omas Villa.«

»So machen wir das«, bestätigte Dimitri. »Aber sei vorsichtig.«

»Du auch!« Bei der nächsten Abfahrt nahm Vicky das halsbrecherische Tempo runter und legte sich tief in die Kurve. Oben bei der Kreuzung überfuhr sie zwei rote Ampeln und nahm dann wieder die Auffahrt auf die Autobahn in die entgegengesetzte Richtung – zurück nach Zehlendorf.

»Ricky!«, rief sie ins Intercom. »Ricky! Kannst du mich hören? Du musst sofort mit dem Professor aus der Villa! Ricky! Ricky! Ricky!«

Doch die Leitung blieb still.

»Tapa!«, rief sie. »Versuch, Ricky über das Festnetz zu erreichen!«

»Habe ich schon versucht«, sagte Tapa. »Die Verbindung ist ebenfalls tot.«

Vicky gab Vollgas.

KAPITEL 39

SACKGASSE

BERLIN – ZEHLENDORF
DIE VILLA VON GUNDULA FREIFRAU VON LAUSITZ

Ricky rannte mit Professor Konoronkov aus dem Salon hinaus auf den Flur. Er schaute sich um. Die Terroristen konnten nicht mehr weit sein. Ricky führte den Professor in die entgegengesetzte Richtung. Wie hatten sie sie bloß hier gefunden? Hatten sie ebenfalls ein Computer-Genie wie Tapa? Hatten sie durch die Überwachungskameras am Hauptbahnhof Vickys Identität herausgefunden und recherchiert, dass Gundi ihre Großmutter war? Das spielte jetzt keine Rolle. Wichtig war nur, den Professor in Sicherheit zu bringen.

»Wohin?«, fragte Konoronkov.

»Fürs Erste würde ich sagen, wir verstecken uns im Keller«, sagte Ricky. »Der ist weitläufig und verwinkelt.«

»Das ist keine gute Idee«, sagte der Professor. »Sie sind hier, um mich zu holen, also werden sie das Haus von oben bis unten durchsuchen. Also auch den Keller. Wir müssen hier raus.«

»Dann in den Wald.«

»Schon besser.«

»Vielleicht haben wir da auch wieder Empfang, um Hilfe zu rufen.«

Ricky und der Professor rannten zum Hinterausgang der Villa, dem früheren Dienstboteneingang. Dort stand Leonhard.

»Leonhard«, rief Ricky. »Wir müssen von hier weg! Ich kann dir das jetzt nicht erklären, aber du musst mir vertrauen.«

»Ho-ho-hoo«, machte Leonhard. »Nun mal langsam mit den jungen Pferden. Du gehst nirgendwohin, Ricky.«

»Was?« Ricky war erstaunt über die seltsame Antwort seines Cousins. Noch sehr viel erstaunter aber war er, als er sah, dass Leonhard aus dem hinteren Bund seiner Hose eine Pistole gezogen hatte.

»Übergib mir den Professor, und dir wird nichts passieren, Richard.« Leonhard zielte mit der Pistole auf Rickys Brustkorb.

»Was tust du da, Leonhard?«, fragte Ricky. Er konnte sich auf all das keinen Reim machen.

»Ist das denn nicht offensichtlich«, fragte der Professor mit niedergeschlagener Stimme. »Dein Cousin gehört zu C.H.A.O.S., Richard.«

Ricky starrte Leonhard an. »Ist das wahr, Leon? Gehörst du zu den Terroristen?«

Schon als er die Frage stellte, wusste er, dass es in Anbetracht der Indizien eine dumme Frage war.

»Wieso?«, fragte Ricky stattdessen das Einzige, was ihm gerade einfiel. »Wieso gehörst du zu diesen Monstern?«

Leonhard lachte rau auf. »Monster? Du hast ja überhaupt keine Ahnung. Aber ich bin auch nicht hier, um dich über unsere Beweggründe aufzuklären. Überlass mir den Professor und geh einfach zurück auf dein Zimmer. Tu so, als hättest du nichts gesehen.«

»Keine Chance!«, sagte Ricky entschlossen. »An den Professor kommst du nur über meine Leiche!« Er war sich selbst nicht sicher, ob er das wirklich so meinte, oder ob es nur ein Spruch war, der ihm gerade einfiel. Auf jeden Fall war er felsenfest davon überzeugt, dass sein eigener Cousin niemals wirklich auf ihn schießen würde.

Leonhard lud die Pistole mit einer drohenden Bewegung durch, entsicherte sie und richtete sie wieder auf Ricky. »Nur über deine Leiche? Bist du dir da sicher, Richard?«

»Absolut!«

»Na gut. Du scheinst es nicht anders zu wollen. Alex wird mir zwar die Hölle heiß machen, dafür dass ich jemanden aus der Familie kaltmache, und dann auch noch ihren Lieblingscousin, aber wenn es nun mal nicht anders geht …«

»Alexandra steckt da auch mit drin?«, fragte Ricky entsetzt.

Leonhard grinste. »Alexandra ist der Skorpion, mein Kleiner. Sie ist der Boss. Also, los jetzt. Genug mit dem Gequatsche. Zieh Leine, oder ich drücke wirklich ab.«

Ohne seine Bewegung vorher anzukündigen, machte Ricky einen schnellen Satz nach vorn, hin zur Innenseite des Pistolenarms, und entwaffnete Leonhard, wie er es in zahllosen Trainingsstunden bei Meister Chao Wong und noch sehr viel mehr

Übungs-Sessions mit Max, Dimitri, Vicky und Tapa gelernt hatte.

Noch mit dem gleichen Schwung schlug er den rechten Ellbogen hart gegen Leonhards Kehle und rammte ihm das Knie in den Unterleib.

»Laufen Sie, Professor!«, rief er dabei und versetzte Leonhard zum Abschluss noch einen harten Haken voll gegen die Schläfe.

Leonhard sackte zusammen. Ricky rannte zum Professor, packte ihn am Arm und riss ihn mit sich fort.

»Die Pistole!«, rief der Professor. »Hol dir die Pistole!«

Ricky bremste und wirbelte herum. Doch Leonhard hatte die am Boden liegende Waffe bereits wieder in der Hand und versuchte, benommen wie er von Rickys Attacke war, auf ihn zu zielen.

»Weg hier!«, rief Ricky. Schon schlug die erste Kugel irgendwo nicht weit entfernt in der Wand ein. Eine zweite zerschmetterte eine chinesische Vase.

»Du hast vorhin gesagt, du wärst gern so mutig wie deine Freunde«, sagte der Professor, nachdem sie um die erste Ecke in vorläufige Deckung gelaufen waren. »Ich finde, du bist mindestens genau so mutig wie sie.«

»Nur wenn ich muss«, sagte Ricky.

»Genau das ist Mut, mein Junge«, sagte der Professor. »Zu handeln, wenn man handeln muss.«

KAPITEL 40

PRÜFUNG

BERLIN – LUFTRAUM

Frommholz zielte noch immer auf Max' Bein. Aber um sich selbst machte Max sich im Moment weniger Sorgen als um Vicky, Ricky und Dimitri. Vor allem um den Professor. Wenn die Terroristen ihn in ihre Gewalt bekamen, war es bis zu der Atombombe nicht mehr weit. Ein unvorstellbarer Gedanke.

»Du fragst dich vielleicht jetzt, warum du überhaupt hier und außerdem noch am Leben bist, Max«, sagte Alexandra.

Weil ihm das Reden untersagt war, nickte er bloß. Er fragte sich das tatsächlich. Warum das Ganze?

»Ich will dir das gerne erklären«, fuhr Alexandra fort. »Ein Grund, warum wir dich von der Villa weggelockt haben, war, dich als Anführer von deinen Freunden zu trennen. Unter deiner Leitung hätten wir es wesentlich schwerer, den Professor in unsere Hand zu bekommen. Da bin ich mir absolut sicher.«

Für Max klang das so, als hätten sie den Professor noch gar nicht. Das war ein gutes Zeichen.

»Der Hauptgrund aber, warum du hier bist, ist derselbe, warum du noch am Leben bist: Ich will dich einladen, dich unserer Sache anzuschließen, Max. Und ich verrate dir, warum ich das will. Du bist ein Held, Max. Das hast du inzwischen mehr als einmal bewiesen, unter anderem als du meinem Onkel Arndt und meinem Cousin Richard das Leben gerettet hast. Du bist entweder furchtlos oder hast gelernt, mit deiner Angst umzugehen und nicht zuzulassen, dass sie dich am Handeln hindert. Die wichtigste Qualität eines Helden aber – und damit auch deine – ist die Selbstlosigkeit und die Bereitschaft, sich für andere aufzuopfern. Die Stärke, die man besitzt, nicht für sich selbst einzusetzen, sondern zum Wohle aller.

Das ist die Qualität, auf die es in der von mir geplanten Zukunft der Menschheit am meisten ankommt. Die Menschen müssen begreifen, dass das ›Recht des Stärkeren‹ schon immer zu nichts Weiterem geführt hat als zum Untergang der Gesellschaft. Stärke ist ein Privileg, das mit Verantwortung einhergehen muss, sonst ist sie nichts als destruktiv.

Stärke ist eine Verpflichtung, die Schwächeren zu beschützen, die das nicht selbst können. Das werden die Menschen durch die Katastrophe, die ich über sie bringe, lernen müssen. Dafür brauchen sie Lehrer. Und du kannst einer dieser Lehrer sein, Max.

Ja, so verrückt sich das für dich in diesem Moment auch anhören mag, aber ich hätte dich gern an meiner Seite. Was sagst du dazu?«

Max wusste, dass sie eine Antwort erwartete. Aber sie hatte Frommholz auch befohlen, dass er ihm ins Bein schießen sollte, falls er Alexandra noch einmal unterbrach. Deshalb deutete er jetzt erst einmal stumm auf die Pistole, mit der Frommholz auf ihn zielte.

»Lassen Sie ihn reden, Frommholz«, befahl Alexandra, und Frommholz steckte die Waffe wieder weg.

»Also, Max, was sagst du?«, fragte sie noch einmal. »Willst du dich mir und C.H.A.O.S. anschließen? Willst du Teil der neuen Zukunft werden. Einer besseren Zukunft?«

»Du meinst eine Zukunft, für die erst Hunderttausende von Menschen sterben müssen?«, fragte Max.

»Millionen von Menschen«, sagte Alexandra. »Wahrscheinlich sogar Milliarden. Du musst wissen, C.H.A.O.S. ist nur ein kleiner Teil einer noch sehr viel größeren Orga…«

»Fräulein von Lausitz!«, unterbrach Frommholz sie hastig.

Alexandra lachte amüsiert auf. »Keine Sorge, Frommholz. Ich verrate unserem lieben Max schon nicht zu viel. Entweder ist er in wenigen Minuten einer von uns oder tot. Es spielt also keine Rolle, was er weiß.« Sie wandte sich wieder Max zu. »Aber zurück zu deiner Frage: Wir eliminieren lediglich die Kultur von Angst und Selbstsucht. Die ist inzwischen so tief verwurzelt, dass es gar keine Alternative zu einem radikalen Schlag gibt. Wir opfern sie auf dem Altar der Zukunft! Denn mit ihnen gibt es keine. Das siehst du doch ganz bestimmt ein, Max.«

Neben sehr viel größeren Gedanken beschäftigte Max in diesem Moment die Frage, wie zwei Menschen, die einander so ähnlich waren in Aussehen und Herkunft wie Vicky und ihre Cousine Alexandra, nur dermaßen verschieden sein konnten. Wie Tag und Nacht.

Alexandras Drohung war klar: Entweder Max machte bei C.H.A.O.S. mit oder er würde jetzt und hier sterben. Also blieb ihm gar keine andere Wahl, als ihr etwas vorzumachen. Aber er musste es geschickt anstellen.

»Ich gebe zu«, sagte er, »dass ich mich schon oft gefragt habe, wo es mit der Menschheit noch hinführt, wenn es so weitergeht. Ich sehe das genauso wie du: Ausgerechnet die Menschen, die am meisten zu haben scheinen, haben auch die meiste Angst, es wieder zu verlieren. Und diese Angst treibt sie dazu, noch mehr Wohlstand anzuhäufen, statt das, was sie haben, zu genießen und es mit anderen zu teilen. Das ist eine Spirale, die letzten Endes nur zu noch mehr Ausbeutung und Isolation führt.«

Alexandra nickte. »Und wenn das Bevölkerungswachstum weiterhin so steil ansteigt, läuft das Fass über. Milliarden Ausgebeuteter werden sich erheben, und es wird ein gewaltiges Massaker geben.«

»Aber wenn es doch ohnehin so weit kommt, warum dem denn vorgreifen durch katastrophale Attentate?«, fragte Max.

»Denk doch mal nach, Max«, sagte Alexandra. »Wenn die ausgebeuteten Massen sich erst einmal gegen die Ausbeuter erheben, dann tun sie das auch aus Angst, aus Hass und aus Gier heraus, und der Kreislauf beginnt von Neuem. Aus den ehemals Ausgebeuteten werden dann ängstliche und hasserfüllte

Ausbeuter. Nichts wird sich ändern, solange Menschen einander als Gegner oder als Beute betrachten. Erst wenn die Welt selbst, also die Umwelt, wieder der natürliche Feind der Menschheit ist, werden die Menschen lernen zusammenzuhalten und füreinander einzustehen.«

So wie er die Menschen einschätzte, glaubte Max, es würde eher das genaue Gegenteil eintreffen, nämlich dass die Menschen dann erst recht bis aufs Blut gegeneinander um die letzten Ressourcen und ums Überleben kämpfen würden. Aber das konnte er jetzt natürlich nicht offen sagen. Es wäre sein Todesurteil.

Er seufzte – um so zu tun, als würde ihm die Entscheidung schwerfallen. Dann sagte er leise: »Ich bin dabei.«

»Sprich es aus, Max«, forderte Alexandra. »Ich will es in einem ganzen Satz von dir hören.«

»Ich will zu C.H.A.O.S. gehören und an deiner Seite für eine bessere Zukunft kämpfen«, sagte Max und konzentrierte sich dabei darauf, Alexandra fest in die Augen zu schauen.

Sie erwiderte seinen Blick für eine stumme Minute. Dann drehte sie sich zu Frommholz. »Na, was sagen Sie, Frommholz? Klang das überzeugend?«

Frommholz schüttelte den Kopf. »Nicht ein Stück.«

»Sie glauben also, dass der liebe Max uns anlügt?«, fragte Alexandra.

Jetzt nickte Frommholz.

»Warum sollte er das tun?«, fragte Alexandra.

»Er sagt das nur, weil er nicht sterben will«, antwortete

Frommholz,»und weil er heimlich hofft, uns noch aufhalten zu können.«

Alexandra sah wieder zu Max.»Was sagst du zu dieser Anschuldigung, Max?«

Max zuckte mit den Schultern.»Klar, dass Frommholz das sagt. Er hasst mich. Die Vorstellung, dass ich möglicherweise Bestandteil der neuen Zukunft bin, ist ihm ein Dorn im Auge. Er würde mich lieber tot sehen.«

»Das ist ein guter Punkt«, räumte Alexandra ein.»Stimmt es, dass Sie Max hassen, Frommholz?«

»Absolut, Fräulein von Lausitz.«

»Und würden Sie mich deswegen anlügen?«

»Niemals, Fräulein von Lausitz. Sie wissen, dass ich loyal bin. Bis zum Tod, wenn es sein muss.«

Plötzlich erhellte sich Alexandras Gesicht.»Ich glaube, ich habe gerade eine Idee, wie wir der Wahrheit auf den Grund kommen. Max, wie du jetzt weißt, werden wir Millionen von Menschen töten. Du bist also bereit, Opfer zu bringen?«

Max hatte keine andere Wahl, als zum Schein zu antworten: »Ja, das bin ich.«

»Und Sie, Frommholz«, fuhr Alexandra fort.»Sie sind bereit, für mich und die Sache zu sterben?«

»Jawohl, Fräulein von Lausitz!«

»Dann geben Sie Max jetzt Ihre Pistole«, befahl Alexandra. Ihr Gesicht war mit einem Mal kalt wie Eis.

»Wie bitte?«, fragte Frommholz.

»Sie haben mich gehört. Geben Sie Max Ihre Pistole. Jetzt!«

»Jawohl, Fräulein von Lausitz!« Er reichte Max seine Waffe. Der zögerte, sie entgegenzunehmen.

»Nimm sie, Max!«, forderte Alexandra. »Du hast gerade gesagt, du seist bereit, Opfer zu bringen. Dafür will ich jetzt einen Beweis. Nimm die Pistole und erschieß Frommholz.«

Als Max jetzt immer noch zögerte, nahm Alexandra die Pistole an sich – und richtete sie auf Max. »Dachte ich mir. Frommholz hat recht: Du lügst uns an.«

Sie gab Frommholz die Waffe zurück. Dann sprach sie ins Intercom: »Plan B. Ich wiederhole: Plan Bravo.«

Die Maschine des Helikopters nahm mit einem Mal rasant an Umdrehungen zu. Augenblicklich gewann der Hubschrauber an Höhe. Er befand sich jetzt im vertikalen Steigflug. Alexandra und Frommholz standen von ihren Plätzen auf. So auch die beiden Maskierten links und rechts von Max.

Mit schnellen und geschickten Bewegungen zogen sie jetzt Fallschirme an.

»Leb wohl, Max!«, sagte Alexandra kühl. »Oder ich sollte wohl besser sagen: Stirb wohl.« Damit sprang sie aus der offenen Seitentür hinaus ins Freie. Die beiden Maskierten folgten ihr.

Frommholz richtete den Zeigefinger auf Max – wie eine Pistole. »Das war's dann für dich, Bursche.« Und auch er sprang nach draußen.

Max fragte sich, wo der Pilot ihn jetzt wohl hinbringen würde – und hatte die Antwort schon eine Sekunde später. Denn auch der Pilot sprang jetzt aus dem in die Höhe rasenden Hubschrauber und ließ Max allein darin zurück.

KAPITEL 41

VOLLGAS

BERLIN – STRASSEN

Vicky jagte die Honda Boldor mit fast 200 Sachen die Avus entlang nach Süden. Sie flog an den Autos vorüber, als würden die auf der Straße stehen, und erst als sie die Abfahrt »Hüttenweg« erreichte, drosselte sie den Motor, indem sie Gas wegnahm und in schneller Reihenfolge drei Gänge nach unten schaltete. Inzwischen fühlte sie sich mit der schweren Maschine wie verwachsen. Sie legte sie tief in die fast kreisrunde Kurve.

»Hast du Ricky in der Zwischenzeit erreichen können, Tapa?«, fragte sie ins Intercom.

»Negativ«, meldete Tapa. »Ich erreiche ihn weder über die Landleitung noch über das Smartphone. Ich bekomme nicht einmal eine Funkpeilung über GPS. Der Störsender muss ziemlich stark sein.«

»Versuch's weiter!«

»Natürlich.«

Vicky lenkte die Boldor von der Abfahrt auf die Hüttenstraße und gab wieder Gas. Der dichte Wald links und rechts wischte geradezu geisterhaft an ihr vorbei. Bis zur Villa ihrer Großmutter in Zehlendorf waren es bei dem Tempo nur noch drei bis vier Minuten. Sie hoffte, dass sie rechtzeitig kommen würde.

Da sprang vor ihr plötzlich etwas zwischen den Bäumen zu ihrer Rechten heraus und mitten auf die Straße. Es war ein riesiges Wildschwein! Fast so groß wie ein Pony, größer als ein Wolf. Obwohl es hier im Grunewald nur so von Wildschweinen wimmelte, hatte Vicky noch nie ein so großes Exemplar gesehen. Es war garantiert ein Keiler.

Vickys erster Impuls war es, das Lenkrad herumzureißen, um dem Aufprall zu entgehen, aber das hätte die Mühle bei dem Tempo direkt von der Straße weg und zwischen die Bäume katapultiert. Eine Vollbremsung war aber auch keine Option: Wenn die Maschine dabei die Balance behielt – was ziemlich unwahrscheinlich war – und auf den Reifen blieb, würde der Schwung sie trotzdem mitten auf das Wildschwein jagen.

Also ging sie vom Gas, schaltete gleichzeitig einen Gang nach dem anderen runter, was der Motor mit einem gequälten Aufheulen quittierte. Dabei legte sie eine Stotterbremsung hin, sodass sie in kürzester Zeit so viel Geschwindigkeit verlor wie nur möglich, und erst kurz bevor sie bei dem inzwischen still vor ihr auf der Straße stehenden Wildschwein ankam, zackte sie in eine Ausweichkurve.

Das Manöver brachte sie um Haares- oder besser Borstenbreite an dem Wildschwein vorüber, aber Vicky war noch immer zu schnell, um die schwere Boldor wieder auf Kurs zurück auf ihre Spur zu zwingen. In dem Moment wusste sie, dass sie crashen würde.

Sie tat das einzig Richtige: Während das Motorrad geradewegs auf den Wald zuraste, ließ sie es los und sprang nach hinten weg ab. Trotzdem riss der Schwung der Fahrt sie weiter durch die Luft nach vorn. Nur lange nicht mehr so schnell wie das Motorrad, das sie nun viel weiter vorne gegen einen Baum krachen sah.

Reaktionsschnell kugelte Vicky sich zusammen, ehe sie auf dem Waldboden ankam. Sie wirbelte und purzelte über Moos und Laub – und knallte schließlich ebenfalls gegen einen Baum.

Alles wurde schwarz.

Dimitri raste mit der Ducati Monster immer noch in Richtung Norden. Er fuhr gerade an Kreuzberg vorbei in Richtung Berlin Mitte, als Tapa sich meldete.

»Es gibt Neuigkeiten zum Hubschrauber«, sagte sie. »Und ich fürchte, es sind keine guten.«

»Was ist?«

»Wusstest du, dass es einen geostationären Satelliten genau über Berlin gibt?«

Dimitri überlegte, ob er antworten sollte, aber da Tapa es ohnehin schon herausgefunden hatte, konnte er es auch zugeben. »Ja, es ist einer von uns. Ein russischer.«

»Ich weiß, ich sollte dir das jetzt besser nicht sagen, aber ich habe seine Übertragung gehackt.«

»Tun wir einfach so, als hätte ich das gerade überhört«, sagte Dimitri.

»Das ist eine gute Idee«, sagte Tapa. »Ich habe nämlich keine Lust, auch in einem sibirischen Hochsicherheitsgefängnis zu landen.«

»Die Anspielung auf Max' Vater hättest du dir sparen können, Tapa«, sagte Dimitri sauer.

»Entschuldige«, sagte sie. »Du hast recht. Also, der Radar der Luftsicherung hatte angezeigt, dass der Hubschrauber plötzlich steil nach oben stieg, deshalb habe ich mich in die Satellitenübertragung geschlichen. Und die zeigt etwas Erschreckendes: Gerade eben sind fünf Leute mit Fallschirmen aus dem Hubschrauber abgesprungen. So wie es aussieht auch der Pilot.«

»Das heißt, der Hubschrauber ist jetzt führerlos? Mitten über Berlin?«

»Exakt.«

»Was ist mit Max?«, fragte Dimitri.

»Ich weiß es nicht«, gab Tapa zu. »Vielleicht ist er einer der fünf, die abgesprungen sind …«

»Oder vielleicht ist er noch an Bord«, vollendete Dimitri Tapas Gedankengang. »Was ist wahrscheinlicher?«

»Ich fürchte, er ist noch an Bord«, sagte Tapa.

»Was lässt dich das glauben?«

»Es ist so ein Gefühl.«

»Ein Gefühl hilft uns jetzt nicht, Tapa. Komm schon, denk nach. Ich kenne kein Gehirn, das so analytisch funktioniert wie das deine.«

»Okay, warte.«

»Wir haben keine Zeit, Tapa!«

»Also gut: Die Wahrscheinlichkeit, dass Max noch in dem Hubschrauber ist, ist größer als die, dass er sich unter den Fallschirmspringern befindet.«

»Warum?«

»Die Springer sind alle einzeln in der Luft. Es ist kein Tandemspringer dabei. Das heißt, keiner der Terroristen hat Max an sich gefesselt. Und ich glaube nicht, dass sie ihn solo springen lassen würden, selbst wenn es ihm in der kurzen Zeit gelungen sein sollte sie zu täuschen, dass er sich ihnen anschließen will. Das Risiko, dass er die Gelegenheit des Sprungs nutzt, um abzuhauen und ihren Plan zu vereiteln, wäre für die Terroristen einfach zu groß. Und es gibt noch einen Grund, warum ich glaube, dass er nicht unter den Springern ist: Er wäre mittlerweile außerhalb des Störsenders im Heli und hätte uns schon angefunkt. Das bedeutet, meiner Einschätzung nach konnte Max sie nicht überzeugen, und sie haben ihn einfach an Bord zurückgelassen, damit er zusammen mit dem Hubschrauber crasht.«

»Aber wieso haben sie ihn dann nicht einfach aus dem Heli geworfen oder ihn im Heli erschossen«, fragte Dimitri, »statt die Maschine aufzugeben?«

»Ich habe keine Ahnung«, gab Tapa zu. »Aber wer kann schon in den Kopf von Verrückten schauen?«

»Da hast du auch wieder recht. Also, nehmen wir an, Max ist noch in dem Hubschrauber und lebt. Was sollen wir tun?«

»Ich fürchte, da ist nichts, was wir tun können, Dimitri«, sagte Tapa.

Dimitri hörte, dass sie angefangen hatte zu weinen, und schrie auf vor Wut. »Da muss es etwas geben, verflucht!«

»Nein, Dimitri«, schluchzte sie. »Max ist – wenn er überhaupt noch lebt – auf sich allein gestellt. Fahr zurück nach Zehlendorf und hilf dem Professor.«

KAPITEL 42

EINGEHOLT

BERLIN – ZEHLENDORF
DIE VILLA VON GUNDULA FREIFRAU VON LAUSITZ –
PARKWALD

Wie lange Ricky jetzt schon mit Professor Konoronkov durch den Parkwald hinter der Villa rannte, vermochte er selbst nicht mehr einzuschätzen. Vorhin war alles so rasend schnell gegangen, und die Konfrontation mit Leonhard hatte ihm den Blutkreislauf mit Adrenalin vollgepumpt.

Ricky kannte den Wald wie seine Westentasche. Hier hatte er als Kind oft zusammen mit Vicky gespielt. Aber auch mit Leonhard und Alexandra, weshalb er davon ausgehen konnte, dass sein Cousin den Wald nicht weniger gut kannte.

Immer wieder hielten sie für ein paar kurze Augenblicke inne, damit der Professor, dem die Flucht sichtbar auf die Kondition ging, Luft holen und sich ein klein wenig ausruhen konnte. Ricky nutzte diese kurzen Pausen, um in die Stille des Waldes zu lauschen. Es war eine Weile her, dass er das letzte Mal die schweren Schritte der Soldatenstiefel der maskierten Verfolger gehört hatte.

War es ihm möglicherweise tatsächlich gelungen sie abzuhängen?

Ricky wusste, dass er sich dieser Hoffnung, so verlockend sie auch war, nicht hingeben durfte.

»Können wir weiter?«, fragte er den Professor leise.

Der Professor nickte, aber es war ihm anzusehen, dass er trotz der kurzen Pausen zwischendurch nicht mehr sehr lange durchhalten würde.

»Wir müssen ein Versteck finden«, sagte Ricky. Das einzige Versteck, das ihm einfiel, war eine kleine Erdhöhle ganz in der Nähe. Das Problem war nur, dass Leonhard die auch kannte. Sie hatten als Kinder dort Piraten gespielt.

Während sie weitereilten, sah Ricky sich nach allen Seiten suchend um. Da fiel ihm nahe einer alten dicken Eiche ein besonders dichtes Gestrüpp ins Auge.

»Da hinein«, wies er dem Professor die Richtung.

Doch sie hatten gerade einmal die Hälfte der etwa zehn Meter, die sie noch von dem Gestrüpp trennten, zurückgelegt, als Ricky plötzlich ein Geräusch hörte, das ihn vor Schreck zusammenzucken ließ:

Das Trampeln von galoppierenden Hufen!

Leonhard verfolgte sie auf dem Pferd.

»Schneller!«, drängte Ricky den Professor mit unterdrückter Stimme.

Doch es war zu spät.

Sie hatten gerade den Rand des Gestrüpps erreicht, als Leonhard nicht weit von ihnen zwischen einer Gruppe von Bäumen auftauchte.

»Yehaah!«, rief er triumphierend und trieb den braunen Hengst mit den Sporen zu noch schnellerem Ritt an.

»Laufen Sie!«, rief Ricky dem Professor zu. Er selbst wirbelte zu Leonhard herum und eilte dem herandonnernden Pferd entgegen. Dabei breitete er die Arme winkend aus und schrie aus Leibeskräften.

Sein Plan war es, den Hengst zu erschrecken, sodass der aufstieg und Leonhard abwarf. Dann hatte er eine Chance, den am Boden Liegenden kampfunfähig zu machen.

Schlecht war der Plan eigentlich nicht – doch er ging nicht auf. Leonhard hatte das Pferd zu gut im Griff. Statt sich also zu erschrecken, preschte der Hengst einfach weiter ... und rammte Ricky mit vollem Tempo mit seiner breiten Brust.

Ricky fühlte sich, als wäre er von einer Dampflok getroffen worden. Er wurde durch die Luft und mit dem Rücken gegen den nächsten Baum geschleudert.

Schmerz zuckte ihm durch den ganzen Leib ... und im nächsten Moment war er bewusstlos. Er merkte nicht einmal mehr, dass er zu Boden fiel.

KAPITEL 43

RUHE BEWAHREN

BERLIN – LUFTRAUM

Max sah sich überall im schnell nach oben steigenden Hubschrauber um, aber es war nirgends auch nur die Spur eines weiteren Fallschirms zu entdecken.

Schnell checkte er im Cockpit die Tankanzeige. Der Tank war noch mehr als halb voll. Das war ein gutes Zeichen. Solange der Helikopter senkrecht nach oben flog, war also zunächst nicht damit zu rechnen, dass er wegen Spritmangels abstürzte oder irgendetwas rammte. Max hatte allerdings keine Ahnung, wie hoch ein Hubschrauber steigen konnte, bis die Luft zu dünn wurde zum Atmen oder für den Auftrieb unter den Rotorblättern.

Er sah sich die Steuerung an. Besonders kompliziert schien sie nicht zu sein, und für einen Moment überlegte er, ob er einfach sein Glück versuchen und ausprobieren sollte, wie sie funktionierte. Aber er entschied sich dagegen. Was, wenn er durch Unwissenheit oder Ungeschicktheit den Helikopter aus dem im

Moment sicheren Kurs und damit zum Absturz brachte? Damit würde er nicht nur sein eigenes Leben in Gefahr bringen, sondern auch die der Menschen, auf die der Hubschrauber bei einem Crash stürzen würde.

Er wünschte, er hätte Internet zur Verfügung, um zu googeln, wie man einen Helikopter steuerte. Oder noch besser: um Kontakt zu Tapa aufzunehmen, die so etwas immer viel, viel schneller herausfand als er.

Das brachte ihn auf eine Idee: Er musste den Störsender finden, der die Kommunikation seines Smartphones mit der Außenwelt unterdrückte.

Max war sich sicher: Der Sender war kein herkömmlicher Bestandteil der Cockpit-Armatur ... und er musste über eine Antenne verfügen, ganz egal wie klein.

Zunächst suchte er die Decke des Cockpits ab, doch da war nichts. Auch an der Decke der Transportkabine gab es kein Gerät mit Antenne. Da fiel sein Blick auf die herumliegenden Headsets, mit denen sie sich vorhin über Bordfunk unterhalten hatten. Wie konnten die verwendet werden, wenn alles andere an Funk nicht funktionierte?

Eine mögliche Antwort war, dass der Störsender alle Funkfrequenzen boykottierte, bis auf die des Bordfunks. Aber das einzustellen war eine knifflige, ja eigentlich fast schon unmögliche Angelegenheit. Max kam auf die einzige andere Lösung: Der Bordfunk *war* der Störsender! Seine Frequenz überlagerte alle anderen.

Er nahm eines der Headsets zur Hand und folgte dem Kabel.

Es war mit einem Cinch-Stecker in einer Buchsenkonsole oberhalb der Rückenlehne der Bank eingesteckt. Max folgte dem Kabelkanal, der von da aus weiterlief – bis zu dem Relais, bei dem alle anderen Buchsenkonsolen zusammenliefen. Und da sah er auf einer kleinen Box aus Kunststoff die Antenne!

Max zog sein Messer und hebelte die Box auf. Die vielen Kabel darunter sagten ihm nichts. Also schnitt er sie alle durch. Für eine Sekunde lang funkte und knisterte es. Dann war das Gerät tot.

Sofort nahm er sein Smartphone zur Hand und aktivierte das Intercom.

»Tapa!«, rief er. »Tapa! Kannst du mich hören?«

Er wartete. Es blieb still. Für bestimmt vier oder fünf Sekunden. Dann aber:

»Max?!« Tapa kreischte mit überschnappender Stimme. »Max, bis du das?!?«

»Ja, Adlerhorst, ich bin's, und ich …«

»Du bist noch am Leben!« Er hörte, wie sie einen Freudenschrei ausstieß.

»Tapa, beruhig dich wieder und hör mir zu«, sagte er drängend. »Ich brauche deine Hilfe, und ich brauche sie verdammt schnell!«

»Okay, sorry!«, sagte sie. »Was kann ich tun?«

»Ich weiß, es ist ein bisschen viel verlangt«, begann er, »aber siehst du vielleicht eine Möglichkeit, den Hubschrauber, in dem ich gefangen bin, mit deinen elektronischen Zauberkräften irgendwie über Satellit oder Funkpeilung fernzusteuern?«

»Das sieht schlecht aus«, sagte Tapa. »Ich könnte versuchen, den Autopiloten zu hacken, aber damit könnte ich dann nur einen grundsätzlichen Kurs eingeben, keine einzelnen Manöver. Das hilft uns nicht weiter.«

»Das hatte ich befürchtet«, sagte Max. »Dann bleibt uns nur noch eine Option: Finde bitte für mich im Internet heraus, wie man so ein Ding steuert. So schnell du kannst.«

»Aye, aye!«, sagte Tapa. »Bin sofort wieder da.«

Er hörte den typischen Klang, den es machte, wenn ihre Wunderfinger über die Tastaturen ihres Systems klapperten. Während er auf ihre Rückmeldung wartete, kletterte er auf den Pilotensitz vorne links im Cockpit und schnallte sich an.

»Okay, ich hab's«, meldete Tapa. »Wo bist du?«

»Ich sitze auf dem Pilotensitz.«

»Sehr gut. Bevor du etwas anfasst, erst die schnelle Anweisung. Siehst du den Hebel links von dir, zwischen Sitz und Cockpit-Tür?«

Max schaute nach links. »Sieht der ein bisschen so aus wie eine kleine Armlehne?«

»Korrekt«, sagte Tapa. »Das ist der Pitchhebel. Der ist grundsätzlich dafür verantwortlich, dass der Vogel steigt oder sinkt. Nach oben ziehen ist steigen; nach unten drücken bedeutet sinken.«

»Pitchhebel«, wiederholte Max. »Hoch für hoch. Runter für runter.«

»Exakt. Nun der Steuerknüppel zwischen deinen Knien. Je

nach Bewegungsrichtung führst du den Hubschrauber damit entweder nach vorn, nach hinten, nach links oder nach rechts. Aber Achtung: Links oder rechts bedeutet nicht, dass sich die Schnauze des Helikopters nach links oder rechts dreht. Der Hubschrauber bleibt in der gleichen Ausrichtung, fliegt dann eben seitlich nach links oder rechts.«

»Verstanden«, sagte Max. »Und die Pedale?«

»Mit denen steuerst du den Heckrotor«, antwortete Tapa. »Das heißt, mit denen lenkst du jetzt tatsächlich die Schnauze des Helis nach links oder rechts. Aber vorsichtig. Die Pedale reagieren laut Beschreibung äußerst empfindlich.«

»Merke ich mir«, sagte Max.

»Soll ich noch mal alles wiederholen?«, fragte Tapa.

»Nicht nötig«, sagte Max. »Steht in deiner Anleitung auch was darüber, wie man so ein Ding landet?«

»Ja, aber ich fürchte, das ist zu kompliziert und zu riskant. Mein Vorschlag, du notwasserst den Heli irgendwo, wo niemand verletzt werden kann.«

Max musste trotz des Ernstes der Lage lachen. »Du meinst, niemand außer mir.«

Auch Tapa lachte jetzt. »Genau. Von deiner jetzigen Position aus ist die Havel zwischen Spandau und Berlin Tegel am nächsten.«

»Negativ«, sagte Max. »Ich muss nach Zehlendorf. Das Ganze war eine Falle. Alexandra und Frommholz stecken hinter C.H.A.O.S. Ich muss verhindern, dass sie den Professor in ihre Gewalt bekommen.«

»Das wissen wir bereits«, sagte Tapa. »Wir können keine Verbindung zu Ricky und dem Professor herstellen.«

»Verflucht!«, stieß Max hervor. »Was ist mit Vicky und Dimitri?«

»Lange Geschichte«, sagte Tapa. »Aber auch zu Vicky habe ich den Kontakt verloren. Dimitri ist gerade mit dem Motorrad auf dem Weg zurück nach Zehlendorf.«

»Wieso ist er ...?«

»Wie gesagt, lange Geschichte«, unterbrach Tapa ihn. »Erzähle ich dir später.«

»In Ordnung. Also, wo ist die nächstmögliche größere Wasserfläche bei Gundis Villa?«

»Das wären die Krumme Lanke oder der Schlachtensee«, sagte Tapa. »Aber die sind beide zu schmal und von hohem Baumbestand umgeben. Dort notzuwassern wäre zu gefährlich. Ich empfehle den Großen Wannsee.«

»Wie finde ich den?«

»Ich habe dich auf der Satellitenaufnahme und auf dem Radar der Flugsicherung. Sobald du angefangen hast, den Hubschrauber eigenständig zu bewegen, kann ich dich leiten.«

»Wunderbar«, sagte Max. »Dann fangen wir mal an. Ich glaube, ich sollte zuerst einmal ein paar Hundert Meter tiefer gehen.«

Max umklammerte den Pitchhebel zu seiner Linken und drückte ihn ganz leicht nach unten. Gleich darauf endete der Steigflug, und die Maschine senkte sich wieder.

»Jetzt vorwärts«, sagte er und drückte mit der rechten Hand

den Steuerknüppel nach vorn. Es funktionierte. Max war erleichtert.

»Jetzt verwende das linke Pedal, um die Schnauze des Helikopters nach links zu drehen«, sagte Tapa. »Insgesamt etwa hundertzehn Grad.«

Die Maschine schlenkerte bei dem Manöver ganz schön, weil es Max noch an der Fähigkeit zur Koordination fehlte, und insgesamt viermal musste Tapa den Kurs korrigieren, aber dann endlich war Max auf direkter Linie in Richtung des Großen Wannsees.

Berlin zog unter ihm hinweg. Es war ein atemberaubendes Gefühl. Max nahm sich vor, Flugstunden zu nehmen, falls er diese erste unfreiwillige überleben sollte. Und falls es ihnen gelang, C.H.A.O.S. zu stoppen.

Gerade einmal etwas mehr als drei Minuten später sah Max vor sich die satte grüne Fläche des Grunewalds. Darin kleinere schmale Wasserflächen, zwei davon die von Tapa zuvor genannten: Krumme Lanke und Schlachtensee. Weiter hinten das breite blaue Band der Havel, von der links der Große Wannsee abging.

»Es ist Zeit, allmählich noch mehr Höhe wegzunehmen«, sagte Tapa. »Und auch Geschwindigkeit.«

Max tat beides. Kurz darauf war er etwa zweihundert Meter über der spiegelnden Wasserfläche des Sees.

Er brauchte mehrere Versuche, um den Hubschrauber zum Schweben im Stillstand zu bekommen.

»Leite jetzt den Sinkflug ein«, sagte er und drückte den Pitchhebel nach unten. Die Maschine sank langsam zu dem See herab. Aber jetzt machte Max' Hirn einen kleinen, aber entscheidenden Fehler: Ohne wirklich nachzudenken, drückte er, statt alles beim jetzigen Sinkflug zu belassen, den Pitchhebel weiter. Es war so ein komisches Verwechslungsding im Kopf – als müsste er weiter nach unten drücken, um weiter nach unten zu fliegen. Aber er flog ja schon nach unten. Das weitere Drücken des Pitchhebels nahm noch mehr Umdrehungen aus den Rotorblättern. Zu viel.

Der Auftrieb des Rotors versagte.

Der Hubschrauber fiel wie ein Stein vom Himmel und krachte aus mehr als fünfzig Metern Höhe hart auf die Wasseroberfläche.

KAPITEL 44

JETZT ERST RECHT RUHE BEWAHREN

BERLIN – WANNSEE

Max erwachte mit dröhnendem Kopf aus der Bewusstlosigkeit. Er hing in den Gurten des Pilotensitzes. Etwas Warmes rann ihm von der Stirn am Auge vorbei. Er tastete mit den Fingern danach. Es war Blut. Etwas musste bei dem harten Aufprall des Helikopters durch die Luft geflogen sein und ihn dort getroffen haben. Alle Knochen im Leib taten ihm weh. Wie er es im Training bei Meister Chao Wong gelernt hatte, testete er zuerst eilig, ob er seine Gliedmaßen noch bewegen konnte; es schien nichts gebrochen zu sein. Dann erst sah er sich um.

Durch die unversehrten Scheiben des Cockpits sah er Wasser. Der Helikopter sank gerade hecklastig in den See hinab. Max drehte sich um. Er entdeckte, dass durch die offene Seitentür Wasser in Strömen eindrang. Der Transportraum war schon zur Hälfte gefüllt und wurde schnell voller.

Max versuchte, den X-Gurt zu lösen. Er klemmte. *Jetzt bloß die Ruhe bewahren!*, ermahnte er sich selbst.

»Tapa, kannst du mich hören?«, rief er ins Intercom. Die Antwort kam abgehackt. »Ja…kann…hör…«

»Wie tief ist der See?«

»Warte…checke!«

»Ich kann nicht warten, Tapa. Ich sinke und der Gurt klemmt. Wie tief?« Er probierte den Gurtverschluss noch einmal, aber da ging nichts.

»Maxim…iefe…eun…eter«

»Neun Meter, neunzehn oder neunzig?«

»Neun.«

Das beruhigte Max ein wenig. Neun Meter war nicht sehr tief. Alles, was er zu befürchten hatte, war, dass ihm die Luft ausging, ehe er den Gurt aufbekam, und nicht, dass der Heli so tief sank, dass der Wasserdruck durch zu große Tiefe zu stark war, um überhaupt noch lebend auftauchen zu können.

Mit von den Schmerzen in seinen Muskeln benommenen Fingern kramte Max sein Messer hervor. Das Wasser umspülte bereits seine Füße, und am Rücken spürte er es auch schon.

Der X-Gurt war aus ultra-stabilem Textil. Das Messer richtete trotz seiner Schärfe kaum etwas aus.

Max bekämpfte die Panik, die in ihm aufstieg. Wenn er leben wollte, musste er sich konzentrieren. Er griff den Gurt mit der freien Hand noch fester und führte die Klinge des Messers mit nur leichtem Druck wie eine Säge über immer wieder dieselbe Stelle.

Lass die Schneide die Arbeit tun, hatte Meister Chao Wong immer gepredigt. *Nie die Kraft.*

Als er durch die Hälfte des Gurts war, war das Wasser bereits über seine Hüfte und seinen Bauch gestiegen und kam ihm jetzt allmählich bis zum Hals. Max atmete so ruhig und so tief wie er konnte, um sein Blut mit so viel Sauerstoff wie möglich anzureichern.

Dann endlich war der Gurt durch. Max versuchte sich seitlich herauszuschälen. Doch das funktionierte nicht. Er musste auch noch den zweiten Gurt durchtrennen.

Jetzt stand ihm das Wasser schon bis zum Kinn – und der Hubschrauber sank noch immer. Um den Fortschritt seiner Arbeit mit dem Messer sehen zu können, hätte Max jetzt das Gesicht unter Wasser tauchen müssen, aber dadurch hätte er die Gelegenheit verloren, noch ein paar Züge wertvolle Luft zu atmen.

Er schloss stattdessen die Augen und konzentrierte sich.

Jetzt stieg ihm das Wasser seitlich über die Wangen, bis zu den Mundwinkeln und den Nasenflügeln … dann über die Lippen und die Nasenlöcher … schließlich über die Augen.

Jetzt erst, da er nicht mehr atmen konnte, neigte er den Kopf nach vorn und öffnete die Augen, um zu prüfen, wie weit er mit dem Gurt war.

Nicht einmal die Hälfte!

Max durfte jetzt nicht erlauben, dass ihn die Zuversicht verließ, noch heil aus der Sache herauszukommen.

Der Hubschrauber kam am Boden des Sees auf und sank damit wieder in die Waagerechte. Ein kurzer Blick nach oben genügte, um zu erkennen, dass die Luftblase, die sich zuvor noch bei den gewölbten Cockpitscheiben gehalten hatte, sich gerade verabschiedete.

Max dachte an Vicky – und daran, dass er sie unbedingt wiedersehen wollte.

Er dachte an Dimitri – und daran, dass er seinen Frieden mit ihm machen wollte ... vorausgesetzt, Dimitri würde das zulassen.

Er dachte an seinen Vater – und an das sibirische Hochsicherheitsgefängnis. Er musste einen Weg finden, ihn von dort zu befreien. Max wusste nicht, ob sein Vater seine Hilfe überhaupt verdient hatte, aber Max hatte Fragen, und auf die wollte er eine Antwort.

Vor allem aber dachte Max an C.H.A.O.S. und den schrecklichen Anschlag, den die Terroristen geplant hatten. Er musste ihn verhindern.

All diese Gedanken halfen ihm dabei, ruhig zu bleiben.

Schließlich war der Gurt durch! Max musste sich zusammenreißen, auch jetzt nicht zu hastig zu reagieren. Er durfte sich bei dem Versuch, sich von den Gurtresten zu befreien, auf keinen Fall in ihnen verheddern. Er hatte keine Luft mehr für unnötige Verzögerungen.

Mit vorsichtigen, bedachten Bewegungen schlüpfte er aus dem Sitz. Er versuchte gar nicht erst, die Cockpit-Tür zu öffnen – für den Fall, dass sie sich durch den Absturz auch verklemmt hatte und er mit dem Versuch wertvolle Zeit verlor –, sondern hangelte sich zwischen den Sitzen hindurch nach hinten in den Transportraum, wo er durch die offene Tür nach draußen tauchte.

Statt direkt nach oben zu schwimmen, stellte er sich mit beiden Füßen auf den schlammigen Boden, ging in die Knie und stieß sich ab, so fest er konnte, um seinen Auftrieb zu beschleunigen.

Mit kräftigen Zügen seiner gut trainierten Arme schwamm er in die Höhe, dem Sonnenlicht auf der noch fern scheinenden Wasseroberfläche entgegen. Er hatte das Gefühl, dass ihm jeden Augenblick die Lunge platzen würde. Das Bedürfnis zu atmen war inzwischen so stark, dass er sich zwingen musste, den Mund zuzuhalten, damit er ihm nicht versehentlich nachgab. Wenn er jetzt einatmete, würde sich seine Lunge mit Wasser füllen und er würde ertrinken.

Mit dem Sauerstoffmangel im Blut kam der Verlust der Kraft. Max hatte das Gefühl, dass er sich kaum noch weiter nach oben bewegte. Seine Arme wurden schlaff. Stattdessen strampelte er jetzt umso fester ein letztes Mal mit den Beinen. Er musste sich darauf verlassen, dass der natürliche Auftrieb den Rest erledigen würde. Er konnte einfach nicht mehr.

Da endlich brach er mit dem Kopf durch die Wasseroberfläche. Er stieß die alte Luft aus und schnappte gierig nach frischer. Er drehte sich auf den Rücken und ließ sich ein paar Momente lang treiben, um sich von der Erschöpfung zu erholen, während er einen tiefen Atemzug nach dem anderen tat. Er konnte sich nicht daran erinnern, dass jemals etwas so köstlich geschmeckt hatte wie die frische Luft, mit der er jetzt seine Lunge vollpumpte.

Erst als er wieder einigermaßen belebt und erfrischt war, drehte er sich auf den Bauch und schaute sich um, um sich zu orientieren, in welcher Richtung das Ufer am nächsten war.

Dann schwamm er los.

Es standen eine Menge Schaulustige am Ufer. Kein Wunder, schließlich war gerade ein Helikopter in den Wannsee gestürzt. Max musste damit rechnen, dass es nicht mehr lange dauern würde, bis die Polizei auftauchte. Für die hatte er jetzt keine Zeit. Also schwamm er schneller.

Er erreichte das Ufer, und sofort umschwärmte ihn eine Menschentraube und bombardierte ihn aufgeregt mit Fragen. Er versuchte sich durch sie hindurchzuschlängeln, aber es waren zu viele. Sie hielten ihn fest, bedrängten ihn immer mehr.

Da spürte Max plötzlich, wie eine Bewegung durch die Traube ging und eine tiefe Jungmännerstimme in feinstem russischen Akzent brüllte: »Lasst mich durch! Das ist ein Notfall! Der Mann muss dringend in ein Krankenhaus!«

Im nächsten Moment sah Max Dimitri vor sich auftauchen. Nie zuvor hatte er sich so sehr gefreut, den alten Freund zu sehen. Dimitri packte ihn unter dem Arm und drängte sich zusammen mit ihm durch die Leute, immer wieder rufend: »Notfall! Krankenhaus!«

Dimitri führte ihn vom Strand weg, hin zu einem Motorrad. Max erkannte die Maschine sofort. Es war Gundis Ducati Monster.

»Ist leider nur ein Einsitzer«, sagte Dimitri. »Aber für die paar Kilometer muss es gehen. Meinst du, du schaffst das?«

Max sah ihn verblüfft an. »Hast du dafür überhaupt einen Führerschein?«

Dimitri lachte. »Hattest du etwa einen für den Heli?«

SECHSTER TEIL

COUNTDOWN

KAPITEL 45

10

BERLIN – ZEHLENDORF
DIE VILLA VON GUNDULA FREIFRAU VON LAUSITZ

Trotz der sommerlichen Temperaturen war Max nach den nur wenigen Kilometern hinter Dimitri auf dem Motorrad in seinen nassen Klamotten vom Fahrtwind durchgefroren bis auf die Knochen. Doch das kümmerte ihn nicht. Nicht, solange er nicht wusste, was mit Vicky, Ricky und dem Professor geschehen war.

Dimitri und er rannten durch die gesamte Villa auf der Suche nach ihnen. Sie fanden die Einschüsse einer Pistole und die geborstene Vase, aber – sehr zu ihrer Erleichterung – nicht einen einzigen Tropfen Blut.

»Warte!«, sagte Dimitri da plötzlich. »Ich empfange gerade etwas über das Intercom.«

Jetzt erst fiel Max auf, dass sein eigenes Smartphone unter Wasser wohl den Geist aufgegeben hatte.

»Was ist?«, fragte er daher drängend.

»Ich glaube, es ist Ricky«, sagte Dimitri. »Die Stimme ist schwach, aber ich glaube, er ruft um Hilfe.«

»Das heißt, er hat Empfang«, sagte Max. »Frag Tapa, ob sie ihn orten kann.«

»Tapa! Kannst du die Location von Rickys Handy herausfinden?«

»Und wenn sie schon dabei ist, auch die von Vickys SIM-Karte«, fügte Max hinzu.

Dimitri gab es weiter und meldete gleich darauf: »Ricky ist nicht weit von hier.« Er lief los. Tapa musste ihm die Richtung gegeben haben. Max rannte hinterher. »Vickys Smartphone kann sie nicht orten. Es ist offline, sagt Tapa, oder zerstört.«

Max machte sich große Sorgen um Vicky. Aber jetzt mussten sie erst einmal Ricky zu Hilfe kommen. Sie eilten aus der Villa und hinüber in den Parkwald. Dabei dirigierte Tapa die beiden über GPS.

»Wir müssen gleich da sein, sagt Tapa«, gab Dimitri ihre Angaben an Max weiter. »Nur noch etwa zweihundert Meter.«

Sie fanden Ricky am Boden bei einem Baum. Er war kaum bei Bewusstsein. Er blutete am Kopf.

»Ricky!«, rief Max erschrocken und eilte zu ihm.

Ricky sah ihn mit glasigem Blick an. Als er ihn erkannte, sagte er unter großer Anstrengung abgehackt und mit schwacher Stimme: »Sie haben den Professor, Max. Leonhard gehört zu den Terroristen.«

Max nickte. »Und Alexandra und auch Frommholz«, sagte er. »Das wissen wir.« Er tastete Rickys Kopf ab. Der Schädelknochen war stabil. Die Platzwunde, die Max fand, war zum Glück nicht groß. »Kannst du dich bewegen?«

Nacheinander checkten sie Rickys Arme und Beine. Es war noch alles heil. Nachdem sie auch die Rippen und den Rücken geprüft hatten, halfen Dimitri und Max ihm auf die Beine.

»Ich fühle mich, als hätte mich ein Pferd gerammt«, sagte Ricky und versuchte ein schiefes Grinsen. Sie stützten ihn noch ein paar Meter, aber dann schaffte er es auch schon allein. »Oh Mann, könnte mich bitte jemand abhalten, wenn ich noch mal auf die Idee kommen sollte, mich einem galoppierenden Hengst in den Weg zu stellen?«

»Du kannst froh sein, dass du noch lebst«, sagte Max.

»Im Moment bin ich da nicht so sicher«, erwiderte Ricky. Diesmal gelang ihm ein Grinsen. »Wo ist Vicky?«

»Das wissen wir noch nicht«, sagte Max. »Aber sobald wir dich zur Villa zurückgebracht haben, machen wir uns auf die Suche.«

»Braucht ihr nicht«, sagte da eine Stimme. Max wirbelte zu ihr herum. Es war Vicky. Sie kam zwischen den Bäumen hervorgehumpelt.

Ohne nachzudenken rannte Max zu ihr und umarmte sie vor Freude.

»Au-au-au-au!«, rief sie schmerzerfüllt, aber sie lächelte dabei. »Also bei Tempo achtzig von einem fahrenden Motorrad abspringen und gegen einen Baum knallen – das muss ein Mädchen tun, damit es endlich von dir umarmt wird?«

Max verspürte mit einem Mal den Drang, Vicky zu küssen,

und in diesem Moment hatte er irgendwie das sichere Gefühl, dass sie es ganz bestimmt zulassen würde. Ja, er glaubte sogar, in ihrem Blick zu lesen, dass sie sich wünschte, dass er es tat.

Doch dann sagte Ricky: »Du bist bei Tempo achtzig von einem fahrenden Motorrad abgesprungen? Mensch, und ich dachte schon, ich sei ein Held, weil ich mich einem Pferd in den Weg gestellt habe. Aber die Nummer mit dem Motorrad toppt das noch. Hut ab!«

Damit war der Moment verflogen – vielleicht, weil sowohl Max als auch Vicky bewusst wurde, dass sie nicht allein waren. Auf jeden Fall löste Vicky sich mit einem leicht bedauernden Lächeln aus seiner Umarmung und meinte: »Du hast was?«

»Ja«, sagte Ricky. »Ich habe gedacht, ich könnte einen galoppierenden Hengst aufhalten.«

»Respekt«, sagte Vicky, trotz ihrer Schmerzen amüsiert auflachend. »Ich bin mir nicht sicher, ob mein Stunt da wirklich der heldenhaftere war.«

»Hey, Leute!«, sagte Max. »Ich hab innerhalb einer Minute gelernt, wie man einen Hubschrauber fliegt, bin dann aus fünfzig Metern Höhe mit dem Teil in einen See gekracht und musste mich unter Wasser aus den verklemmten Gurten befreien.«

Vicky winkte ab. »Na, du musst ja auch immer alles übertreiben.«

Für einen kurzen Moment konnten die vier die über ihnen und der Stadt schwebende Bedrohung vergessen und lachten herzlich. Vor allem lachten sie, weil sie froh waren noch zu leben.

KAPITEL 46

09

IM HAFEN VON TOKIO – DAS HAUPTQUARTIER DER SHADOW AGENTS

Tapa saß angespannt vor ihrem System, das auf vollen Touren lief. Wegen des Zeitdrucks hatte sie die Geschwindigkeit ihrer Suchsoftware wesentlich höher programmiert. Bei gleicher Suchgenauigkeit bedeutete das eine extreme Belastung für die Prozessoren und die Grafikkarten. Sie hatte schon Superlüfter im System, jetzt aber hatte sie zusätzlich noch vier Standventilatoren um die Rechner herum aufgebaut, damit die warme Luft, die aus den Gehäusen kam, schneller von den Rechnern wegtransportiert werden konnte.

Tapa suchte gleichzeitig nach vier Gesichtern in Berlin und der näheren Umgebung: Alexandra und Leonhard von Lausitz, Hauptmann Matthias Frommholz und Professor Konoronkov. Wenn sie – oder auch nur kleine Teile ihrer Gesichter – auf irgendeiner Kamera auftauchten, würde Tapa sie finden. Das Kritische war nur, dass das auch schnell geschah – ehe die Terroristen den Professor dazu zwingen konnten, aus dem radioaktiven Müll eine echte Atombombe zu bauen.

»Ich bin der Meinung, wir sollten die Behörden einschalten«, sagte Tapa ins Intercom. »Und Botschafter von Lausitz.«

»Nein«, sagte Max über den Lautsprecher. »Ich hoffe, es nimmt mir hier jetzt niemand übel, aber die Tatsache, dass die Anführer der Terroristen den gleichen Nachnamen haben wie der Botschafter und Frommholz auch noch der Sicherheitschef des Botschafters ist, macht mir das zu unsicher. Ich hatte mich schon Frommholz anvertraut, und ihr habt ja alle gesehen, wozu das geführt hat.«

»Moment«, sagte Vicky, und Tapa konnte hören, dass sie verärgert war. »Willst du etwa damit sagen, Max, dass du denkst, dass mein Vater gemeinsame Sache mit den Terroristen macht? Dann kannst du auch gleich Ricky und mich verdächtigen.«

»Ich habe nicht gesagt, dass er gemeinsame Sache mit ihnen macht, Vicky«, erwiderte Max. »Ich will nur den Fall – so unwahrscheinlich er auch sein mag – absolut ausschließen. Was ich meine, ist, dass ich das Risiko nicht eingehen will, die Information weiterzugeben und dann untätig hier herumzusitzen, während auf der Seite der Behörden dann vielleicht nichts geschieht, weil an höherer Stelle möglicherweise noch jemand zu C.H.A.O.S. gehört ... oder zu der wesentlich größeren Organisation, von der jetzt sowohl Meister Chao Wong als auch Alexandra gesprochen haben.«

»Du glaubst doch wohl nicht, dass mein Vater – selbst wenn er irgendwie dazugehören würde, was er ganz bestimmt nicht tut – zulassen würde, dass Vicky oder mir etwas passiert«, sagte Ricky. Auch er war hörbar sauer. »Er hätte uns gar nicht erst nach Berlin gelassen.«

»Okay, mag sein«, räumte Max ein. »Klammern wir euren Vater einmal komplett aus. Das ändert nichts an dem, was ich gerade gesagt habe. Gehen wir das Szenario durch: Wir schalten ihn ein, und er setzt das übliche Protokoll in Bewegung. In der Protokollkette sitzt jemand – oder womöglich gleich mehrere Leute – von C.H.A.O.S. oder eben dieser größeren Organisation. Dann wird irgendetwas geschehen, was das Vereiteln des Anschlags verhindert. Und wenn es nur so weit geht, dass Alexandra, Leonhard und Frommholz mit dem radioaktiven Müll untertauchen, um ihn zu einem späteren Zeitpunkt einzusetzen.«

»Max hat recht«, stimmte Dimitri zu. »Wir können nicht zuverlässig kalkulieren, was geschieht, wenn wir die Information weitergeben. Wir selbst müssen die Terroristen ausschalten.«

»In Ordnung«, sagte Vicky jetzt etwas versöhnlicher. »Das sehe ich ein.«

»Ihr werdet Waffen brauchen«, sagte Tapa.

KAPITEL 47

08

BERLIN – EIN SPORTWAFFENGESCHÄFT

Tapa hatte das nächste große Sportwaffengeschäft mit der größten Auswahl gegoogelt, und Max, Vicky, Ricky und Dimitri waren mit dem Taxi hingefahren.

Jetzt kauften sie mit einer der von Meister Chao Wong zur Verfügung gestellten Kreditkarten ein.

Jeder der vier nahm sich je zwei qualitativ hochwertige Teleskopschlagstöcke mit Quick-Draw-Vorrichtungen, mit denen man sie am Gürtel befestigen konnte, zwei Dosen Pfefferspray und zwei Elektroschocker. Außerdem für jeden zwei Messer, eines für den Gürtel, eines mit einem Klettband für die Fessel.

Während Max, Ricky und Dimitri sich noch je zwei rasiermesserscharfe Wakizashi Kurzschwerter aussuchten, wählte Vicky zwei stabile Sai-Dolche.

Als sie zu den Fernwaffen kamen, entbrannte die Diskussion, ob nun Compoundbogen oder -armbrüste die bessere Wahl wären.

Der Vorteil der Armbrust war eine größere Zielgenauigkeit auf weitere Entfernungen, wenn man nicht besonders versiert im Bogenschießen war. Dafür war sie sehr viel schwerer und umständlicher zu spannen, und die Bolzen hatten wegen ihrer Dicke im Vergleich zu den Pfeilen des Bogens eine geringere Durchschlagskraft… dafür aber eine größere Mannstoppwirkung.

Letzten Endes entschieden sich alle vier nach der Beratung des Geschäftsinhabers für den Bogen, weil damit wesentlich mehr Pfeile in kürzerer Zeit verschossen werden konnten und gerade bei einem Compoundbogen die Zielgenauigkeit bis gut einhundert Meter durchaus ausreichend war.

Sie kauften sich außerdem noch Baggy-Pants und Westen zum besseren Tragen all ihrer Sachen, Köcher mit je zwanzig Pfeilen, jede Menge Kabelbinder, Ferngläser, Taschenlampen, Dietrich-Sets und Nachtsichtgeräte. Außerdem Wurfhaken und Kletterseile.

Sie überlegten auch Schutzwesten zu kaufen, entschieden sich dann aber dagegen. Die Westen, die es hier zu kaufen gab, waren nicht wirklich kugelsicher, sondern schützten nur vor Stichen und Schlägen. Damit war ihnen im Ernstfall gegen den Beschuss mit Gewehren oder Pistolen nicht geholfen, die Westen würden sie aber maßgeblich im Nahkampf behindern.

Sie packten alles in große Taschen und fuhren zurück in die Villa, wo sie sich anzogen und ausrüsteten und gebannt auf eine Nachricht von Tapa warteten.

Als die endlich kam, waren sie bereit.

»Ein stillgelegter Hafen im Rummelsburger See«, meldete Tapa aus dem Adlerhorst.

»Das ist nicht weit vom Spreepark, wo sich mein Vater mit Victor Tarpin getroffen hat«, sagte Max. »Wo da genau?«

»Ein alter Kanalfrachter«, antwortete Tapa. »Schwer zugänglich vom Land aus. Alles freie Fläche. Leicht zu überwachen.«

Sie schickte ihnen einen Lageplan auf ihre Tablets.

Max sah sich das Gelände an.

»Sie bei Tageslicht anzugreifen, kommt einem Selbstmordkommando gleich«, sagte er. »Wir müssen warten, bis die Sonne untergegangen ist. Und dann kommen wir vom Wasser her. Am besten mit einem Paddelboot, damit sie uns nicht hören.«

KAPITEL 48

07

BERLIN – RUMMELSBURGER SEE

Kaum war die Sonne untergegangen, paddelten die vier von Südosten her auf den See. Den Kanadier, der eigentlich für zehn Mann ausgelegt war, hatten sie einem Bootsverleih flussaufwärts abgekauft. Es war genügend Platz für ihre Ausrüstung. Sie paddelten mit ruhigen, gleichmäßigen Zügen. So leise wie möglich. Sie hatten die Nachtsichtgeräte ausprobiert, aber die Beleuchtung der um sie herum liegenden Stadt war einfach zu hell dafür. Sie fuhren dicht am Ufer entlang im Schutz all der ausrangierten Schiffe, die hier lagen. Darunter auch ein Ausflugsdampfer, der noch fast wie neu aussah.

Als sie bis auf etwa hundert Meter an den Kanalfrachter herangekommen waren, packten sie ihre Bogen, die Pfeilköcher und die Schwerter aus den Taschen. Die Wakizashis und die Köcher zogen sie auf den Rücken. Vicky steckte ihre Sai-Dolche hinten in den Gürtel. Dann nahmen sie die Wurfhaken hervor und befestigten die Seile daran.

»Meinen Beobachtungen zufolge«, meldete sich Tapa über das Intercom, »befinden sich fünfzehn oder sechzehn Mann an Bord des Frachters. Und sie sind schwer bewaffnet. Also seid bloß vorsichtig!«

»Sind wir«, versprach Max.

Sie setzten sich wieder leise in Bewegung. Als sie um die Kurve bogen, sah Max, dass auf dem Frachter auf der Wasserseite ein Suchscheinwerfer aufgebaut war, der in langsamem Tempo über den See hin- und herschwenkte. Links und rechts davon standen zwei Wachen mit Maschinenpistolen.

Auf sein Zeichen hin stoppten sie das Boot wieder. Er und Dimitri nahmen ihre Bogen zur Hand, legten Pfeile auf die Sehnen, spannten und zielten.

»Du rechts, ich links. Auf drei«, flüsterte Max. »Eins, zwei, drei!«

Die Pfeile jagten gleichzeitig geräuschlos durch die Luft. Das einzige Geräusch, das die beiden Terroristen noch machten, war das Aufklatschen auf dem Wasser.

Max und die anderen warteten auf ihrer Position, um zu prüfen, ob an Bord vielleicht jemand etwas gehört hatte und Verstärkung schickte. Aber das Oberdeck des Frachters blieb verlassen. Der Scheinwerfer pendelte weiterhin langsam hin und her.

Sie paddelten weiter bis zur Seite des Frachters. Während Max und Dimitri mit ihren Bogen nach oben hin sicherten, warfen Vicky und Ricky die Haken mit den Kletterseilen.

Die Haken schienen furchtbar laut, als sie auf das Metall des

Decks fielen und beim Anziehen quietschend darüber scharrten, bis sie Halt fanden. Max und die anderen konnten nur hoffen, dass das beim Hintergrundlärm der Stadt niemandem auffiel.

So schnell sie konnten, kletterten zunächst Vicky und Ricky hoch. Oben angekommen sicherten nun sie die Umgebung mit ihren Bogen, während Max und Dimitri an Bord kletterten.

Sie hatten zuvor besprochen, wie sie vorgehen würden. Als Max also nun ein Zeichen mit der rechten Hand machte, eilten Dimitri und Ricky zum Bug des Frachters und Max und Vicky zum Heck. Jeder von ihnen hatte einen Pfeil auf der Sehne, um im Fall der Fälle gleich schießen zu können.

MAX UND VICKY

Die beiden rannten in geduckter Haltung bis zum Steuerhaus. Nachdem sie sich vergewissert hatten, dass niemand darin war, kletterten sie durch das Stiegenschott dahinter in das Hauptdeck.

Tapa hatte vorab online versucht einen Bauplan des Frachters zu organisieren. Aber das Teil war schon so alt, dass es davon nichts im Internet zu finden gab.

Das Einzige, was sie wussten, war, dass das Schiff ein Hauptdeck und ein Unterdeck hatte. Aber wie die Decks unterteilt waren, konnten sie jetzt erst erforschen.

Vor ihnen lag ein kurzer schmaler Gang, der am Ende in ein T mündete. Davor gab es links und rechts je zwei Türen.

Max und Vicky lauschten. Von irgendwoher drangen aufgeregte Stimmen. Von wo genau, war unmöglich auszumachen.

»Gib mir Deckung«, flüsterte Max, stellte den Bogen ab und zog seine beiden Teleskopschlagstöcke. Er fuhr sie mit einem kräftigen Ruck aus und eilte auf leisen Sohlen zur ersten der rechten Türen, während Vicky am Anfang des Gangs stehen blieb und ihn mit angespanntem Bogen sicherte.

Max öffnete die Tür.

DIMITRI UND RICKY

Am Bug des Frachters angekommen, sicherten die beiden noch einmal gründlich das Oberdeck. Erst als sie sich vergewissert hatten, dass weder dort noch auf der Gangway zum Hafenufer jemand war, kletterten sie nacheinander die Leiter ins Hauptdeck hinunter.

Hier ging der Gang gleich nach rechts und links ab, wo er auf jeweils eine Tür stieß, ehe er zur Bootsmitte hin abknickte.

Dimitri und Max schlichen sich nach rechts, wo sie kurz vor der Ecke stehen blieben. Ricky drehte sich in die Richtung, aus der sie gekommen waren, und sicherte den Gang mit angespanntem Bogen. Dimitri spähte schnell nach links um die Ecke.

»Frei!«, flüsterte er.

»Frei!«, flüsterte auch Ricky.

»Gib mir Deckung«, sagte Dimitri und stellte seinen Bogen ab, während Ricky in die äußere Ecke sprang, von wo er jetzt beide Gänge im über den Pfeil hinweg gerichteten Blick hatte.

Dimitri zog die Teleskopschlagstöcke, fuhr sie aus und ging zur Tür.

Er ergriff vorsichtig die Klinke, drückte sie schnell nach unten und stieß die Tür mit Wucht auf.

In der Kabine lagen zwei der Terroristen übereinander in ihren Kojen. Der eine las ein Buch, der andere spielte ein Spiel auf seinem Smartphone.

Als sie Dimitri wahrnahmen, sprangen beide hastig auf.

KAPITEL 49

06

BERLIN – KANALFRACHTER

MAX UND VICKY

Max hatte die erste Tür geöffnet. Der Raum dahinter war eine leere Lagerkammer. Er hastete zur zweiten Tür. Auch dieser Raum war leer.

Als er wieder nach draußen auf den Gang trat, rief Vicky: »Duck dich!«

Instinktiv folgte Max der Aufforderung und sprang in die Hocke. Er spürte, wie der Pfeil über seinen Kopf hinwegsauste und hörte fast im gleichen Moment den Aufprall und den erstickten Schrei des Mannes am anderen Ende des Ganges.

Max wirbelte herum. Der jetzt zu Boden fallende Terrorist war nicht allein gekommen. Da war ein zweiter. Und der zog gerade seine Pistole, um sie auf Vicky zu richten, die eben einen zweiten Pfeil aus dem Köcher zog.

Max sprang los und war mit drei Sätzen bei dem Angreifer.

Mit dem linken Teleskopschlagstock hieb er ihm die Waffe aus der Hand, mit dem rechten schlug er ihn bewusstlos. Er beeilte sich, Kabelbinder aus der Weste zu holen und fesselte dem Mann damit die Hand- und Fußgelenke. Der andere brauchte keine Fesseln. Vickys Pfeil hatte ihn getötet.

Max wollte gerade zu Vicky zurücklaufen, als aus den beiden Türen, die sie bis jetzt noch nicht geöffnet hatten, je zwei Männer stürmten. Sie trugen Pistolen und Maschinenpistolen. Max stürzte sich auf die beiden, die ihm am nächsten waren. Den Ersten entwaffnete er mit einem harten Schlag aufs Handgelenk, noch ehe er überhaupt die Maschinenpistole heben konnte, und setzte ihm einen zweiten festen Hieb in den Nacken. Er brach bewusstlos zusammen.

Max nahm sich den Zweiten vor. Der hatte die Pistole schon auf Max gerichtet. Max drehte sich gerade noch zur Seite weg, ehe der Schuss krachte und ihn um Haaresbreite verfehlte. Mit der gleichen Bewegung drehte er sich weiter und ließ beide Schlagstöcke herumwirbeln. Der erste traf den Terroristen am Unterarm und lenkte damit den nächsten Schuss ab. Der zweite traf ihn an der Schläfe und schickte ihn ins Reich der Träume.

Währenddessen hatte Vicky ihren Bogen fallen lassen und war mit atemberaubender Geschwindigkeit und gezückten Schlagstöcken zwischen die anderen beiden Terroristen gesprungen. Damit verhinderte sie, dass sie ihre Waffen abfeuerten, aus Angst sich gegenseitig zu treffen.

Gleichzeitig ließ sie eine rasend schnelle Serie von Schlägen auf die beiden los. Sie traf sie an den Unterarmen, am Hals, im

Gesicht und im Nacken, und gleich darauf gingen beide zu Boden.

Max und Vicky beeilten sich, sie alle vier mit den Kabelbindern zu fesseln und rannten dann weiter.

DIMITRI UND RICKY

Dimitri hatte die beiden Terroristen in ihrer Kabine mit schnellen Hieben der Schlagstöcke erledigt, ehe sie überhaupt zu den Waffen greifen konnten. Er fesselte sie mit den Kabelbindern und eilte dann wieder nach draußen zu Ricky.

Sie liefen den Gang zurück, an der Stiege vorbei zu der Tür, die der anderen gegenüberlag.

Dimitri stürmte hinein, doch der Raum dahinter war leer. Also liefen sie weiter in Richtung Schiffsmitte. Dimitri lief vorn – die Stöcke in den Händen –, Ricky hinter ihm mit gespanntem Bogen.

Da tauchte vor ihnen am anderen Ende des Ganges einer der Terroristen auf. Er war überrascht die beiden zu sehen und hatte deswegen einen Sekundenbruchteil lang gezögert die Maschinenpistole nach oben zu reißen.

»Runter!«, hatte Ricky da schon gerufen.

Dimitri ging in die Knie. Ricky ließ den Pfeil von der Sehne schnellen und traf den Terroristen in die Schulter. Dimitri sprang zu ihm hin, schockte ihn mit dem Elektroschocker bewusstlos und fesselte ihn.

Da hörten sie Schritte am anderen Ende des neuen Ganges.

Ricky hatte schon den nächsten Pfeil aus dem Köcher geholt und legte an.

Zwei Figuren tauchten vor ihnen auf.

»Nicht schießen!« Es waren Max und Vicky.

»Habt ihr auf eurer Seite des Decks alles durchsucht?«, fragte Max.

Dimitri schüttelte den Kopf. »Der landseitige Gang fehlt noch.«

»Dann los, bevor wir ins Unterdeck gehen«, sagte Max. »Dort warten sie bestimmt schon auf uns. Alarmiert durch die Schüsse.«

Sie wollten gerade losrennen, als ein sanfter Ruck durch das Schiff lief. Auf einmal war das Bollern eines schweren Dieselmotors zu hören.

Ein weiterer Ruck war zu spüren.

»Das Schiff legt ab!«, stellte Max fest. »Da sind welche oben im Steuerhaus.«

Dimitri erkannte sofort: »Wir müssen uns wieder aufteilen.«

KAPITEL 50

05

BERLIN – KANALFRACHTER

MAX UND VICKY

Während Vicky die Umgebung mit ihrem Bogen sicherte, schlängelte Max sich auf dem Bauch zu der Luke, von der aus die Stiege ins Untergeschoss führte. Er hatte eine kleine Schwanenhalskamera an seinem neu gekauften Smartphone befestigt und führte sie jetzt vorsichtig nach unten, um zu prüfen, ob darunter einer der Terroristen Wache stand.

Doch da war niemand.

»Die Luft ist rein«, flüsterte er Vicky zu, und die beiden kletterten nach unten.

Das Unterdeck war muffig. Der Boden war feucht und grün von einem Film aus rutschigen Algen.

Max hatte seinen Bogen oben zurückgelassen und die Schlagstöcke in den Fäusten. Er eilte voran, während Vicky immer drei Schritte hinter ihm blieb, um den Gang zu sichern.

Max stieß die erste Tür auf und drehte sich schnell zurück in Deckung. Als von drinnen nichts zu hören war und auch niemand schoss, spähte er vorsichtig hinein.

Der Professor saß in dem Raum. Er war auf einen Stuhl gefesselt und in einem schlechten Zustand.

DIMITRI UND RICKY

Dimitri und Ricky hatten für den Aufstieg auf das Oberdeck die Luke beim Bug gewählt, weil die im Heck sich genau bei dem im Moment ganz sicher besetzten Steuerhaus befand.

Zwischen ihnen und dem Steuerhaus lag ein Frachtaufbau, den sie jetzt als Deckung benutzten, um sich in geduckter Haltung daran entlang nach hinten zu schleichen.

Das Schiff hatte inzwischen volle Fahrt aufgenommen und war schon kurz davor, den Rummelsburger See zu verlassen und in einer weit ausholenden Rechtskurve auf den Spreearm zu fahren.

»Sie fahren ins Stadtzentrum«, kalkulierte Ricky flüsternd.

»Das ist gar nicht gut«, sagte Dimitri. »Überhaupt nicht gut.« Er reckte sich vorsichtig, um über den Rand des Frachtaufbaus zum Steuerhaus zu spähen.

»Was siehst du?«, fragte Ricky.

»Deinen Cousin Leonhard und zwei der Terroristen.«

»Alexandra und Frommholz?«

Dimitri duckte sich wieder und schüttelte mit dem Kopf. »Die sind entweder nicht mehr an Bord oder unten im Unterdeck.«

MAX UND VICKY

Professor Konoronkov saß zusammengekauert auf dem Stuhl. Im ersten Moment glaubte Max, er wäre tot, aber als er näher kam, konnte er ihn schwach röchelnd atmen hören.

»Professor«, sagte er leise. »Wir sind es, Max und Vicky. Wir sind gekommen, Sie zu befreien.«

Der Professor hob matt den Kopf und blickte Max aus glasigen Augen an. Sein Gesicht war geschunden, man hatte ihn geschlagen, aber als er Max erkannte, erhellte sich seine Miene und er lächelte.

»Ich habe ihnen nichts verraten«, sagte er, während Max seine Fesseln durchschnitt. »Nicht ein Wort. Als sie gemerkt haben, dass ich lieber tot wäre als ihnen zu helfen, haben sie eingesehen, dass es keinen Sinn hat, mich noch länger zu foltern.«

»Das ist eine gute Nachricht«, sagte Max, obwohl er wusste, dass das nur zum Teil stimmte. Die Terroristen hatten jetzt zwar keine echte Atombombe, aber nach wie vor den radioaktiven Müll. »Wissen Sie, wo das Material ist?«

Der Professor nickte.

KAPITEL 51

04

BERLIN – KANALFRACHTER

MAX UND VICKY

»Wir müssen Sie jetzt erst einmal wieder allein lassen, Herr Professor«, sagte Max zu Konoronkov. »Aber wir kommen zurück, sobald wir das radioaktive Material gefunden und die Terroristen ausgeschaltet haben.«

Der Professor nickte verständig. »Mach dir um mich keine Sorgen, Max.«

Ständig mit einem Angriff der verbliebenen Terroristen rechnend, liefen Max und Vicky nach draußen und hin zu dem Raum, den der Professor beschrieben hatte. Während Vicky ihm mit Pfeil und Bogen Deckung gab, öffnete Max die Tür. Nachdem er schnell hineingespäht und sich vergewissert hatte, dass die Terroristen nicht darin waren, betrat er ihn. Vicky folgte ihm.

Als ihnen bewusst wurde, was sie vor sich sahen, blieben sie für ein paar Augenblicke fassungslos auf der Stelle stehen.

Es waren drei große Behälter. Blaue Zylinder, die nebeneinander aufrecht standen. Jeder etwa so hoch, dass er Max bis knapp unter die Brust reichte.

Das Wissen, was darin war, war schon ausreichend, um einem das Blut in den Adern gefrieren zu lassen. Sehr viel schlimmer aber war das, was darum war: ein Turm von kleinen grauen Päckchen, allesamt verkabelt.

»Plastiksprengstoff«, sagte Max tonlos vor Schreck.

»Das ganze Schiff ist die verdammte ›Schmutzige Bombe‹«, erkannte Vicky.

Sie gingen vorsichtig näher. Im Herzen des Kabelwirrwarrs entdeckte Max ein Schaltrelais mit einer digitalen Uhr, auf der ein Countdown lief. Er war bei 148 Minuten und 23 Sekunden. 22, 21, 20, 19 ...

Unter der Zeitanzeige gab es ein Tastenfeld.

»Tapa«, sagte Max ins Intercom. »Ich schicke dir jetzt eine Aufnahme von einer Bombe mit Zeitzünder. Versuch herauszufinden, wie man das Ding entschärft.«

»In Ordnung«, sagte Tapa, und Max filmte die Apparatur gründlich ab.

»Hat die Zeit etwas zu bedeuten?«, fragte Vicky.

»Ja, hat sie«, antwortete Tapa. »Und nichts Gutes. Ich verfolge den Kurs des Frachters via Satellit. Er ist in die Spree gefahren und bewegt sich jetzt Richtung Nordwesten. Wenn er das jetzige Tempo beibehält, erreicht er in etwa zweieinhalb Stunden – also bei Ablauf des Countdowns – das Regierungsviertel. Also den Reichstag, das Bundeskanzleramt, die Bundestagsgebäude.«

»Alexandra will mehr als Chaos verursachen und zahllose Menschen töten, um ihre neue Welt zu schaffen«, stellte Max fest.

Vicky nickte. »Sie will die gesamte Regierung Deutschlands lahmlegen.«

»Wir müssen das Ding unbedingt abschalten«, sagte Max.

»Ich fürchte, auch diesbezüglich habe ich schlechte Nachrichten«, sagte Tapa. »Die Schaltung hat eine dreifache Redundanz mit einem …«

»Die Kurzfassung bitte«, unterbrach Max sie.

»Die Kurzfassung ist, dass man die Bombe nicht kurzschließen kann«, sagte Tapa. »Auch wenn man die Kabel aus den einzelnen Plastiksprengstoffpäckchen zieht, geht sie hoch. Der einzige Weg, den Zünder zu deaktivieren, ist ein Code, den man in das Tastenfeld eingeben muss.«

»Kannst du den Code hacken?«, fragte Vicky.

»Nein«, sagte Tapa. »Die Zeitschaltuhr hat keinen Port und auch keinen Remote Access. Und die Schalen sind verschweißt, sodass man sie auch nicht öffnen kann, ohne die Bombe damit automatisch zu zünden. Das ganze Teil ist extra so gebaut, dass man es nur mit dem Code stoppen kann.«

»Selbst wenn wir Alexandra schnappen«, sagte Vicky, »sie wird uns den Code niemals verraten.«

»Nein«, stimmte Max ihr zu. »So wie es gerade aussieht, ist sie so sehr von ihrer Vision einer neuen Welt besessen, dass sie sogar in Kauf nimmt, zusammen mit der Bombe hochzugehen.«

»Vielleicht gibt es einen Weg, wenigstens die Auswirkungen der Explosion zu verringern«, überlegte Vicky.

»Was meinst du?«, fragte Max.

»Tapa«, sagte Vicky. »Wenn es uns gelingt, die Führung des Frachters an uns zu bringen und ihn zu wenden, wie weit könnten wir das Zentrum Berlins verlassen, bis es zur Sprengung kommt?«

»Moment«, sagte Tapa, und für ein paar Sekunden war es still, ehe sie antwortete: »Köpenick. Ihr könntet bis Köpenick kommen.«

Max schüttelte den Kopf. »Wir können nicht Köpenick ausradieren, nur um Berlin zu retten.«

»Nein, aber wir könnten den Frachter zwischen Niederschönweide und Köpenick zum Stillstand bringen«, sagte Vicky. »Das ist ein weites, relativ dünn besiedeltes Gebiet. Wenn wir jetzt die Behörden alarmieren, schaffen die es vielleicht noch, es zu evakuieren. Es wäre zwar für Hunderte von Jahren nicht mehr bewohnbar, aber die eigentliche Detonation würde sehr viel weniger Menschenleben kosten, als wenn das Teil im Zentrum Berlins hochgeht.«

»Da gibt es nur einen Haken«, sagte eine Stimme von der Tür her.

Max und Vicky wirbelten herum. Vicky mit sofort gespanntem Bogen.

In der Tür standen Alexandra von Lausitz und Hauptmann Frommholz. Sie beide hatten die Mündungen ihrer Maschinenpistolen auf Max und Vicky gerichtet.

KAPITEL 52

03

BERLIN – KANALFRACHTER

DIMITRY UND RICKY

Dimitri und Ricky bereiteten sich auf den Angriff auf das Steuerhaus vor.

»Du nimmst sie mit Pfeil und Bogen unter Beschuss, und ich schleiche mich von der Seite her ran und übernehme dann im Nahkampf«, sagte Dimitri.

Ricky schüttelte den Kopf. »Nein, wir machen es umgekehrt«, sagte er. »Zum einen bist du mit dem Bogen besser als ich und zum anderen habe ich mit meinem Cousin Leonhard noch eine Rechnung offen.«

Dimitri schob die Unterlippe vor und nickte. »Also gut. Ich warte, bis du dich näher geschlichen hast, dann lege ich los.«

Ricky legte seinen Bogen ab und auch die Pfeile und nahm einen der Teleskopschlagstöcke in die Linke. Mit der rechten Hand holte er das Pfefferspray aus der Weste.

Dimitri deutete darauf: »Ist das dein Ernst?«

Ricky grinste. »Das Steuerhäuschen ist klein. Eine volle Ladung davon mitten rein, und der Rest ist ein Kinderspiel.«

»Gute Idee«, stimmte Dimitri zu. »Also los!«

Ricky lief in geduckter Haltung am Frachteraufbau entlang in Richtung Heck. Dimitri prüfte, ob der Pfeil auch richtig auf der Sehne lag, und umfasste das Ende fest. Dann spannte er den Bogen, richtete sich schnell auf und schoss den Pfeil auf das Steuerhäuschen. Noch ehe der traf, ging Dimitri schon wieder in Deckung und huschte Richtung Bug, um seine Position zu wechseln. Gleichzeitig hörte er das Klirren von Glas und den Aufschrei eines der Terroristen. Offenbar hatte er getroffen.

Pistolenschüsse krachten und schlugen dort auf den Rand des Frachteraufbaus, von wo aus Dimitri den ersten Pfeil geschossen hatte. Jetzt zog er schnell einen zweiten aus dem Köcher, legte ihn auf die Sehne und spannte den Bogen. Er atmete noch zweimal tief ein und aus, um sich zu konzentrieren, um sich gleich darauf wieder aufzurichten, schnell zu zielen und zu schießen.

Er konnte gerade noch rechtzeitig in Deckung gehen, ehe die Schüsse diesmal in seine Richtung gefeuert wurden.

Ricky hatte das Steuerhäuschen beim ersten Schuss Dimitris fast erreicht und wartete auf den zweiten. Als der jetzt kam, sprang Ricky auf und rannte los.

Er sah, wie der zweite Pfeil durch die Scheibe krachte und einen der Terroristen in die Schulter traf. Leonhard hatte seine

Pistole gezückt, zielte in die Richtung, aus der der Pfeil gekommen war, und feuerte drauflos.

Ricky stürmte von der Seite her ins Steuerhaus und sprühte das Pfefferspray in Leonhards Gesicht. Der schrie auf und wirbelte zu Ricky herum. Ricky schlug ihm mit dem Teleskopschlagstock die Pistole aus der Hand. Dann schlug er ihm in den Bauch, und als Leonhard nach vorn schnappte, haute er ihm den Stock in den Nacken. Leonhard brach bewusstlos zusammen.

Ricky holte die Kabelbinder aus der Weste und fesselte Leonhard. Dimitri kam hinzu und half ihm dabei, auch die beiden mit den Pfeilen Angeschossenen zu sichern.

»Brücke ist gesichert«, meldete Ricky ins Intercom und stellte sich an die Steuerung. »Ich drossle jetzt den Motor.«

»Finger weg!«, rief Max panisch. »Wenn du das Gas wegnimmst, gehen wir alle in die Luft.«

KAPITEL 53

02

BERLIN – KANALFRACHTER

MAX UND VICKY

»Da gibt es nur einen Haken.« In der Tür standen Alexandra von Lausitz und Hauptmann Frommholz. Sie beide hatten die Mündungen ihrer Maschinenpistolen auf Max und Vicky gerichtet.

»Frag deine Freundin am anderen Ende der Leitung, ob sie das violette Kabel gesehen hat«, fuhr Alexandra fort.

Vicky nahm den Bogen herunter. Gegen gleich zwei Maschinenpistolen hatte sie keine Chance.

»Tapa?«, fragte Max ins Intercom.

»Ich habe sie gehört«, antwortete Tapa. »Warte, ich schau mir das noch mal an.«

Für ein paar Sekunden war die Stille im Raum so dick, dass man sie hätte schneiden können. Max blickte auf den Zeitzünder; die Sekunden schienen förmlich herunterzurasen.

»Oh verdammt!« Wenn eine Stimme eine Farbe haben könnte, dann wäre die von Tapa jetzt kreidebleich gewesen.

»Was ist?«, fragte Max.

»Die Bombe ist mit dem Geschwindigkeitsmesser des Schiffes verbunden«, sagte Tapa. »Sobald das Schiff langsamer wird – also auch bei einem Versuch, es zu wenden –, geht die Bombe hoch.«

»Ich liebe ja diese technischen Errungenschaften«, sagte Alexandra von Lausitz mit dem Lächeln einer satten Katze. »Bombensicher sozusagen.«

»Brücke ist gesichert«, meldete sich da Ricky übers Intercom. »Ich drossle jetzt den Motor.«

»Finger weg!«, rief Max panisch. »Wenn du das Gas wegnimmst, gehen wir alle in die Luft.«

»Außerdem rate ich«, sagte Alexandra, »dass mindestens einer deiner Freunde oben am Steuer bleibt, um dafür zu sorgen, dass wir nirgends auf das Ufer fahren.«

Max gab das an Ricky weiter.

»Dir ist klar, dass du mit in die Luft gehst«, wandte er sich dann wieder an Alexandra.

Sie zuckte mit den Schultern. »Klar hätte ich die Sache gerne überlebt, aber ihr musstet ja dazwischenkommen und alles durcheinanderbringen. Für die Zukunft der Welt muss man bereit sein, Opfer zu bringen.«

»Aber du wirst dann nicht mehr da sein, um die neue Welt zu formen, von der du träumst«, merkte Max an.

»Max, du hast mir im Hubschrauber scheinbar nicht richtig

zugehört«, erwiderte Alexandra. »Die Welt braucht mich nicht, um sich neu zu ordnen. Die uralte echte Angst ums Überleben, die ich ihr zurückschenke, anstelle all der hausgemachten Ängste heutzutage vor Laktose, Burn-outs und zu wenig Likes auf Instagram, die wird alles ganz von selbst regeln.« Ihre Augen leuchteten verklärt.

»Du bist verrückt, Alexandra«, sagte Max, dem klar war, dass er auf Zeit spielen musste. Er hoffte, dass irgendwann Dimitri von oben auftauchen und Alexandra und Frommholz wenigstens gerade so lange ablenkte, dass sie sie gemeinsam überwinden und irgendwie den Code aus ihnen herausbekommen konnten. »Du bist dir dessen bewusst, nicht wahr?«

»Ach, weißt du, Max, es war schon immer das Schicksal großer Geister, verkannt zu werden«, antwortete sie. »Besonders von Menschen ohne jegliche Vision – so wie du einer bist. Ich dachte wirklich, du wärst ein Held. Jemand mit der Fähigkeit und der Bereitschaft, sich für andere zu opfern, aber in Wahrheit bist du nur ein dummer Junge, der aus Trotz kämpft – und vermutlich wegen deiner herkömmlichen Abstammung aus der so animalischen wie unsinnigen Sucht nach Anerkennung heraus.«

»Das sagt die Richtige«, meinte Max. »Alles, was du willst, Alexandra, ist zerstören. Das gibt dir ein Gefühl von Macht. Das bereitet dir Freude. Und im Nachhinein rechtfertigst du es mit einem höheren Zweck – nur damit du dich wichtig fühlen kannst. Also, wer von uns beiden strebt denn hier wirklich nach Anerkennung?«

»Wäre das wahr, würde ich jetzt nicht freiwillig in den Tod gehen«, konterte sie gereizt. Max hatte einen Nerv getroffen. »Die Welt wird mich in Erinnerung behalten als diejenige, die die Zukunft eingeleitet hat, aber ich werde nicht mehr da sein, diesen Ruhm zu genießen.«
»Das ist noch so ein Trick von dir«, sagte Max. »Du redest dir ein, dass die Welt dich in Erinnerung behalten und feiern wird, aber heimlich hast du Angst davor, dass sie dich hassen wird oder – noch schlimmer – dass sie dich einfach vergisst. Und es ist diese Angst vor dem Hass oder der Unwichtigkeit, die dich letzten Endes jetzt dazu bewegt, freiwillig mit der Bombe in den Tod zu gehen. Auf diese Weise kannst du dir die Anerkennung der Welt bis zu der letzten Sekunde einbilden, ohne jemals erfahren zu müssen, wie die Wirklichkeit nach der Katastrophe aussieht.«
»Mich einfach vergessen?« Jetzt schrie sie. »Ich habe extra ein Manifest auf Video gedreht, das gleich morgen früh über Timer weltweit online geht. Mich wird niemand jemals vergessen!«
Max zuckte in gespielter Gleichgültigkeit mit den Schultern. »Überprüfen kannst du das ja wohl schlecht, weil du morgen nicht mehr am Leben sein wirst. Also existiert alles – die bessere Zukunft und die großartige Rolle, die du darin spielst – nur in deinem Kopf. Bis zum großen Knall.«
»Ich sollte dich auf der Stelle abknallen«, kreischte sie hysterisch.
Max grinste. »Und mich damit noch vor der Bombe erledigen? Bitte, fühl dich frei. Dann muss ich mir bis dahin nicht

noch länger das dumme, selbstverliebte Gefasel eines in Wahrheit ängstlichen und schwachen Mädchens anhören.«

»Hast du mich gerade ein ängstliches und schwaches Mädchen genannt?«

»Du hast doch Ohren, oder? Natürlich habe ich dich ein ängstliches und schwaches Mädchen genannt.«

Max war sich nicht sicher, ob er eben nicht zu weit gegangen war, und rechnete damit, dass sie jetzt tatsächlich auf ihn schießen würde. Seine einzige Hoffnung war, dass der Moment Vicky vielleicht die Gelegenheit geben könnte, die beiden zu überwinden.

Statt aber auf ihn zu feuern, legte Alexandra den Kopf schief und betrachtete Max wie ein Insekt.

»Weißt du was, mein Junge?«, sagte sie – plötzlich gespenstisch ruhig. »Wir werden ohnehin beide sterben, und wenn ich dich jetzt abknalle, erspare ich dir mehr als zwei Stunden Angst. Aber ich finde, du musst noch, außer mit dem Tod, für das bestraft werden, was du da gerade gesagt hast. Außerdem bin ich der Meinung, dass du vor dem Ende noch eine Lektion in Demut verdient hast – und ich noch ein bisschen Unterhaltung.

Ich mache dir daher einen Vorschlag: Du und ich, wir kämpfen. Mano a mano. Keine Waffen. Dann kannst du mir ja beweisen, was für ein ängstliches und schwaches Mädchen ich in Wirklichkeit bin. Und für den Fall, dass es dein sogenannter selbstgerechter Ehrenkodex nicht zulässt gegen eine Frau zu kämpfen, gebe ich dir einen echten Anreiz: Wenn du gewinnst, verrate ich dir den Code, mit dem du den Zünder deaktivierst.«

»Fräulein von Lausitz«, sagte Frommholz in protestierendem Ton. »Das kann nicht Ihr Ernst sein!«

»Sehe ich aus, als würde ich einen Witz machen, Frommholz?«

»Der Junge ist gut«, sagte Frommholz. »Verdammt gut.« Sie grinste. »Und Sie glauben, ich sei es nicht?« Sie richtete ihre Maschinenpistole auf seinen Bauch.

»Ä-ä-ähm«, stotterte Frommholz. »So habe ich das nicht gemeint.«

»Das will ich aber auch gehofft haben«, sagte sie. »Oder glauben Sie, ich hätte C.H.A.O.S. nur mit meinem Geld und mit meinem guten Aussehen aufbauen können?« Sie drehte sich wieder zu Max. »Na, was sagst du, Junge? Das ist deine Chance, wieder einmal Held zu spielen.«

»Und du meinst das ernst?«, fragte Max. »Wenn ich gewinne, verrätst du mir den Code?«

»Du hast mein Ehrenwort. Das Ehrenwort einer von Lausitz.«

»Also gut.« Er begann seine Waffen und sein Earset mitsamt Smartphone abzulegen und zog danach die Weste aus.

Alexandra übergab ihre Maschinenpistole an Frommholz und deutete auf Vicky. »Wenn meine Cousine sich einmischt, erschießen Sie sie.«

KAPITEL 54

01

BERLIN – KANALFRACHTER

Noch während Max in Kampfstellung ging, sprang Alexandra von Lausitz ansatzlos aus dem Stand in die Höhe, wirbelte aufrecht in der Luft herum und setzte ihm einen so harten Flying Spin-Kick gegen den Kopf, dass er von den Füßen geschleudert wurde und krachend zu Boden ging.

So etwas Schnelles hatte Max in seinem ganzen Leben noch nicht gesehen. Nicht einmal Meister Chao Wong war so verdammt schnell wie die Anführerin der Terroristen. Er lag noch am Boden, als sie gleich noch einmal sprang. Diesmal, um mit beiden Füßen und ganzer Wucht auf seiner Brust zu landen. Gerade noch im allerletzten Sekundenbruchteil rollte Max sich zur Seite weg, sodass er dem ganz gewiss tödlichen Treffer nur um Haaresbreite entging.

Er nutzte den Schwung des Rollens, um wieder auf die Füße zu kommen, doch Alexandra setzte ihm bereits mit einer blitzschnell ausgeführten Serie von Tritten nach.

In ihrem Gesicht las er entschlossene Härte. Max hatte mit Wut gerechnet und Übereifer, aber Alexandra kämpfte ebenso wie sonst er: eiskalt berechnend. Max konnte im Moment nichts anderes tun, als zu versuchen, ihren katzenhaft schnellen Attacken auszuweichen und vielleicht irgendeinen Rhythmus in ihren Angriffen zu finden, um ihn möglicherweise aufbrechen und zu seinem Vorteil nutzen zu können. Doch sie wechselte die Taktung und Kombination ihrer Tritte und Schläge so schnell und so willkürlich, dass sie es ihm damit unmöglich machte, ein Muster zu entdecken.

Wäre die Lage eine andere gewesen, hätte Max sie sogar bewundern können für die raue Schönheit und Effektivität, mit der sie kämpfte. Wenn es eine Mischung geben könnte aus einer Ballerina und einer Abrissbirne, dann wäre das mit absoluter Sicherheit Alexandra von Lausitz.

Sie traf ihn mit dem Fuß noch einmal am Kopf, mit dem anderen gleich darauf an der Brust. Jedes Mal hart und unerbittlich. Dabei drehte sie sich wie ein Kreisel, und gerade wollte Max ihren nächsten Tritt blocken, da erwischte sie ihn mit dem Rücken der Faust so fest am Kiefer, dass er spürte, wie ihm ein Backenzahn rausbrach.

Max sprang nach hinten weg und spuckte ihn aus.

»Ich finde schon, du könntest langsam zur Gegenwehr übergehen, Junge«, sagte Alexandra verhöhnend. Sie war kein bisschen außer Puste. »So macht das einfach zu wenig Spaß. Komm schon, es ist möglicherweise dein letzter Kampf – oder eben deine Chance, das alles hier aufzuhalten. Aber das schaffst du natürlich nur, wenn du gegen das ängstliche und schwache Mädchen gewinnst.«

Max spürte Zorn in seiner Brust aufsteigen, doch er wusste nur zu gut, dass es genau das war, worauf Alexandra abzielte. So wie er wusste, dass er vollkommen ruhig bleiben musste, wenn er überhaupt eine Chance haben wollte.

Ihm war klar, dass das hier mehr war als lediglich ein Kampf um Leben und Tod. Wenn er verlor, starb nicht nur er, denn dass Alexandra vorhatte ihn bei dem Duell zu töten, hatte sie bereits bei dem Sprungversuch auf seine Brust deutlich gemacht. Nein, wenn Max verlor, starben auch Hunderttausende Unschuldige.

Aber er durfte sich nicht beschäftigen mit Gedanken daran, was er und dadurch andere alles zu verlieren hatten – das konnte ihn nur lähmen und blockieren. Wenn er gewinnen wollte – und das allein durfte das Ziel sein –, musste er jede Furcht ablegen.

Schluss mit ausweichen, entschied er daher. *Der einzige Weg ist der Weg nach vorn!*

Max nahm die Arme zur Deckung hoch wie beim Boxen und marschierte geradewegs auf Alexandra zu. Die lachte, sprang in die Höhe und setzte wieder einen Flying Spin-Kick in Richtung seines Kopfes. Max hielt den Arm dazwischen – und der Treffer war so hart, dass ihm der ganze Unterarm taub davon wurde. Doch er ignorierte das und sprang nach vorn, während Alexandra noch in der Luft war. Er rammte sie mit dem Oberkörper und schleuderte sie mit dem Schwung nach hinten.

Sie fiel, aber sie rollte sich dabei geschickt ab und ging ohne zu zögern erneut zum Angriff über.

Angeschlagen, aber unerschrocken drängte Max ihr entgegen, kassierte dabei einen Tritt nach dem anderen. Aber er ließ sich nicht beirren. Alexandra mochte die bessere Kämpferin sein, aber er war größer und rein körperlich stärker. Das musste er einsetzen.

Fast schon einfallslos begann Max jetzt mit jedem Schritt, den er nach vorn machte, einen geraden Tritt auszuführen. So hart, dass er sie fällen musste, wenn sie nicht zurückwich. Und dass sie zurückwich, war genau das, was Max wollte.

Alexandra tänzelte zur Seite weg und kickte ihm in die Kniekehle. Fast wäre er gestolpert, aber er fing sich und marschierte weiter auf sie zu.

Bis er sie endlich in der Ecke des Raums hatte!

Erst jetzt wurde Alexandra klar, dass sie ihm auf den Leim gegangen war. Sie reagierte fast buchstäblich wie ein in die Enge getriebenes Tier. Sie schrie auf und änderte die Natur ihrer Attacken. Hatte sie bis eben noch auf eher asiatische Weise gekämpft, griff sie ihn jetzt mit Krav-Maga-Taktiken an. Skrupellos. Knallhart.

Sie haute mit den Ellbogen gegen seinen Kopf, rammte ihm die Faust in den Solarplexus, trat ihm mit dem Knie zwischen die Beine. Max ignorierte die Atemnot und die höllischen Schmerzen.

Er schlug zu – mit aller Kraft. Nicht in Richtung des Kopfs; er wollte nicht riskieren, dass sie dem Schlag ausweichen konnte.

Nein, er schlug ihr voll gegen die Brust. So hart, dass Alexandra nach hinten gegen die Metallwand geschleudert wurde, und gleich darauf ein zweites und ein drittes Mal.

Alles was Max jetzt spürte, war Mitleid mit ihr – aber er wusste, dass er das genauso unterdrücken musste wie den Schmerz.

Alexandra fauchte mit der Wildheit einer Katze, kratzte nach seinem Gesicht. Er drehte es gerade so weit weg, dass sie nicht an seine Augen kam, und schlug ein weiteres Mal zu.

Ihre Beine versagten ihr den Dienst und sie sackte in der Ecke zu Boden.

Max packte sie und zog sie zu der Bombe.

»Den Code!«, rief er. »Sag mir den Code!«

Alexandra spuckte ihm ins Gesicht. »Erschießen Sie ihn, Frommholz!«

»Tun Sie das nicht!«, rief Vicky. »Sie hat ihr Wort gegeben.«

»Ich habe gesagt, Sie sollen ihn abknallen!«, schrie Alexandra.

Max sah, wie Vicky sich zwischen Frommholz und ihn stellte. Und er sah einen Hauch von Unsicherheit im Blick des Hauptmanns.

»Sie haben Ihr Ehrenwort gegeben, Fräulein von Lausitz«, sagte er zu Alexandra.

»Na und?«, stieß sie wütend hervor. »Denken Sie an die große Sache, den großen Plan!«

»Jetzt sehen Sie, wie geisteskrank meine Cousine ist«, sagte

Vicky zu Frommholz. »Sie hat keinen Funken Ehre im Leib, und die einzig große Sache, die ihr etwas bedeutet, ist ihr eigenes Ego. Senken Sie die Waffe und verraten Sie uns den Code.«

Alexandra lachte zynisch auf. »Niemand kennt den Code außer mir. Und ich werde ihn euch ganz bestimmt nicht verraten. Ihr werdet mit mir vor die Hunde gehen und mit euch halb Berlin! So wahr ich der Skorpion bin!«

Max' Blick fiel auf das Tattoo auf Alexandras Arm.

»Vicky«, sagte er. »Wann hat deine Cousine Geburtstag?«

»Am ersten November«, antwortete Vicky. »Warum?«

»Gib 0-1-1-1 ein«, sagte Max.

»Wie kommst du darauf, dass sie ihr Geburtsdatum verwendet haben könnte?«, fragte Vicky.

»Weil sich alles nur um sie dreht«, sagte Max. »Ihre Vision, ihr Codename ›Skorpion‹, ihre Regeln. Vertrau mir.«

Vicky ging an Max vorbei zu dem Zeitzünder der Bombe.

»Nein!«, schrie Alexandra. »Das ist nicht der Code. Und der Zünder ist ein Failsafe. Es gibt nur eine Chance, den richtigen Code einzugeben. Gibt man den falschen ein, geht die Bombe hoch.«

Max lächelte. »Danke. Das beweist mir, dass ich recht habe. Was glaubst du, warum ich ihn nicht einfach selbst eingetippt habe, ohne überhaupt auszusprechen, was ich denke? Damit du die Gelegenheit hattest, mir zu widersprechen. Aber ich wusste, du würdest mir nur widersprechen, wenn ich mit meiner Vermutung richtig liege, denn sonst hättest du zugelassen, dass wir den falschen Code eingeben und die Bombe hochgeht.«

Alexandra kreischte auf und krallte nach dem Arm, mit dem er sie noch immer im Nacken hielt. Doch Max ließ nicht locker.

»Gib 0-1-1-1 ein, Vicky.«

Vicky wollte gerade tun, worum er sie gebeten hatte, als Frommholz bellte: »Finger weg! Oder ich schieße!«

Vicky verharrte bewegungslos.

»Ich habe den Burschen nicht erschossen, weil das unehrenhaft gewesen wäre«, knurrte Frommholz. »Aber ich kann auch nicht zulassen, dass Sie unsere Mission gefährden, Fräulein von Lausitz.« Diesmal meinte er damit Vicky. »Ich habe geschworen, dafür in den Tod zu gehen – und auch zu töten.«

Vicky sah ihn an. »Sie haben aber auch geschworen, mich zu beschützen, Hauptmann Frommholz. Wie lässt sich das vereinbaren?«

Sie reckte die Hand zum Zeitzünder. Max sah, wie Frommholz mit seiner inneren Zerrissenheit kämpfte – aber er sah auch, wie sich sein Finger mehr und mehr um den Abzug der Maschinenpistole krümmte.

»Lass es sein, Vicky«, rief Max. »Sonst schießt er wirklich.«

»Dann soll er schießen«, sagte Vicky. Max las in ihren Augen, dass sie ebenso empfand wie er vorhin beim Kampf gegen Alexandra: Die Angst vor dem eigenen Tod durfte nichts bedeuten; alles was zählte, war die Chance, den Tod der unschuldigen Bevölkerung Berlins zu verhindern.

Vicky gab die erste Ziffer ein.

0

»Fräulein von Lausitz!«, brüllte Frommholz. »Ich warne Sie nicht noch einmal!«

Da zuckte plötzlich etwas durch die Tür – und ein Pfeil traf Frommholz am rechten Arm. Im nächsten Moment kam auch schon Dimitri in den Raum gesprungen, warf sich auf Frommholz und riss ihn zu Boden. Er setzte ihn mit dem Elektroschocker außer Gefecht.

»Das hat jetzt aber gedauert«, flachste Max.

»Wir Russen stehn eben auf Drama«, feixte Dimitri zurück und fesselte Frommholz mit den Kabelbindern.

Vicky gab die restlichen Ziffern ein.

1

1

1

Der Zeitzünder ging aus.

»Ja!«, rief Vicky in einer Mischung aus Erleichterung und Triumph. »Ich glaub, ich hab mir gerade ein bisschen Pippi in die Hose gemacht.«

Max lachte. »Ich auch.«

Er und Dimitri fesselten jetzt auch Alexandra mit den Kabelbindern.

»Das wird euch noch leidtun!«, keifte sie. »Ich bin nur die Vorreiterin. Die, in deren Auftrag ich handle, werden sich um euch kümmern, das schwöre ich!«

Dimitri runzelte mürrisch die breite Stirn, holte ein Stofftaschentuch hervor und stopfte es Alexandra in den Mund.

EPILOG

KRUMME LANKE GRÜNAU

Max, Vicky, Dimitri und Ricky standen versteckt im Schatten der Bäume der ländlichen Gegend und beobachteten mit ihren Nachtsichtgeräten, wie das Team von GSG 9-Soldaten und Polizisten den am gegenüberliegenden Ufer festgemachten Frachter stürmte.

Tapa hatte beide Behörden und obendrein das GTAZ gleichzeitig anonym übers Netz kontaktiert und ihnen die Lage des Schiffes und seine Fracht genannt. Bis zu dem Zugriff hatte es nur eine halbe Stunde gedauert.

Jetzt sahen Max und seine Freunde dabei zu, wie Alexandra, Leonhard, Frommholz und die anderen Terroristen vom Schiff abgeführt und in Transporter verfrachtet wurden.

»Wie gut, dass du über das Intercom alles mitgeschnitten hast, Tapa«, sagte Max. »Sowohl Alexandra als auch Frommholz haben sich bei den Gesprächen vorhin einwandfrei selbst belastet. Da haut sie kein Anwalt der Welt wieder raus.«

»Ja«, sagte Tapa im Knopf in seinem Ohr amüsiert. »Ich habe manchmal durchaus meine lichten Momente.«

»Ohne dich hätten wir nichts von alldem schaffen können«, sagte Vicky.

»Ja«, sagte Ricky. »Danke, Tapa!«

»Auch von mir«, brummte Dimitri verlegen. »Und sorry fürs Hacken deines Systems.«

»Oh, das kannst du wiedergutmachen, du sturer russischer Bär«, sagte Tapa. »Wenn ihr zurück in Tokio seid, lädst du mich zum Essen ein. Aber extrafein, bitte.«

»Wenn wir zurück in Tokio sind«, sagte Dimitri, »lade ich euch alle zum Essen ein, das kannst du mir aber glauben.«

»Ähm«, sagte Tapa zögernd.

Vicky trat Dimitri gegen das Schienbein und schüttelte mit dem Kopf. Dabei formte sie mit dem Mund »Nur ihr zwei!«, legte beide Zeigefinger nebeneinander und verdrehte sie miteinander, sodass sie aussahen wie ein knutschendes Pärchen.

Es war zu dunkel, um das zu erkennen, aber Max war sicher, dass Dimitri gerade hochrot im Gesicht wurde.

»Oh«, sagte Dimitri dann. »Äh … natürlich nur wir beide, Tapa. Äh … wenn das okay für dich ist.«

»Natürlich ist das okay für mich«, sagte sie freudig. »Wird ja auch endlich Zeit, dass du mich zum Essen einlädst.«

»Ähm, eigentlich hast du mich ja …«, begann Dimitri, und Vicky trat ihm gleich noch mal gegen das Bein. Mit dem Zeigefinger machte sie die Schnitt-über-den-Hals-Geste zum Zeichen, dass er jetzt besser die Klappe halten sollte.

»I-i-ich freu mich«, sagte er also stattdessen schnell. »Sehr!«

Vicky sah Max an und zog eine Augenbraue nach oben. »Haben wir beide da nicht auch noch so ein Essen-gehen-Ding am Laufen?«

Max grinste. »Yep!«

Sie grinste zurück. »Und?«

»Und was?«

»Na, freust du dich auch so wie Dimitri?«

Er sah sie lange lächelnd an und genoss es, wie sie ein bisschen zu zappeln begann, während sie auf seine Antwort wartete. Aber erst, als sie das Gesicht verzog und ihn mit gespielter Wut anfunkelte, sagte er: »Klar freue ich mich! Aber so was von!«

»Okay, ihr Turteltauben«, sagte Ricky. »Nachdem jetzt geklärt ist, wer mit wem essen geht, können wir darüber reden, was wir jetzt als Nächstes tun?«

Max und Dimitri antworteten gleichzeitig.

Max: »Wir müssen die Organisation finden, die hinter C.H.A.O.S. und Harutaka Ishido steckt.«

Dimitri: »Wir müssen Max' Vater irgendwie aus dem Hochsicherheitsgefängnis befreien.«

Vicky sah die beiden an. »Also ist jetzt wieder alles gut zwischen euch beiden?«

Max und Dimitri schauten einander verlegen an.

Vicky verdrehte die Augen. »Oh Mann! Wenn ich darauf warte, bis ihr zwei Kerle mal über eure Gefühle redet, bin ich vermutlich Großmutter. Umarmt euch einfach und dann ist gut.«

Und tatsächlich – Max und Dimitri umarmten einander und drückten sich herzlich. Manche Dinge kann man eben auch ohne große Worte klären.

»Also?«, fragte Ricky. »Organisation oder Max' Vater?«

Max und Dimitri sahen ihn an und sagten gleichzeitig: »Beides!«

Ivo Pala ist seit über 25 Jahren Drehbuchautor und Dramaturg für Actionfilme und TV-Serien in Deutschland und den USA. Als Romanschriftsteller verfasst er Krimis und Thriller zu aktuellen Themen. Außerdem schreibt er Fantasy und spannende Kinder- und Jugendbücher.

In seiner Freizeit liest er gern Bücher und Comics, schaut mit großer Leidenschaft Filme und Serien und spielt mit Begeisterung MMORPGs und andere Computerspiele.